FIM DE CARREIRA

FIM DE CARREIRA
Rebecca Jenshak

TRADUÇÃO
Bárbara Waida

TÍTULO ORIGINAL *Burnout*
© 2024 by Rebecca Jenshak
© 2025 VR Editora S.A.
This edition is published by arrangement with SEYMOUR AGENCY.
Edição publicada mediante acordo com SEYMOUR AGENCY.
Todos os direitos reservados.

GERENTE EDITORIAL Tamires von Atzingen
EDITORA Marina Constantino
ASSISTENTE EDITORIAL Michelle Oshiro
PREPARAÇÃO Milena Varallo
REVISÃO Juliana Bormio e Alessandra Miranda de Sá
ARTE DE CAPA E MIOLO Taíssa Maia
PROJETO GRÁFICO E DIAGRAMAÇÃO Pamella Destefi
PRODUÇÃO GRÁFICA Alexandre Magno

Dados Internacionais de Catalogação na Publicação (CIP)
(Câmara Brasileira do Livro, SP, Brasil)

Jenshak, Rebecca
Fim de carreira / Rebecca Jenshak; tradução Bárbara Waida. — São Paulo: VR Editora, 2025.

Título original: Burnout.
ISBN 978-85-507-0622-1

1. Romance norte-americano I. Título.

24-244239   CDD-813.5

Índices para catálogo sistemático:
1. Romances: Literatura norte-americana   813.5
Eliete Marques da Silva — Bibliotecária — CRB-8/9380

Todos os direitos desta edição reservados à
VR Editora S.A.
Av. Paulista, 1337 — Conj. 11 | Bela Vista
CEP 01311-200 | São Paulo | SP
vreditoras.com.br | editoras@vreditoras.com.br

FIM DE CARREIRA

PRÓLOGO

knox

SINTO NA PELE A ADRENALINA PULSAR ENQUANTO ESPERO SENTADO NA MOTO ATRÁS DO gate de largada. O motor vibra roncando suavemente sob mim e gotas de suor escorrem por minha nuca.

Link, meu companheiro de equipe, está ao meu lado em uma Honda vermelha, idêntica à minha, falando alto enquanto tamborila distraidamente no guidão.

— Esta corrida é minha. Vai começar a era do Link.

Ele repete isso como um mantra, até que não consigo mais ignorar. Dou uma bufada de desdém e lanço a ele um olhar de soslaio.

— Quer falar alguma coisa, Holland?

— Não. — Balanço a cabeça, então murmuro: — Que porra é essa de era do Link?

Ou ele tem uma superaudição, ou consegue ler meus pensamentos, porque não deixa pra lá.

— Você não acredita?

— Qualquer um pode ganhar — digo. — Você é um bom piloto. Fique em cima da moto e não faça besteira.

Ele revira os olhos em resposta antes de baixar e ajeitar os óculos de proteção.

— Como se eu fosse escutar seus conselhos. Posso ser mais novo, mas corro há mais tempo. Você teve sorte nesta temporada. Mike e o restante da equipe foram seduzidos pela sua história de azarão que dá a volta por cima, mas eles vão ver só. Vou mostrar pra todo mundo do que *eu* sou capaz. Se você for inteligente, vai ficar fora do meu caminho. Talvez eles o mantenham para ser meu escudo na próxima temporada.

O que ele diz me atinge mais do que gostaria de admitir. Trabalhei muito para reconquistar o meu lugar, mas não posso recuperar os anos que passei afastado cuidando dos meus irmãos.

Apago Link e tudo o mais da mente. É agora. Esta é a última corrida da temporada de motocross. Fiquei em segundo lugar na primeira bateria do dia, então agora preciso cruzar a linha de chegada antes de todo mundo para ganhar a corrida. E eu *preciso* ganhar.

Está fazendo tranquilamente quase quarenta graus lá fora, mas a multidão está animada, reunida em pé ao redor do perímetro da pista para torcer por nós quando passarmos correndo.

Eu amo esse esporte. Não há nada melhor que correr na terra debaixo do sol escaldante.

A tensão é palpável atrás da linha de partida. Cada piloto está em seu próprio mundo enquanto espera o sinal. Visualizo a mim mesmo daqui a meia hora em cima do pódio segurando um troféu de campeão.

— Está assistindo, mãe? — murmuro em questionamento enquanto levo a mão esquerda até a boca pela abertura do capacete e beijo a tatuagem de rosa que tenho entre o dedão e o indicador. — Essa é para você. Feliz aniversário.

Dez anos sem ela, e não sei como sobrevivi a cada segundo. Parece que foi em outra vida, e, ao mesmo tempo, é como se tivesse sido ontem. Ela faria cinquenta anos hoje, e sei que adoraria me ver correndo.

Meu pai pode ter sido quem me ensinou a pilotar, mas era minha mãe que sempre me dizia que nenhum sonho era loucura demais e que eu seria capaz de fazer qualquer coisa se me dedicasse de corpo e alma.

A garota segurando a placa de trinta segundos a vira de lado e sai da pista. O oficial de largada está logo atrás. Chegou a hora.

Acelero e fico olhando para a frente, ignorando todo o resto. Quando o gate abaixa, me movo por puro instinto. Um misto de memória muscular e determinação desesperada para terminar a temporada no topo me faz passar rasgando pelos outros pilotos na reta.

É sempre uma confusão do cacete até passarmos o holeshot. Espirramos lama para trás e disputamos posições enquanto tentamos evitar batidas. São necessários apenas dez segundos para separar os competidores sérios do resto do grupo. Minha velocidade é meu principal trunfo, e a uso sempre que tenho chance.

Os caras de sempre estão à frente logo no começo. Três de nós temos brigado pelo pódio a temporada inteira. Sempre tem alguns outros pilotos que conseguem segurar a posição no começo da corrida, mas trinta minutos comigo baforando na sua nuca é o suficiente para fazer quase todo mundo ceder à pressão.

Não diminuo o ritmo. Uso cada trecho reto, cada costela, cada salto para ultrapassar qualquer um no caminho entre mim e a linha de chegada.

Quase no meio da corrida, me encontro em terceiro lugar. Engulo minha frustração e me concentro em fazer tudo o que posso enquanto espero a hora certa. Basta um erro, um deslize de um dos caras na minha frente e conseguirei ultrapassá-los. Uma vez em primeiro, ninguém pode me parar. Nunca perdi a liderança. Só preciso chegar lá.

Quando me aproximo da última curva da pista, percebo uma moto no meu rastro. Um vislumbre de vermelho aparece na minha visão periférica e aperto os dentes quando Link, um dos meus companheiros de equipe, aciona o nitro na linha de chegada ao mesmo tempo que eu.

Link poderia ser um bom piloto se não fosse tão agressivo. Ele se arrisca demais. E, vindo de outro piloto, isso diz muito, porque somos todos doidos de pedra. Ele tem mais corridas inacabadas que vitórias. A última coisa de que preciso é que ele bata na minha frente e me custe segundos valiosos.

Corro por dentro, abrindo distância dele quando retomamos a primeira curva. Ele consegue me acompanhar, o que aumenta minha irritação. Não consigo me livrar desse moleque. Ele finalmente comete um erro no salto seguinte, caindo na terra fofa e perdendo velocidade. Dou um suspiro de alívio e volto a atenção para os líderes.

Atravesso a seção seguinte da pista sem problemas e reduzo um pouco da distância. O segundo lugar está ao meu alcance na próxima volta, só preciso encontrar uma boa rota para ultrapassá-lo. Ele está se cansando. Consigo ver isso. Consigo *sentir* isso.

Meus irmãos costumavam dizer que, nos últimos cinco minutos de uma corrida, eu sou capaz de encontrar outra marcha, e é assim que me sinto agora. Aquieto todas as distrações. Só me importam os próximos dez minutos.

O piloto em segundo lugar faz a curva rápido demais, e seu pneu traseiro derrapa, me dando a oportunidade de ultrapassá-lo.

Agora só resta uma pessoa entre mim e a vitória.

Quando estou fazendo uma série de pequenos saltos, a porra daquela moto vermelha reaparece. Desvio o olhar para o rosto dele apenas pelo tempo de ver um sorriso presunçoso. Será excelente para a Thorne Racing se nós dois conseguirmos terminar no pódio. Eu quero que isso aconteça, mas quero mais ainda ser o primeiro.

Faço as curvas bem fechadas e cerro os dentes a cada vez que Link tenta me ultrapassar. Faltam menos de três minutos para o fim. Preciso fazer alguma coisa logo se quiser tomar a liderança.

Encontro a oportunidade quando subimos uma colina emparelhados. Depois da próxima curva, há um trecho irregular antes de um salto duplo. Link teve dificuldades ali durante os treinos. É difícil entrar nele com velocidade suficiente e, a essa altura, todos estão cansados.

Estou totalmente focado. Dou o primeiro salto e jogo o peso do corpo e a moto para o outro lado, ricocheteando para realinhar a trajetória e conseguir uma rota melhor. Ele está no papo e sabe disso. Mas, em vez de aceitar como um bom adversário, Link aproxima a moto com uma manobra. Não há espaço para me cortar por dentro, mas ele tenta mesmo assim. Seu pneu dianteiro toca no meu pneu de trás, o suficiente apenas para me tirar da pista, me lançando na direção de um barranco íngreme. Sou atirado da moto e caio com as costas no chão.

Pela primeira vez desde o início da corrida, o barulho da multidão retorna. Os arquejos do público são quase inaudíveis por cima da respiração entrecortada que escapa dos meus lábios. Tudo dói, mas nada disso importa. Levo a tatuagem de rosa na mão esquerda até a boca no momento em que a visão começa a escurecer.

— Sinto muito, mãe.

CAPÍTULO UM

Avery

Quando chego ao final da trave, ergo as mãos acima da cabeça e faço um giro em meia-ponta. É agora. A última sequência de elementos da minha série. Poderia fazê-la de olhos vendados. Quando durmo, só consigo sonhar com essa série. Foi com ela que conquistei uma medalha de prata nas últimas Olimpíadas, quase dois anos atrás, então não há a menor chance de um dia esquecê-la.

Visualizo essa série o dia inteiro, todo dia. Enquanto como ou tomo banho ou sonho acordada na aula. A trave de equilíbrio é o lugar onde eu sempre quero estar.

Respiro fundo enquanto me preparo para a saída. Um duplo mortal carpado com uma pirueta completa. É uma das saídas mais complicadas. Poucas pessoas a aperfeiçoam, já que é difícil cravar a aterrissagem sem se machucar. Requer velocidade e força, com um salto do final da trave para realizar a pirueta e os mortais, e uma aterrissagem alinhada com o aparelho, ereta. Nenhuma ginasta de nível universitário sequer tenta. Executar uma série limpa é mais importante que o nível de dificuldade. Mas eu amo um desafio.

Não sou uma pessoa que naturalmente gosta de correr riscos, mas a ginástica sempre me permitiu ser alguém que não sou fora do ginásio.

Ou permitia.

Não faço essa saída há meses. Às vezes, quando estou num momento excepcional de autopiedade, me pergunto se algum dia a farei de novo.

Paro de pensar nisso e me encorajo.

— Você consegue, Avery. — A torcida vem da minha esquerda, onde minhas companheiras de equipe estão assistindo. Seus olhos parecem alfinetes na minha pele. Minha respiração se altera e meu joelho direito trava.

Entro no rodante mais devagar do que preciso para conseguir fazer a saída complicada e, em vez de arriscar me machucar novamente, faço um simples salto layout para aterrissar no colchão ao lado da trave.

Não levanto o olhar enquanto elas aplaudem porque estou com medo do que verei em cada rosto. *Coitada da Avery com esse joelho estragado. Coitada da Avery, que ainda não voltou ao ponto em que estava antes da lesão. Coitada da Avery, coitada da Avery.*

— Próxima — grita a treinadora quando saio do colchão. Sinto uma pontada no joelho enquanto caminho para pegar minha garrafa de água.

Alguns garotos da equipe masculina ainda estão treinando nas barras paralelas no canto. Tristan dá um mortal, junta as pernas e gira na saída enquanto me aproximo. Sem fôlego, mas sempre com seu sorrisinho, ele vem em minha direção.

— É assim que se faz, Ollie.

Ele me chama assim porque meu sobrenome é Oliver. É o apelido que eu mais odeio.

Tristan Williams, detentor de duas medalhas de ouro olímpicas e considerado por muitos o ginasta universitário número um do país. Amplamente considerado por mim como a pessoa mais irritante do mundo.

— Assim que se faz o quê? Assim que se age como um cuzão ou que se faz uma saída? — pergunto com um sorriso falso.

— Pelo menos estou fazendo uma saída. Que merda de iniciante foi aquela? — Ele aponta o braço musculoso para a trave.

Eu o evito, deixando um espaço largo entre nós enquanto continuo andando para a lateral do ginásio, onde deixei minhas coisas. Pego a garrafa de água do chão e dou um longo gole antes de me virar. Ele ainda está parado ali, as mãos agora na cintura, enquanto espera pela minha resposta.

— O quê? — pergunto com todo o atrevimento de que sou capaz. Aí sento no chão e tiro a faixa do joelho.

— Por que você não está treinando? — Ele enuncia cada palavra com cuidado.

— Eu estou treinando.

— Não, não está. Você passou a última hora mancando e fazendo séries meias-bocas e desistindo das saídas como se tivesse se machucado ontem, e não meses atrás. Vai passar mais quanto tempo culpando o joelho?

Estreito os olhos para ele. Sua expressão se transforma em alegria mal contida por me irritar. Juro que ele gosta de me deixar puta.

— Desculpa, você ganhou um diploma de medicina no verão e ninguém me contou?

Depois de revirar os olhos exageradamente, ele pergunta:

— Quais os planos para hoje à noite? Quer fazer alguma coisa?

— Quem, eu? A garota que faz séries meias-bocas? — pergunto com uma entonação melosa, então paro com a atuação. — Passo. Preferiria ficar vendo tinta secar a ouvir você falando o quanto é incrível a noite inteira.

Estou meio que brincando para continuar o joguinho de troca de insultos que gostamos de fazer, mas ele realmente se acha. E definitivamente não quero passar minha noite de sexta-feira com ele.

Ele solta uma breve risada.

— Sempre vou ser sincero com você, Ollie. Você é melhor do que isso. — Ele gesticula para o tablado, referindo-se a tudo que estou fazendo ali. — Pare de pensar demais.

Engulo o nó que se forma na minha garganta enquanto Tristan se afasta para se reunir com os garotos. Jogando a faixa no chão, dobro a perna direita e olho para a pele vermelha e levemente inchada ao redor do meu joelho. A cicatriz vertical logo abaixo ainda está proeminente e feia. Estendo a perna à frente e a estico. Ainda está um pouco mais fraca que minha perna esquerda, então é difícil dizer se a dor que estou sentido é por isso ou se forcei demais.

Os médicos acreditavam que eu estaria totalmente recuperada a essa altura. Eu também achava.

Um mês do novo ano letivo se passou. A agenda completa de treinos começou esta semana, mas passei o verão todo no ginásio, reabilitando meu joelho e conservando minhas habilidades o máximo que podia com uma perna.

Depois do desastre que foi a última temporada, eu precisava voltar mais forte do que nunca.

Alguns minutos depois das seis, a treinadora encerra os treinos por hoje. Pego minha bolsa e enfio os pés no chinelo. Antes que consiga sair pela porta, gritam meu nome do outro lado do ginásio.

Faço uma pausa, mas não olho para trás, torcendo para ter ouvido errado.

— Avery — repete ela, ainda gritando. — Podemos conversar antes de você ir embora?

Não preciso olhar para saber que é a sra. Weaver, nossa técnica. Sei disso pelo terror que preenche meu estômago, e também pelo sotaque alemão carregado. Quando enfim faço contato visual, concordo balançando a cabeça e atravesso o ginásio até o canto da trave.

Ela está conversando com duas calouras quando me aproximo, então espero um pouco afastada. O modo como essas garotas olham para ela, uma mistura de fascinação com uma grande dose de medo, me faz sorrir. Eu me lembro de sentir exatamente a mesma coisa no ano passado. Para ser sincera, ela ainda me apavora, mas é uma ótima treinadora. Gosto do estilo dela. Ela fala pouco, mas isso faz com que tudo o que diz pareça ainda mais impactante.

— Oi, sra. Weaver — digo quando as outras saem.

— Avery. — Ela abaixa a voz e dá um passo na minha direção, o olhar viajando até o meu joelho antes de retornar ao meu rosto. — Como está o joelho?

— Bom — falo com animação. Animação demais. — Está um pouco inchado, mas o médico disse que era esperado.

— E como está *você*?

A pergunta me surpreende tanto que não tento amenizar a resposta.

— Estou frustrada. Pensei que teria voltado a cem por cento a essa altura, mas meu joelho ainda está travando e me deixando na mão.

— Quando você está tensa, seu corpo está tenso.

Concordo com a cabeça, deixando suas palavras me inundarem com a vergonha.

— Um dia de cada vez. Semana que vem, quero que você trabalhe exclusivamente no chão.

— No chão? — digo, franzindo a testa.

— Sim. Sem trave, sem mesa. Nada arriscado. Você pode praticar os exercícios no chão.

A sensação é de ter dado dez passos para trás, o que, só para constar, não é a direção em que quero ir.

— Mas, sra. Weaver...

— Isso é tudo. Aproveite o fim de semana. Coloque gelo nesse joelho hoje à noite.

A caminhada de volta até o meu quarto não me ajuda muito a arejar os pensamentos, mas, assim que entro no dormitório que divido com uma colega, Quinn, me pego sorrindo para a cena diante de mim. Ela está fazendo uma ponte, o que não seria tão estranho se não estivesse usando uma minissaia de couro preta, regata branca e botas de salto plataforma, e assistindo a um episódio antigo de *Friends*.

— Como você consegue ver TV desse jeito? — pergunto enquanto jogo a bolsa no meu quarto e depois me jogo no sofá da nossa sala.

Ela ergue uma perna antes da outra, tomando impulso para ficar de pé.

— Vi esse tantas vezes que consigo recitar de cor. — Quinn volta ao chão fazendo um espacate, me encarando. — Como foi o treino?

— Não foi ótimo. — Diante do lembrete, me levanto e pego uma bolsa de gelo no frigobar, aí me sento de novo e estico a perna para colocar o gelo no joelho. — Congelei na trave de novo.

— Seu joelho está doendo?

— Sim. Não. Não sei. Ainda está estranho e inchou só com as poucas acrobacias que fiz esta semana.

— Acho que é normal. Vai demorar um pouquinho, mas ainda estamos em setembro. Você tem tempo de sobra.

Eu também pensava isso. Logo depois da cirurgia, depois no verão, quando fui liberada para treinar, mas a sensação é de estar a anos de distância de poder competir, e a temporada se aproxima.

— A sra. Weaver disse que, na semana que vem, quer que eu fique somente no chão.

As sobrancelhas escuras da minha colega de quarto se erguem, mas ela demora para falar, como se considerasse as palavras com cautela.

— Talvez seja melhor assim.

Meu rosto esquenta e minha expressão deve mostrar minha indignação, porque ela rapidamente acrescenta:

— Por enquanto. Baby — ela usa o apelido que me deu, que é bem melhor que "Ollie" —, você é a melhor ginasta da equipe. Ela não precisa que você aperfeiçoe suas séries, só quer garantir que seu joelho se recupere e sua mente esteja no lugar.

Faz sentido, ou talvez eu só queira acreditar nisso para não ter que pensar que este é mais um contratempo. Mas me irrita que isso seja basicamente o que Tristan disse também.

— Talvez tenha razão. Acho que só estou de mau humor porque encontrei Tristan. — Fico com raiva só de pensar no sorrisinho idiota dele. — Não consigo acreditar que fiquei com ele. Eca.

— Você estava bêbada e tinha acabado de terminar um namoro. E ele é bem gostoso, então é perdoável.

Estremeço com a lembrança. Tristan é convencido e presunçoso. É um ótimo ginasta, eu admito, mas a personalidade dele é péssima.

— Onde você encontrou com ele? — pergunta Quinn, trocando o

espacate por uma parada de mãos. Ela é a única pessoa que conheço que continua parecendo descolada e elegante com a saia embolada como se fosse um cinto ao redor do quadril.

— No ginásio. Alguns dos rapazes ficaram depois do treino deles.

— É claro, o que mais eles têm para fazer numa sexta à noite?

— Assim como nós? Você está fazendo acrobacias com roupa de sair, e os únicos lugares para onde vou são o chuveiro e a cama. — Mesmo pegando leve no treino desta semana, ainda sinto como se tivesse sido atropelada por um ônibus.

— Não é verdade. *Nós* vamos sair. Só estou me certificando de que não perdi todas as minhas habilidades. Posso não estar mais competindo, mas abrir um espacate ou dar um salto-mortal são coisas que fazem sucesso em festas. — Ela volta a ficar de pé e ajeita a roupa. De alguma forma, ainda está fabulosa, sem nem uma mecha do seu cabelo castanho fora do lugar.

Dou risada ao ver o imenso sorriso em seu rosto. Ela está falando muito sério, e a amo por isso. Eu e Quinn entramos juntas na equipe de ginástica da Valley U quando éramos calouras, mas, no fim do ano passado, ela saiu do time para poder ter uma vida. É difícil culpar alguém por querer mais tempo livre. Passo de duas a três horas por dia no ginásio, e muitas vezes até mais. Adicione a isso as aulas e as horas de estudo, e não sobra muito tempo para qualquer outra coisa.

Eu amo demais a ginástica para desistir, mas compreendo a decisão de Quinn.

— *Nós?* — Numa escala de um a dez, meu desejo de sair é por volta de menos cinco.

— Sim. Colter vai se apresentar hoje à noite, e prometi a ele que daríamos uma passada por lá.

— Ah.

— Ele quer que você veja o quanto o ajudou — esclarece ela.

— Sim, claro. É só... você não pode filmar para mim? Vou demorar pelo menos uma hora para me arrumar e não estou muito no clima.

Ela balança a cabeça devagar de um lado para outro.

— Você disse isso no fim de semana passado.

Abro a boca para protestar.

— E no fim de semana anterior também.

Meus lábios se fecham. Merda.

Ela ri e coloca as duas mãos na cintura.

— Vai ser divertido.

Quinn e Colter são o casal mais bonitinho do mundo. Ela é toda miudinha e fofa (mesmo usando roupas de couro e calçando botas), e o namorado dela é um praticante de motocross freestyle selvagem e maluco. Eu os adoro, mas da última vez que saí com eles me senti segurando vela.

Como se pudesse ler minha mente, ela diz:

— Colter vai estar ocupado, então vai ser como uma noite das garotas divertida, com ótimos colírios para nossos olhos.

Dou risada quando ela faz um biquinho esperançoso.

— Tá bom, tá bom. — Levanto as mãos em rendição. — Você me ajuda a encontrar alguma coisa para vestir?

— Feito — ela diz, me segurando e puxando com mais força do que sua estrutura diminuta parece capaz. — Separei duas opções diferentes de roupa na minha cama para você.

— Alguma delas é de moletom? — pergunto com esperança.

— Vai. — Ela aponta para o banheiro com uma risada.

CAPÍTULO DOIS

Avery

O SOM DOS MOTORES ACELERANDO CORTA A NOITE QUANDO QUINN COLOCA O BRAÇO PARA fora da janela do passageiro do meu Ford Bronco e aponta para uma vaga livre no estacionamento do local.

— Ali — diz ela.

— Pensei que você tinha dito que era um evento pequeno. — Giro o volante e me dirijo à vaga.

— Meu homem é importante. — Ela dá de ombros e me lança um sorriso.

Pelo canto do olho, tenho um vislumbre de algo preto brilhante e prateado que me faz pisar bruscamente no freio. Dou um gritinho quando a moto para bem na minha frente. Parece novinha, elegante e cintilante sob as luzes da noite.

O piloto está todo de preto, como a moto, da cabeça aos pés. O único pedaço de pele à mostra é o joelho, visível através de um rasgo na calça jeans preta. Não consigo ver os olhos dele atrás do visor escuro do capacete, mas um arrepio percorre a minha espinha enquanto nos encaramos fixamente numa disputa intensa e pesada.

— Cuzão — murmuro e bato no volante.

Ele se afasta acelerando e desaparece entre as fileiras de veículos.

Depois que estacionamos, Quinn lidera o caminho até o evento. O estádio é a céu aberto, com arquibancadas em dois lados da pista.

Há uma multidão aqui. Famílias com crianças pequenas usando protetores auriculares, alguns casais e, ao longo da cerca que separa o público da pista, motos estão estacionadas em bandos, os donos ao lado delas observando o movimento.

Uma rampa grande está montada no centro da pista e, em volta dela, há rampas menores de tamanhos variados. Os pilotos se revezam para subir a rampa principal em velocidade e fazer acrobacias: virar de ponta-cabeça, dar giros no ar enquanto se seguram apenas no banco ou no guidão, jogando os pés para o lado ou acima da cabeça. Então aterrissam segundos antes de se contorcer de volta ao assento.

— Chegamos tarde? — pergunto a Quinn enquanto a sigo até a seção de arquibancadas mais afastada.

— Não. Eles só estão se aquecendo — diz ela, gritando por cima do ombro para se fazer ouvir naquele barulho.

Atraio alguns olhares quando nos aproximamos de outro grupo grande de pessoas ao longo da cerca. Mais caras com suas motos e garotas amontoadas ao redor deles. Todas usam shorts curtos ou calças jeans justas. Preto é a cor que predomina entre elas. Eu ignorei as sugestões de Quinn e escolhi uma roupa por conta própria. Talvez meu vestido rosa-claro de renda e tênis branco não sejam a escolha mais adequada para um evento como este, mas não saio desde a primeira semana de aula e queria estar bonita.

Um cara em específico chama a minha atenção. Tenho noventa por cento de certeza que é o mesmo rapaz do estacionamento, mas todos eles são parecidos. Ele tirou a jaqueta, e a regata preta que está usando revela as costas e os braços musculosos dele, assim como as tatuagens que cobrem tudo das costas até os dedos.

Ele está sentado na moto com uma mão na coxa e a outra segurando o capacete. Alguma coisa nessa pose grita confiança e tranquilidade.

Uma multidão se formou ao redor dele, homens e mulheres competindo pela sua atenção. Meu palpite é que ele tem vinte e poucos anos. Seu cabelo é de um castanho médio, curto e ondulado, com um aspecto bagunçado provavelmente graças ao capacete, ou talvez ele tivesse passado os dedos nele. Ou é mais provável, a julgar pela mulher parada mais perto dele admirando-o como um troféu, que outra pessoa tivesse passado os dedos pelos fios.

É evidente que todos estão empolgados em vê-lo, mas não consigo ouvir o bastante para descobrir por que ele é tão importante a ponto de desviar a atenção das pessoas da pista. O cara deve ter percebido que o estou encarando, porque, conforme eu e Quinn nos aproximamos, ele retribui meu olhar.

Ele não faz contato visual direto. Em vez disso, seu olhar esquadrinha sem pressa meu vestido e minhas pernas à mostra, então desce até meus pés, onde se demora por tanto tempo que daria para pensar que eu estava descalça ou usando saltos de quinze centímetros cobertos de purpurina rosa.

Envergonhada, olho para baixo. Meus tênis brancos já estão acumulando poeira da pista, mas tirando isso não sei por que chamam tanto a atenção do sr. Motoqueiro Gostoso Tatuado.

Quando volto a encará-lo, os olhos dele finalmente chegaram ao meu rosto. Prendo a respiração quando eles se estreitam e as sobrancelhas escuras dele se erguem. Sua expressão demonstra um ar desafiador e presunçoso com um toque de dúvida, como se ele não soubesse o que pensar sobre mim. Acabei de flagrá-lo me secando, e ele me olha como se fosse eu que devesse ficar envergonhada.

A reação dele me deixa perplexa demais para fazer qualquer outra coisa além de encará-lo. Quando passo por ele, apenas alguns metros nos separam. O ar ao redor dele parece carregado. Ele permanece imóvel, e algo nisso me faz sentir como se estivesse desfilando diante dele em uma passarela. Ou caminhando em uma prancha.

Não gosto da maneira como meu coração dispara e o meu rosto fica corado sob seu olhar inquiridor.

Assim que passamos por ele, acelero para ficar ao lado de Quinn.

— Tem certeza de que minha roupa está boa? — pergunto à minha amiga quando ela enfim encontra um lugar de que gosta nas arquibancadas e começa a subir as escadas.

Com um olhar rápido, ela confirma com a cabeça.

— Você está uma gata. Mais ninguém conseguiria bancar esse vestido. E não sei como você ainda está bronzeada do verão.

É porque eu morei na piscina esse verão enquanto fazia a reabilitação do joelho.

Nós nos sentamos em uma fileira vazia mais ou menos na metade da arquibancada. Temos uma boa visão dos pilotos que ainda estão fazendo saltos de aquecimento na pista. Vejo Colter, e Quinn também, a julgar pelo sorriso dela.

— Sinto que eu deveria ter escolhido alguma coisa...

— Alguma coisa o quê? — Ela arqueia uma sobrancelha para mim de modo questionador.

— Menos rosa e rendada do que isso.

Ela ri baixinho, desviando os olhos do namorado apenas por um segundo. Então tira a jaqueta de couro e a oferece para mim.

— Coloque isso.

— Tem certeza?

— Você está maravilhosa, mas, se assim for se sentir mais à vontade... — Ela dá de ombros novamente.

Passo os braços pelas mangas macias e me encolho na jaqueta. O couro conserva o calor dela, e, ao menos da cintura para cima, agora estou mais parecida com a multidão.

— Uau. Me sinto fodona automaticamente. Pode ser que eu não devolva.

Quinn dá uma bufada.

— Eu sei onde você mora, garota.

Todo mundo fica em pé quando a voz do locutor crepita nos alto-falantes. Ele dá a todos boas-vindas ao evento enquanto os pilotos estão sentados impacientemente em suas motos. Quase consigo ver a adrenalina saindo deles. Minha própria empolgação cresce. Não vejo Colter em ação desde a primavera passada. Ele é talentoso e destemido. Também um tantinho doido, mas de uma maneira verdadeiramente amável.

Quando ele deixou as corridas em motos de trilha pelo freestyle, treinou bastante comigo e com Quinn. O controle e a força necessários para fazer algumas das manobras são fora de série.

O locutor anuncia cada piloto, apresenta-os e fornece uma lista de conquistas enquanto eles dão uma volta na pista acenando para os fãs, então fazem a volta para subir a rampa em alta velocidade.

Algumas das coisas que eles conseguem fazer são realmente incríveis. Quando chega a vez de Colter, ele faz um mortal para trás, depois levanta as pernas atrás de si como se voasse deitado acima da moto.

Quinn grita ao meu lado, levando as mãos ao redor da boca. Quando aterrissa, ele faz uma volta, passando perto da cerca e ficando em pé. Beija os dedos da mão e depois aponta para ela antes de se afastar em velocidade.

O evento continua, com sete pilotos no total fazendo manobras sincronizadas enquanto a música explode dos alto-falantes. O ritmo deles, a técnica, até a altura que alcançam — tudo é quase idêntico. Eles fazem mortais para trás e um punhado de outras acrobacias que parecem aterrorizantes.

A única outra vez que vi Colter em ação foi em uma pista pequena onde ele treina. Foi divertido ter ido aquele dia com Quinn, mas isto aqui... superou muito as minhas expectativas. Meu coração também acelera de empolgação conforme os feitos dos pilotos ficam cada vez mais impressionantes.

Depois de um tempo, eles saem da rampa e param em uma ponta da pista; em seguida, um por um, assumem o percurso, revezando-se em todas as rampas, realizando acrobacias e animando a multidão.

O cheiro é de fumaça e borracha queimada, com um toque de gasolina, e a música está tão alta que a sinto vibrando no meu corpo. É eletrizante.

O locutor anuncia as manobras assim que eles as realizam. Os nomes me fazem rir: Hart Attack, Kiss of Death, Rigamortis, Holy Grab, Oxecutioner e outras tantas.

— Quem nomeou essas manobras tem um senso de humor muito estranho — grito por cima do barulho.

Mas também é um bom lembrete de que bastaria um movimento em falso para esses caras se machucarem gravemente. Eles são malucos.

— A maioria delas é nomeada em homenagem a pilotos — responde Quinn, sem tirar os olhos da pista.

Quando chega a vez de Colter, meus olhos acompanham cada movimento dele. Ele é bom. O melhor do grupo, talvez. E, graças a todo o tempo que passamos juntos enquanto ele treinava paradas de mão e trabalhava o controle do tronco e membros superiores, noto que melhorou muito nessa área. Suas linhas são retas e seus movimentos, suaves.

Quando ele dá um mortal e se solta da moto exceto por uma mão segurando o banco, prendo a respiração, assim como todos os demais. E, quando ele aterrissa com precisão, sinto uma pontada de orgulho pela pequena participação que tive em ajudá-lo a fazer aquilo parecer tão fácil.

Eu me levanto com Quinn quando ele termina, aplaudindo e gritando. Colter passa por nós de novo, desta vez empinando a moto e se exibindo para a namorada. Os caras junto à pista gritam e o provocam conforme ele passa. Minha atenção retorna para o piloto de antes. Ele ainda não saiu de cima da moto, mas parece tão à vontade nela que é como se estivesse em seu trono. Os olhos dele se voltam para mim e, por alguns longos segundos, estamos de novo naquela disputa de olhares.

Desvio os olhos primeiro e me sento outra vez na arquibancada dura.

— Ele não foi fantástico? — pergunta Quinn, com um sorriso enorme se espalhando pelo rosto.

— Foi. Muito! Não consigo acreditar como ele melhorou durante o verão. Você continuou treinando com ele?

— Eu? — Ela dá uma bufada. — Não. Não tenho paciência. Isso foi tudo você.

— Você também estava lá. — Colter treinou conosco durante meses. Foi legal porque pude conhecer bem o namorado da minha melhor amiga e lhe dar meu selo de aprovação. Ele é mesmo ótimo, e Quinn é louca por ele.

— É, mas eu passava a maior parte do tempo sentada, olhando embasbacada para ele.

— Você ainda passa a maior parte do tempo sentada, olhando embasbacada para ele.

Ela sorri.

— Ele é um gato. Ficar embasbacada é obrigatório.

Sem pensar, arrisco outro olhar para o cara na moto. Falando em ser gato... ele tem toda uma vibe de *bad boy* que vai quebrar seu coração e continuar lindo enquanto faz isso. Ele estica o braço e fecha os dedos ao redor do guidão. O movimento repuxa o tecido da blusa nas costas e nas laterais do tórax dele quando seu bíceps coberto de tatuagens se flexiona. Se o perigo tivesse um corpo, seria como o dele, em sua roupa toda preta combinando com a moto.

— Puta merda — murmuro.

Ele olha para trás e me pega o encarando. Um sorriso presunçoso levanta o canto de seus lábios. Desvio os olhos rapidamente para a pista, mas não antes que um calor suba pelo meu pescoço.

— Né? — Quinn pergunta com admiração na voz. — Ela é a única menina na equipe, mas está representando bem as mulheres. Além disso, ela é tão sexy. O cabelo ruivo me atrai muito.

— Hã? — Viro a cabeça bruscamente para minha amiga, confusa.

Ela aponta para a pista, onde uma mulher tira o capacete, libertando o cabelo ruivo com um balanço de cabeça, e acena para a multidão.

Quinn continua:

— Você acha que eu conseguiria convencer Colter a transar com ela e me deixar assistir?

— Está falando sério?

— Não muito, mas já pensei sobre isso. Na teoria, Colter está aberto a todo tipo de coisa, mas acho que ele mataria qualquer cara que chegasse perto de mim pelado. E eu provavelmente faria o mesmo com qualquer uma que tentasse colocar as mãos no meu homem. E você?

Balanço a cabeça com uma risada.

— Vocês são perfeitos um para o outro.

— Você nunca pensou em transar com várias pessoas?

— Não, na verdade, não. Minhas fantasias sexuais são mais no um a um — admito. — Mal consigo encontrar alguém com quem quero transar, então a probabilidade de encontrar mais de uma pessoa parece baixa.

— Verdade. Você é muito seletiva. Exceto por Tristan.

Faço uma careta diante da lembrança. Ele beijava como se fosse uma competição que estivesse determinado a ganhar. Meus lábios doem só de pensar.

A mulher fica de pé na moto e levanta os braços.

— Mas ela é uma gata, não é? Tive muito ciúme quando entrou no time, porque Colter passava bastante tempo com ela, mas ele diz que não gosta de ruivas. É algum trauma dos filmes do Chucky que ele viu quando era criança.

— Ela é bem gata. — Concordo com a cabeça.

A multidão a ama, homens e mulheres. Falando em homens, sinto o olhar *dele* em mim e, quando desvio os olhos, flagro o cafajeste gostoso me observando de novo. Não é bem um flerte, é mais como se ele estivesse entretido pela minha presença. Ergo o queixo desafiadoramente, então me viro para Quinn.

— Aquele cara lá embaixo não para de olhar para mim.

Ela desvia o olhar da ruiva e procura por ele.

— Qual?

— Camiseta preta, tatuagens, gostoso de um jeito que não pode ser bom.

A risada dela é abafada pelo barulho de um motor acelerando.

— Com esse público, você vai ter que ser mais específica.

— Aquele sentado na moto.

Ela o encontra alguns segundos depois, e sei disso porque sua voz fica melódica.

— Uuuh. Ele é uma graça.

Uma graça? O homem é todo musculoso e durão. Lindo e atraente, sim. Mas uma graça? Não exatamente.

— Ele ainda está olhando para cá?

— Não. Bom, talvez estivesse, mas agora me parece um pouco ocupado. — A voz dela assume um tom musical brincalhão.

Olho de volta a tempo de ver uma garota com um cabelo castanho deslumbrante montar de frente para ele na moto e jogar os braços sobre os ombros dele. Ele não encosta nela, mas, a julgar pela maneira como se inclina para mais perto, está adorando a atenção. De um jeito quase preguiçoso, ele a segura pela nuca e leva a boca dela à dele, beijando-a de um jeito que faz meu estômago revirar.

— Você o conhece? — pergunto a Quinn.

— Não, mas reconheço alguns dos caras que estão com ele. São pilotos daqui. Colter deve saber quem é. Podemos perguntar a ele depois. Talvez Colter possa apresentá-los, e aí poderíamos sair em encontros de casais!

— Não, obrigada. Ele não faz meu tipo nem um pouco.

— Ele faz o tipo de todo mundo pelo menos por uma noite.

Ela provavelmente está certa.

O resto do evento passa rápido e, antes que eu perceba, Quinn está me arrastando até a lateral do estacionamento, onde Colter e os outros pilotos guardam os equipamentos em trailers. Uma pequena multidão se formou ao redor, e noto meu *bad boy* tatuado entre as pessoas, mas tomo cuidado para não ser pega olhando para ele de novo.

Quinn dispara na direção do namorado, que ainda está usando toda a paramentação, menos o capacete. Ele a agarra no ar e a beija de modo apaixonado. Caminho devagar até eles, diminuindo a distância enquanto eles matam a saudade como se não se vissem há meses, e não há apenas algumas horas.

Colter coloca Quinn de volta no chão, mas mantém os braços ao redor dela. Ele é uns trinta centímetros mais alto e usa essa diferença de altura para sorrir para mim por cima da cabeça dela.

— Oi, Avery.

— Oi para você. — Dou um sorriso. Não tem como não gostar de Colter. O fato de ele fazer minha amiga feliz é só um bônus.

— O que achou do show? — pergunta ele.

— Foi incrível. Suas linhas foram retas e limpas. Estou tão orgulhosa.

O sorriso dele se alarga.

— Obrigado.

Mais membros da equipe trabalham ao nosso redor. Colter dá outro beijo nos lábios de Quinn.

— Preciso ir ajudar os caras. Vocês vão ficar por aqui um pouquinho? Tem uma caixa térmica com bebidas na traseira da minha caminhonete.

Minha amiga olha para mim esperançosa.

— Sim. — Levanto o ombro em um pequeno sinal de aprovação.

— Legal. Peguem algo para beber. Eu volto logo. — Ele beija Quinn de novo. Sério, esses dois não se cansam um do outro, e é tão bonito quanto enjoativo assistir. Quando Colter se afasta, Quinn gira na ponta dos pés sorrindo para mim. Ver como ela está feliz torna difícil sentir qualquer coisa além de felicidade por ela.

Não estou à procura, mas seria legal se o universo me mandasse um homem lindo e fofo que queira me dar uns beijos de vez em quando. Depois do ano de merda que tive, não me parece que seja pedir demais.

CAPÍTULO TRÊS

knox

—SE NÃO É O MALDITO DO KNOX HOLLAND. — COLTER DESCE DE SUA CAMINHONETE com suspensão elevada exibindo um sorriso largo no rosto. Faz anos que o conheço, e acho que nunca o vi sem aquele mesmo sorriso bobo e feliz.

O meu sorriso é muito mais raro, mas o deixo escapar conforme me aproximo do meu amigo de longa data.

— Você veio — diz Colter, marchando na minha direção com um sorriso enorme. Nos cumprimentamos, e ele me puxa para um abraço de um braço só. — O que achou?

— Ainda acho que conseguiria acabar com você em qualquer corrida.

Os olhos escuros dele exprimem seu divertimento quando ele ri.

— Sem chance. Você tem sorte de eu ter desistido naquela época. Estaria roubando todos os prêmios de você.

— Diga a hora e o local, e vamos testar essa teoria — digo, sabendo que ele não vai aceitar o desafio. Nenhum de nós deixa as provocações do outro nos atingir. Conheço Colter desde que éramos crianças. Crescemos juntos em Valley, nos conhecemos no começo do ensino fundamental e pilotamos desde então. Há cerca de um ano, na mesma época em que voltei a competir, ele trocou as motos de trilha pelo freestyle. Agora passa os dias fazendo acrobacias doidas na moto dele em vez de correr.

Foi uma coincidência ele ter parado de correr bem quando eu voltei? Acho que não. Eu não o culpo. Sou rápido pra caralho.

— Vamos apostar corrida assim que você conseguir fazer o Kiss of Death com um duplo mortal para trás. — A expressão dele me desafia a tentar a manobra louca em que o piloto dá mortais com a moto agarrando-se ao guidão enquanto estica as pernas no ar.

— Gosto da ideia de *manter* todos os meus ossos.

Os ombros dele sacodem com a risada. Alguém grita seu nome e joga uma cerveja para ele. Ele acena em agradecimento enquanto pega a bebida.

— Quer uma? — pergunta, oferecendo-a para mim.

— Não, obrigado.

Com outro aceno, ele bate na tampa algumas vezes antes de abri-la. Toma um longo gole antes de perguntar:

— Sinceramente, o que achou?

— Foi da hora. Eu não fazia ideia de que estava fazendo acrobacias como essas. Está planejando competir nos próximos X Games?

— Porra, não sei. No momento, só consigo pensar nessa turnê. Temos apresentações marcadas para quase todos os fins de semana até o Natal.

— Sério? — Não sei bem o que imaginei quando ouvi que ele estava em turnê e fazendo eventos de freestyle, mas pensei que era algo bem mais simples do que o evento que fizeram esta noite.

— É. — Ele balança a cabeça e dá outro gole. — Por toda a Costa Oeste. Ralis de *monster truck* e feiras, tudo que você imaginar.

— Isso é muito legal, cara.

— Obrigado. E com você, como estão as coisas? Fiquei triste em saber que a Thorne te cortou. Você fez uma temporada do caralho. Aquele Link é um cara bem difícil.

Solto uma risada curta.

— É, bota difícil nisso.

— Você já fechou com outra equipe?

— Não, ainda não. — Ele me olha com uma expressão de surpresa mal contida. — Vou dar um jeito.

Tento deixar para lá, mas a verdade é que está tudo uma merda. Na última corrida, Link acabou ganhando depois que encostou em mim. Tive sorte por não ficar gravemente ferido, só um pouco machucado. Mas fiquei puto. Falei poucas e boas, ele falou poucas e boas, e aí perdi a cabeça. Eu o empurrei na frente dos jornalistas e do dono da equipe, Mike, e esse foi o fim. Eles me cortaram.

— Sem dúvida. Você teve um ano do caralho. É o favorito da próxima temporada, e todo mundo sabe disso. Aposto que vai ter uma nova equipe até o fim desta semana. Vai sair desse calor desértico e treinar em uma pista chique perto do mar, com nutricionistas, programa de exercícios especializados e essa merda toda.

— Não. Eu estava planejando voltar para cá de qualquer forma. Flynn está no último ano do ensino médio, então preciso ficar por aqui o máximo de tempo possível.

— O bebê Holland já está no último ano? — As sobrancelhas de Colter se erguem de incredulidade. — Puta merda. Não é possível que já faz mais de cinco anos que a gente se formou.

Balanço a cabeça em concordância. Também não me parece possível, mas isso é porque eu não me formei. Mas entendo o que ele quer dizer. E esse é mais um motivo pelo qual preciso estar aqui para garantir que Flynn termine a escola e ganhe uma bolsa de estudos para uma das primeiras escolhas de faculdade dele.

— Sério, você destruiu lá dentro. — Desvio o assunto de volta para Colter. — Estou impressionado. A atmosfera, a energia, todo o evento foi legal pra cacete.

— Você nunca foi a um evento de freestyle?

— Só os pequenos, nas corridas. Sempre quis ir aos X Games, mas nunca deu certo.

Ele sorri para mim, parecendo-se mais com o menino desengonçado e dentuço que era há quinze anos.

— Ei, se estiver procurando alguma coisa para fazer até resolver o negócio da equipe, sempre podemos incluir outra pessoa.

— Freestyle?

— Por que não? Eu já vi você fazer algumas manobras.

— É, só de brincadeira.

— É só isso que estamos fazendo.

Com certeza ele está subestimando todo o talento necessário para fazer um mortal enquanto realiza acrobacias por cima da moto e depois aterrissar com precisão.

— Acho que não. — Meu único foco nos próximos meses é treinar duro e convencer Mike a me aceitar de novo na equipe dele.

— Se mudar de ideia, é só falar. Mesmo que não queira fazer manobras, sempre precisamos de mais braços na montagem e desmontagem. Saímos quinta à noite ou sexta de manhã e voltamos sábado de madrugada ou domingo. Jogo rápido. Muita diversão. Vou adicionar seu pagamento diretamente ao fundo de indenizações Knox Holland em antecipação a todas as suas futuras brigas.

— Vai se foder. — Coço a lateral do rosto com o dedo do meio.

Rindo, ele me dá um tapinha no ombro.

— Vem cá, quero te apresentar para o pessoal da equipe.

Colter me conduz, parando para pegar outra cerveja na caixa térmica na traseira de sua caminhonete.

— Tem certeza de que não quer beber nada?

— Tenho certeza. — Por mais que eu queira afogar minhas mágoas, preciso estar com a cabeça no lugar para decidir o que fazer a seguir. Depois de tanto trabalho, não posso permitir que tudo acabe após uma única temporada.

Eu poderia tentar arranjar outra equipe. Mas isso parece improvável. As melhores equipes estão todas fechadas, com pilotos famosos de que não vão abrir mão a menos que alguém se machuque ou se aposente. Não consigo imaginar por que haveria uma vaga para mim. Talvez eu possa entrar numa equipe pequena. Mas elas não têm a mesma grana, então provavelmente seria melhor se eu arrumasse alguns patrocinadores por conta própria. A melhor coisa de estar em uma equipe é ter gente que cuida de toda essa baboseira para que eu possa apenas correr.

Ele pega outra cerveja e vai até um grupo de pessoas na frente de um *motor home* velho e caindo aos pedaços. Reconheço o cara sem camisa sentado na escada do veículo não só do evento de hoje, mas de vários ao longo dos anos.

— Knox, este é Sam, mas nós o chamamos de Oak — diz Colter, apontando para o cara. Então ele inclina a cabeça na minha direção. — Eu e Knox crescemos correndo aqui em Valley. Eu costumava deixá-lo acabar comigo nas pistas.

Deixar?

— Vai sonhando. — Dou uma bufada, então estendo uma mão para Oak. Ele é alto e magro, com *dreads* compridos que passam dos ombros. — Nunca vi ninguém aterrissar uma Volt com tanta facilidade. Aquilo foi incrível.

— Valeu, cara. — Damos um aperto de mãos, e então Colter se dirige à única mulher da equipe.

Ela tem longas madeixas vermelhas como o fogo e uma expressão que diz *não mexe comigo*. É sexy, mas não faz o meu tipo. A energia que exala é muito parecida com a minha. Não estou interessado em transar com uma versão de mim mesmo. O sorrisinho que ela me dá diz: *nem eu, amigo*.

— Esta é Brooklyn.

— Você me parece familiar — digo ao dar um passo para a frente e olhar melhor para o rosto dela. Tem alguma coisa naquele olhar e no modo como mexe a boca que me lembra alguém. — Qual é seu sobrenome?

— Não vem ao caso. — De repente ela parece tímida, o que não combina com ela. Agora estou intrigado.

— O pai dela é... — começa Colter, mas ela lhe dá um soco no estômago antes que ele possa terminar. Ele se dobra e arqueja enquanto dá risada, mas, assim que se recupera, forma o nome dele com os lábios.

Minhas sobrancelhas se erguem quando caio em mim.

— Não brinca?

— Eu te castro se contar para alguém — ela me diz antes de dar outro soco em Colter e então nos dar as costas com uma jogada do rabo de cavalo.

Colter se endireita e suspira.

— Ela parece fofa — falo secamente. Acho que minhas bolas se recolheram para dentro do meu corpo em defesa.

Colter ainda está ofegante quando diz:

— Ela demora um pouco para se abrir, mas é ótima para organizar eventos e negociar com os locais.

— Imagino que não seja próxima do pai.

— Ela só quer fazer o próprio nome. Não deve ser fácil ser filha de uma lenda.

Solto uma risada curta. É, eu não teria como saber. A única coisa lendária sobre o meu pai é como ele era péssimo.

— E este é Shane. A mãezona do grupo. — Colter pisca para mim.

O cara enorme sentado em um caixote virado dá um sorriso amarelo para o homem ao meu lado antes de olhar para mim e apontar com o queixo.

— Ei. Knox Holland, certo?

— Sim, isso mesmo. — Cruzo os braços sobre o peito.

Ele assente devagar com a cabeça, então levanta a mão e acaricia a barba.

— Eu estava no campeonato do mês passado em Salt Lake City. Sinto muito pelo que aconteceu.

Sou atravessado por uma nova onda de raiva e decepção. Fecho os punhos e deixo minhas mãos caírem ao lado do corpo.

— Obrigado. — Não sei o que mais dizer.

Antes que alguém possa acrescentar alguma coisa, uma garota baixinha de cabelo escuro passa se espremendo por mim e se lança sobre Colter.

Ele passa um braço pela cintura dela e então lhe dá um beijo rápido nos lábios.

— Amor, quero te apresentar para uma pessoa.

Ele se vira com ela para que fiquem de frente para mim. Eu a reconheço instantaneamente. Antes, ela estava sentada com aquela fresquinha gostosa.

— Oiiii — diz ela arrastando a saudação, me examinando com um sorriso, como se soubesse de alguma coisa que eu não sei.

— Oi, sou o Knox — falo.

— Knox e eu estudamos juntos — Colter lhe explica. Ele se abaixa e a beija no pescoço. — Esta é minha namorada, Quinn.

— Prazer em conhecê-lo. — Ela ergue a mão e acena com os dedos. O namorado dela continua beijando seu pescoço enquanto ela estende o braço da mesma mão e puxa outra garota para mais perto.

A gostosa.

Meus lábios se curvam quando dou uma boa olhada nela de perto. O cabelo loiro comprido cai em ondas ao redor do rosto em formato de coração, e os olhos dela são de um azul brilhante, quase neon. Está usando um vestido de renda rosa-claro curto e justo. Minha boca fica seca. Ela é uma gata, disso não há dúvida. Eu a seco, analisando bem suas pernas longas e bronzeadas até chegar no par de tênis que eram brancos. São a única coisa que não está ajeitada e perfeita. Em que porra de lugar ela achou que estava indo com aquela roupa, e como acabou aqui?

Em algum momento, ela colocou uma jaqueta de couro preta por cima do vestido, como se estivesse tentando se misturar ao ambiente. Não ajudou. Ela se destaca ali, toda cor-de-rosa e arrumadinha. Até o carro dela se destaca: um Ford Bronco retrô pintado de rosa-claro. Só dá ela em um mar de preto e cromado.

— Esta é minha amiga Avery. Acho que vocês dois se estranharam mais cedo. — Quinn dá risadinhas antes de se aconchegar em Colter, e os dois começam a levar a sessão de beijos mais a sério.

Eu e Avery nos encaramos por um momento, e ninguém diz nada a princípio, mas parece que Quinn e Colter não vão parar nem para respirar.

— Oi — diz ela, remexendo-se de maneira desconfortável.

— Sou o Knox.

Não sei por que não digo mais nada. Meio que só fico olhando para ela. Não costumo ficar com a língua presa na frente de uma mulher, mas é que ela é tão patricinha. Inegavelmente linda, mas do tipo que dá trabalho. Seria melhor deixar Brooklyn arrancar meus olhos do que mexer com essa daí. Mas, puta merda, como estou tentado a perguntar se ela quer dar uma volta de moto comigo.

— Você também é corredor de freestyle? — pergunta ela.

— Piloto.

— O quê?

— Piloto, não corredor.

— Certo. Tanto faz. Você entendeu o que eu quis dizer. — O tom dela é mais duro do que eu esperava, e me pego segurando o riso. A gostosa é atrevida.

Ela olha para a amiga em busca de uma saída, mas Quinn ainda está beijando Colter, então a garota volta a olhar para mim.

— E aí? Você é?

— Eles não estão correndo, só pilotando. Então são pilotos — esclareço. — E eu sou piloto de motocross.

— Qual é a diferença?

— Quando eu piloto, *estou* correndo.

A língua dela sai da boca para umedecer os lábios rosados. Eles são grandes e cheios, formando um biquinho que me faz querer beijá-la só para descobrir a sensação.

Um dos caras com quem eu estava antes me chama, e me viro em sua direção. Ele gesticula para a moto dele, indicando que quer sair dali e dar uma volta.

— Eu posso te mostrar.

— Mostrar para mim? — A voz dela sobe diversas oitavas na última palavra.

— É. Quer dar uma volta? — Sinto ondas de excitação ao pensar nela na garupa da minha moto.

Aqueles lábios perfeitos formam um "o", mas deles não sai nenhum som enquanto ela considera a proposta. Tenho quase certeza de que está tentando descobrir como mandar eu me foder educadamente. Dou risada, sabendo muito bem que ela não vai dizer sim antes mesmo que balance a cabeça.

— Não vou a lugar nenhum com você. Eu nem te conheço.

— Colter pode atestar a minha boa índole. — Ao olhar para ele, porém, vejo que ainda está enfiando a língua na boca da namorada. — Está com medo de se sujar?

— Medo de morrer — retruca ela. — Já vi suas habilidades de piloto, lembra?

Dou um sorriso de canto.

— Quando quase me atropelou, quer dizer?

— Você chegou voando do nada. — O tom dela endurece, e ela tenta me olhar com raiva, mas é tão adorável que meu sorriso se alarga.

— Uma voltinha, princesa.

— Princesa? — Ela dá uma bufada de desdém, parecendo ainda mais metida e fresca.

— Trago você de volta antes que sua amiga pare para tomar um ar. Talvez você até goste.

— Duvido, já que você estaria comigo. Por que não vai com a sua namorada?

— Minha o quê?

— A garota que você estava beijando mais cedo. Ela sabe que sai por aí flertando com outras mulheres?

— Parece que você passou a noite me monitorando. Me sinto lisonjeado. — Dou um passo à frente e abaixo a voz: — Ela não é minha namorada, e eu só perguntei se você queria montar na minha moto, não em mim. Apesar de que...

Ela fica boquiaberta, e suas bochechas adquirem um tom rosado bonitinho.

— A resposta a ambas as perguntas seria com certeza um não.

— Azar o seu. — Pisco para ela e dou um passo para trás, desviando o olhar para Colter. Levanto a voz para que talvez ele me escute em meio aos beijos. — Preciso ir, cara.

A boca dele se afasta da garota, mas ele mantém os braços em volta dela.

— Obrigado por vir. Vejo você semana que vem na pista?

— Pode apostar. — Aceno para a namorada dele, depois dou uma última olhada em Avery. — Até mais, princesa.

CAPÍTULO QUATRO

Knox

Na semana seguinte, enquanto estou a caminho de buscar Flynn no treino de basquete, meu celular vibra no porta-copo do carro. Vou para o acostamento e fico olhando para o nome na tela com um sentimento de esperança crescente no peito. Pego o telefone, o dedão pairando sobre a tela. Aperto o botão "aceitar" e levo o aparelho ao ouvido.

— Oi, Mike.

— Knox. — A voz do dono da minha antiga equipe é animada e tranquila, me dando ainda mais esperança de que esta ligação traga boas notícias. — Ei, como está em Valley?

— Bem — respondo de modo sucinto. — Tenho treinado todo dia, trabalhado duro.

— É, recebi suas mensagens. Fico feliz que as coisas estejam indo bem.

— Elas estão. Nunca me senti tão forte, e meus tempos nunca estiveram melhores.

— Fico muito feliz de ouvir isso. De verdade.

— Isso significa que vai me dar outra chance?

Prendo a respiração. Essa é a hora. Preciso voltar para a equipe. Preciso de outra chance. Cheguei longe demais para que tudo acabe antes de começar de verdade.

O suspiro dele faz minhas entranhas darem um nó.

— Sua habilidade como piloto nunca foi o problema, Knox.

— Vou ficar longe de Link.

— Sinto muito, mas eu não mudei de ideia.

— Isso é uma babaquice. — Minha raiva leva a melhor, e as palavras escapam antes que eu consiga me conter. — Eu posso ganhar. Eu *vou* ganhar.

Durante toda a temporada, eu me empenhei por eles, conquistando para a equipe Thorne um monte de vitórias. Deixei de ser um piloto aposentado e esquecido por todos durante os cinco anos em que fiquei afastado e passei a ser um dos principais concorrentes ao longo da temporada. Aquele campeonato estava nas minhas mãos. Então cometo um único erro, e eles me descartam. Em vez do cara que me custou a corrida. Acidentes acontecem na pista, mas Link sabia o que estava fazendo. Ele calculou o risco e decidiu que não se importava. Foi inconsequente e me fez perder tudo.

— O problema nunca foi a sua capacidade de ganhar. Você é um piloto talentoso, sem dúvida, mas tenho dois outros caras para considerar. Essa não é a Equipe Knox. Somos um grupo unido. Queremos pessoas que possam trabalhar juntas e se ajudar.

Quase não consigo me impedir de cuspir as palavras "Como Link me ajudou?". Que babaquice.

— Gosto de você, Knox, gosto mesmo, mas seu comportamento é ruim, e você não consegue controlar seu temperamento.

— Ele me custou o campeonato! — berro, agarrando o volante com força. Não me importa que esteja provando que ele está certo ao perder a calma. Link fodeu com tudo. Não eu.

— E você fez uma cena e quebrou seu contrato brigando com seu companheiro de equipe.

Fiquei puto quando vi Link no pódio comemorando o que deveria ter sido minha vitória. Minha visão ficou turva. Eu estava tão perto, porra. Passei cinco anos afastado, esperando uma oportunidade, e então ela chegou, tão perto que quase conseguia sentir aquele troféu nas minhas mãos... e aí tudo se foi.

— Não vai se repetir — digo entre dentes.

Ele solta uma risada agressiva.

— Não foi um evento isolado. Você e Link se provocaram a temporada inteira. Sei que ele não é um santo, mas você deveria dar o exemplo, não botar lenha na fogueira.

— Eu disse que não vai se repetir. — Consigo manter a boca fechada e me conter. Faço qualquer coisa se tiver outra chance.

— Mesmo que eu acreditasse nisso, não conseguiria convencer os outros proprietários. Simplesmente não podemos ter esse tipo de atmosfera. Você é um risco que não podemos correr.

— Vamos lá, Mike. Mais uma chance, isso é tudo que eu peço.

— Sinto muito — ele repete, soando decidido. — Sinto mesmo, mas você não vai correr conosco na próxima temporada.

Fecho os olhos e deixo a cabeça encostar no banco.

Diante do meu silêncio, ele acrescenta:

— Se eu fosse você, passaria os próximos meses refletindo sobre as suas ações. Se quiser fazer disso uma carreira, precisa crescer e descobrir como controlar seu temperamento. O mundo da corrida é pequeno, e as pessoas falam.

Crescer? Ele acha que eu preciso crescer. É engraçado, na verdade. Ele não faz ideia das responsabilidades que foram empurradas para mim ainda muito novo nem do peso de tudo que carrego nas costas. Não estou atrás de compaixão; eu faria tudo de novo. Mas agora é a minha chance.

Eu só quero correr. Quero *vencer*. E vou fazer o que for preciso para provar que mereço.

♥

Estaciono fora do ginásio da Escola de Ensino Médio de Valley no momento em que Flynn está saindo pelas portas duplas com alguns colegas do time de basquete. Assim que vê minha caminhonete, ele faz um movimento com o queixo para os amigos e vem correndo na minha direção.

Flynn abre a porta do passageiro e joga um chumaço do tom carmesim do uniforme da escola no banco de trás junto com a mala.

— O que é isso tudo? — pergunto.

— Os agasalhos novos chegaram.

— Merda. Esqueci completamente. — Coloco o carro no ponto morto. — Seu treinador ainda está lá?

Flynn olha para mim, uma expressão confusa enrugando sua testa suada onde o cabelo castanho-avermelhado dele se gruda.

— Para pagá-lo — esclareço. Flynn mencionou que precisava do dinheiro para o agasalho, mas, com tudo que aconteceu, eu me esqueci completamente disso.

— Já paguei.

— Arrumou um emprego sem que eu percebesse? — pergunto, sabendo muito bem que ele não fez isso. Manter as tarefas da escola em dia enquanto se pratica um esporte é um trabalho em tempo integral. Dou o meu melhor para garantir que ele não tenha que se preocupar em conseguir dinheiro para qualquer coisa de que precise, para que possa se concentrar em coisas normais de adolescente.

Quero que ele vivencie o ensino médio como eu não pude. Nossa mãe morreu anos antes de eu me formar na escola, e nosso pai quase nunca estava por perto. Hendrick já tinha ido para a faculdade, então coube a mim garantir que tivéssemos um lugar para morar e comida na mesa, além de roupas e toda a tralha da escola. Abandonei o ensino médio assim que fiz dezoito anos e arrumei um emprego em uma empresa de ar-condicionado para que pudéssemos ficar todos juntos, mas, mesmo trabalhando em período integral, ter uma grana extra para fazer coisas como sair com amigos era uma raridade.

Foi por isso que abandonei as corridas por um tempo. Pode sair caro praticar um esporte como o motocross, com a constante manutenção da moto e as taxas de inscrição. O tempo passado longe do trabalho e dos meus irmãos também era difícil.

Archer e Brogan ajudavam quando podiam, arrumando bicos nas férias de verão e depois da escola, fora da temporada de futebol americano, mas eu nunca quis que meus irmãos sentissem que precisavam abrir mão das coisas ou assumir parte da minha responsabilidade. Que um de nós adiasse seu sonho já era mais que suficiente.

Flynn só tinha oito anos quando mamãe morreu. Fizemos de tudo para protegê-lo. Isso nunca foi discutido, mas, em retrospecto, vejo como todos nós abrimos mão de coisas para que ele pudesse ter o máximo de normalidade possível.

— Hendrick me deu o dinheiro — diz meu irmãozinho, me tirando dos meus próprios pensamentos.

Irritado — não com ele, mas comigo mesmo por esquecer e depois tornar isso o problema de outra pessoa —, faço meu melhor para manter a voz estável quando respondo:

— Eu disse que daria para você.

— Eu sei, mas esqueci de te lembrar e precisava dele hoje, então pedi para Hendrick na carona de hoje de manhã.

Assinto com a cabeça, rangendo os dentes. Eu deveria estar agradecido, mas sinto como se estivesse falhando.

Justo no único dia em que não levei Flynn para a escola. Geralmente sou eu quem o leva e busca, mas hoje de manhã eu estava no telefone fazendo ligações, preocupado com a minha carreira, então, quando Hendrick se ofereceu para levar nosso irmãozinho, aceitei. A outra opção — emprestar meu carro a Flynn — estava absolutamente fora de cogitação. Ele tem carteira, mas é péssimo no volante. Já destruiu um carro.

— O que tem de jantar? Estou faminto. O treinador nos fez correr meia hora hoje porque dois caras estavam zoando. — São mais palavras do que Flynn costuma dizer no caminho para casa, e sei que é porque está tentando amenizar meu deslize. Ele me conhece melhor que qualquer pessoa.

Ficamos conversando o caminho inteiro, mas a inquietação que sinto não passa. Assim que chegamos em casa, Flynn vai direto para o quarto dele.

Archer e Brogan estão na sala vendo TV, e Hendrick e a noiva dele, Jane, estão sentados à mesa de jantar.

— Oi — Hendrick me diz quando coloco minhas chaves no balcão da cozinha. A isso se segue um coro de "olás" de todos os outros. Devolvo um cumprimento murmurado e distraído enquanto meu olhar se volta para a lasanha pela metade.

— Você fez o jantar? — A pergunta sai mais acusatória do que eu pretendia. É raro que outra pessoa cozinhe por aqui, a menos que seja comida de micro-ondas.

— Foi Jane quem fez. — Hendrick a olha como se ela tivesse inventado o prato em vez de cozinhá-lo. Meu irmão mais velho está caidinho.

Meu estômago ronca. O cheiro está bom, e não tive tempo de almoçar.

— Obrigado, Hollywood.

Ela me lança um olhar divertido ao ouvir o apelido. Jane era a estrela de um programa de TV quando era mais nova. Nunca o assisti, mas já a ouvi cantar uma ou duas vezes, e a voz dela é incrível.

Encho um prato e o levo até a mesa de jantar. Seria falta de educação não comer, mesmo que eu estivesse planejando grelhar uns bifes hoje à noite.

Jane está fazendo alguma tarefa de casa na mesa. Ela está no último ano da Valley U, assim como Brogan e Archer. Hendrick está sentado ao lado dela, recostado na cadeira com uma caneca de café à sua frente, estudando a noiva.

Quando Flynn sai do quarto para fazer seu prato, me lembro do dinheiro. Abaixo o garfo e pego minha carteira, tiro algumas notas e as coloco na frente do meu irmão mais velho.

— O que é isso? — pergunta Hendrick, olhando para elas com cautela.

— É para pagar pelo agasalho de Flynn.

Uma sobrancelha se ergue e a cabeça se inclina para o lado, então ele empurra o dinheiro de volta para mim.

— Vai se foder. Não quero seu dinheiro.

— Não vou deixar você pagar o agasalho.

— Por que não?

Reconheço uma pergunta capciosa de longe.

— Eu já tinha separado o dinheiro. Só me esqueci de dá-lo para o Flynn. — Vejo que Hendrick vai querer discutir, então acrescento: — Se você não pegar, vou simplesmente enfiá-lo no vidro de gorjetas da próxima vez que for ao bar.

— Pode se certificar de que eu esteja trabalhando quando fizer isso? — pergunta Brogan, sem tirar os olhos da TV.

Flynn se senta na cabeceira da mesa. Seu olhar fica alternando entre nós dois. Somos um grupo teimoso, então não é incomum que dois ou mais de nós estejamos de picuinha. Brigas de verdade são menos frequentes, mas também não estão fora de questão.

Claramente irritado, mas resignado, Hendrick aceita o dinheiro. Ele ainda não o pega, mas o deixa lá entre nós e reassume sua posição, inclinado para trás com um braço apoiado atrás da cadeira de Jane.

Ele não pode pagar nada neste momento de qualquer forma. Acabou de abrir um bar, há cerca de um ano. Está indo bem, mas sempre tem alguma coisa precisando de conserto, e ele e Jane estão planejando um casamento bem espalhafatoso para o próximo verão.

Caímos num silêncio confortável. Estou perdido em pensamentos enquanto como, repassando o dia mentalmente. Fiz um bom treino na pista, mas ainda estou pensando no telefonema de Mike.

Com a boca cheia de comida, Flynn balbucia:

— Encontrou uma equipe nova hoje?

Todos os olhos se voltam para mim. Balanço a cabeça. A comida que mastigo perde o encanto, e empurro o prato para longe.

— Não, ainda não.

Depois de outro momento de silêncio, Hendrick pergunta:

— Você entrou em contato com quantas?

Todas.

— Umas duas.

— Você vai arranjar uma equipe — diz Flynn com otimismo. — Você é o melhor piloto. Eles seriam burros de não te pegar enquanto podem.

— É, vamos ver — digo com a voz rouca. Minha pele parece se repuxar, e minha boca fica seca. Pigarreio e me levanto. Quando meu prato está vazio e dentro do lava-louças, vou direto para a garagem.

Meu corpo relaxa e minha mente se esvazia quando começo a mexer na moto. Não demora muito e Hendrick se junta a mim. Ele me oferece uma cerveja.

— Obrigado — falo, aceitando-a.

Ele dá um gole na garrafa que segura enquanto estuda meus movimentos.

— Eu me lembro do pai aqui fora trabalhando nas nossas motos ou mexendo na dele. Lembra daquele quadriciclo que ele montou?

Resmungo em concordância.

— Ele era bom com motores. Você também é.

Ser comparado ao meu pai, mesmo por algo positivo, me faz querer queimar a garagem inteira e pisotear as cinzas.

Mas foda-se ele; não vou deixá-lo tirar isso de mim. O sangue dele pode correr nas minhas veias, mas tudo que tenho é por causa do meu trabalho duro.

— Então, qual é o plano? Tem mais pessoas para entrar em contato amanhã ou vai tentar fazer Mike mudar de ideia? — pergunta Hendrick, sentando-se no banco de musculação no canto da garagem.

— Basicamente já liguei para todo mundo — admito sem levantar os olhos. — E Mike deixou bem claro que eles não vão mudar de ideia.

— Você contou para ele o que Link disse antes da corrida? Ele estava tentando tirar você da pista.

— Não importa. Não vai mudar nada.

— Como você sabe se não contar para ele? Mike é um cara decente. Se ele soubesse a história toda...

— Deixa pra lá, tá bom? — Mike sabe que o acidente foi culpa de Link. Todo mundo lá sabia. Eles atribuíram isso ao fato de ele ser um piloto jovem e ambicioso.

Parece que ele quer insistir, mas não o faz. Em vez disso, suspira e passa uma mão no cabelo.

— Eu poderia perguntar ao meu antigo agente se ele tem alguma ideia.

Considero a oferta. Hendrick jogou futebol americano profissionalmente por um tempo, mas faz mais de um ano que ele rompeu com o agente, e duvido que eles mantenham contato.

— Não, tudo bem. — Não quero ninguém mexendo os pauzinhos. Quero conquistar isso por mim mesmo. Abro a cerveja e dou um gole, então a coloco no chão para continuar mexendo na moto.

— Eu poderia levar Flynn para a escola amanhã de novo, para que você tenha tempo de pensar no que fazer.

— Eu consigo.

— Tudo bem, então posso buscá-lo.

— Não, não precisa. — Não tenho muito mais o que fazer. Malhar, treinar e tentar descobrir como vou dar conta de tudo na próxima temporada.

Meu irmão ri, desviando a minha atenção da moto. Os olhos dele brilham de divertimento e os lábios se curvam em um sorrisinho.

— O quê? — pergunto, arqueando a sobrancelha em desafio.

— Você é a pessoa mais teimosa que eu conheço. Não quer que mais ninguém ajude com Flynn ou pague umas merdas ou faça o jantar ou peça favores.

Eu o encaro, esperando o motivo de isso ser ruim. Gosto de fazer minhas coisas sozinho; por que isso me torna teimoso?

— Nós queremos ajudar — diz Hendrick. — Você pilotando de novo foi do caralho para todos nós. Você é uma inspiração. Especialmente para Flynn.

Quero revirar os olhos ou dizer a ele que não preciso de ajuda, mas algo na expressão do meu irmão me impede de fazer isso. Ele me olha de um jeito profundo e preocupado.

— Deixa a gente ajudar, porra. Você não está sozinho nessa. Sinto muito que tanta responsabilidade tenha recaído sobre você quando nosso pai foi embora e eu não estava aqui, mas agora estou, Archer e Brogan estão contribuindo mais, e Flynn faria qualquer coisa para ver o seu sucesso. Você é a porra do herói dele, então comece a agir como um em vez de fingir que seus sonhos são coisas secundárias. É importante para ele ver você indo atrás do que quer.

As palavras dele pairam entre nós por alguns momentos silenciosos, então um canto da minha boca se eleva.

— Cacete, Hen. Quando você se tornou um palestrante motivacional?

— Funcionou? — pergunta ele, sorrindo e tomando outro gole.

— Se houvesse outras opções, sim, talvez, mas não acho que existam. — Entendo o que ele está dizendo, mas não vejo uma maneira de consertar a situação.

Ele assente devagar. Eu volto a falar:

— Vi Colter e alguns caras daqui no fim de semana passado. Vou pilotar com eles e sozinho, fazer o que puder. — Encolho um ombro.

— Colter. — O sorriso dele se alarga. — Eu me lembro de vocês dois pilotando juntos como morcegos saídos do inferno. A mãe sempre ficava com medo de que você acabasse se matando ao tentar ganhar dele.

— Tentar? — Dou uma bufada. — Sou bem mais rápido.

— Ele ainda corre?

— Não, entrou com tudo no freestyle. É bom pra caralho nisso.

— Isso não me surpreende. Você e ele sempre foram os melhores por aqui.

— Ele me convidou para participar da turnê com a equipe dele durante o hiato.

— Fazendo freestyle?

Faço um gesto rejeitando a ideia. Não estou considerando a ideia seriamente.

— Ele disse que eu poderia viajar com eles e ajudar com a montagem e a desmontagem até estar pronto para me apresentar.

— Você deveria fazer isso.

— Por quê?

— Você precisa de uma equipe, e ele está oferecendo uma.

Mas não o tipo certo de equipe. Nenhum desses caras ou Brooklyn disputam corridas.

— Me ouça. — Hendrick se inclina para a frente, e seus olhos estão brilhando. Ele exala empolgação por todos os poros. — A Thorne te cortou porque você era um companheiro de equipe ruim.

Contraio o maxilar por conta do lembrete. *Valeu mesmo, mano.*

— Mostre a eles que consegue fazer parte de uma equipe.

— É uma distração que vai me fazer perder horas em que eu poderia estar treinando para a próxima temporada. — Freestyle é divertido de ver, mas o que eu quero é pilotar.

— Em vez de passar as horas se arrastando por aqui, vá praticar algumas acrobacias. Quão difícil pode ser?

Difícil pra caralho, provavelmente, mas o entusiasmo dele é tão palpável que começo a considerar a ideia.

— Eu estaria longe na maioria dos finais de semana.

— E daí? Nós sobrevivemos durante a temporada enquanto você participava dos eventos.

— Isso foi no verão. — Brogan e Archer estavam relaxando e aproveitando as férias da faculdade, e Flynn só tinha que conciliar os acampamentos esportivos com os treinos.

— Vamos dar um jeito — assegura Hendrick.

— Não sei — digo, mas não consigo afastar a ideia. Poderia mesmo funcionar?

— Prometa que vai pelo menos pensar, tá bom?

— Por que está insistindo tanto nisso? — Será mais trabalhoso para todos, inclusive ele. Vai tornar a vida deles mais difícil, não mais fácil.

— Porque uma vez você me disse que eu deveria lutar pra cacete pelos meus sonhos, porque um de nós deveria poder correr atrás deles.

— Eu estava falando de você — recordo.

Seu olhar penetrante e sério se demora no meu.

— Sei disso, e eu fui atrás dos meus sonhos. Fiz o que queria fazer e não lamento que tenham chegado ao fim. Agora é a sua vez. Então, lute pra cacete pelos seus sonhos.

CAPÍTULO CINCO

Knox

— NÃO FOI RUIM – DIZ COLTER QUANDO PARO COM A MOTO AO LADO DELE. Brooklyn solta uma risada, o som quase inaudível enquanto ela acelera o motor da sua Kawasaki KX250F verde. É o mesmo modelo que o pai dela pilotava.

— Eu conseguia fazer um Heel Clicker melhor quando ainda usava fralda.

Provavelmente ela não está brincando. Desvio os olhos para Oak. O cara alto e esguio dá de ombros, com uma expressão impassível.

— Pelo menos você não bateu.

Os três passaram a última hora me assistindo tentar algumas manobras para ver como me saio — qual o ponto de partida para começar o trabalho. Até então, consegui fazer tudo que tentei (ainda que não de maneira graciosa), mas não bem o bastante para passar para algo mais difícil. Nunca pensei muito na aparência das coisas para o público. Nas corridas, só importa quem cruza a linha de chegada primeiro.

Colter me entrega o celular dele para que eu possa ver o salto que acabei de realizar. Um Heel Clicker é provavelmente a manobra mais simples que existe, e mesmo ela não parece muito fluida quando assisto ao vídeo.

No salto, você chuta os pés para a frente, passa-os por cima dos braços e encosta um no outro. Simples. Já fiz essa manobra um milhão de vezes nos treinos ou ao cruzar a linha de chegada, mas nunca precisei me preocupar com a aparência dela. O freestyle tem tudo a ver com estilo e elegância — coisas que aparentemente me faltam.

Meu timing é ruim. Encosto os pés cedo ou tarde demais quando saio da rampa, e minhas pernas estão mais dobradas do que deviam e parecem esquisitas. Eu sempre fui tão pouco flexível assim?

— Que merda — murmuro quando devolvo o celular dele.

— Talvez você deva tentar levantar uma perna de cada vez — sugere Colter. — Vá pegando o jeito, trocando de perna, e depois pode tentar a manobra completa de novo. Vá acrescentando um pouquinho de cada vez.

— Vou indo — fala Brooklyn com uma risadinha e uma jogada do cabelo ruivo. — Parece que vocês ainda vão ficar aqui um tempo, e eu tenho compromisso.

Oak também se despede, me deixando sozinho com Colter.

— Talvez tenha sido uma má ideia. — Tive esse pensamento mais de mil vezes desde que Hendrick me convenceu dessa maluquice.

Colter balança a cabeça. Por algum motivo, está convencido de que posso fazer isso. Espero que ele esteja certo.

— Você só precisa praticar mais. Vamos tentar outra vez.

Suspirando, assinto com a cabeça e saio na direção da rampa.

Faço exatamente o que Colter sugeriu, alternando as pernas até me sentir confiante, então fazendo a manobra completa de novo.

Desta vez, acho que está melhor quando assisto ao vídeo. Ainda não está bonito, mas não parece que estou prestes a ser catapultado por cima do guidão.

Já é quase noite quando finalmente encerramos. Estou carregando a moto enquanto Colter reproduz os vídeos de antes encostado na caminhonete dele.

— Você progrediu muito hoje — diz ele ao levantar o olhar do celular. — Mesmo horário amanhã?

— É. Estarei aqui. — Giro os ombros para trás e alongo o pescoço para um lado. Meus músculos doem de um jeito novo. Vou precisar turbinar meu treino de musculação para incluir mais exercícios de *core* e membros superiores.

— Legal. — Ele enfia o celular no bolso e abre a porta da caminhonete. — Você vai conseguir. Leva tempo até se acostumar.

Concordo com a cabeça, torcendo para que ele esteja certo.

No final do terceiro dia, já adicionei mais duas manobras à lista das que tive sucesso em realizar, mas Brooklyn começou a se referir a mim como Carpa, porque passo metade do tempo me debatendo para voltar ao assento depois da manobra. Sou lento porque quero acertar em cheio a execução da manobra. Mesmo quando consigo acertar o timing, ainda pareço desajeitado em todos os vídeos. Odeio não ser bom em alguma coisa. Mas especialmente alguma coisa relacionada a motos.

Somos só eu e Colter de novo, é o terceiro dia seguido que ficamos até o anoitecer. Nos primeiros dois ele ainda parecia otimista, mas hoje posso ver que está começando a duvidar de que posso fazer isso.

— Eu consigo — falo, inserindo um pouco daquela confiança de volta nas minhas palavras. Sou teimoso demais para desistir agora. Mesmo que nunca me apresente na turnê, vou aperfeiçoar as manobras que aprendi.

Ele enfia as duas mãos nos bolsos da calça.

— Tenho uma ideia, mas provavelmente você não vai gostar.

Ergo uma sobrancelha de modo questionador.

— Tá bom. Manda.

— Treinei com Avery por alguns meses na última primavera, e isso aumentou muito a minha força e me ajudou no controle corporal enquanto estou no ar.

— E só está me dizendo isso agora? — Endireito a coluna. Faço qualquer coisa que possa me ajudar. Passei o ano passado inteiro fazendo sessões diárias com um personal trainer para me manter em forma para pilotar. Não tenho medo de trabalhar duro.

— Sério? — A surpresa no rosto de Colter é evidente. — Achei que você fosse demonstrar resistência, senão teria dito antes.

— A equipe nos fazia trabalhar com personal trainers o tempo todo. Quem é ela e em que academia trabalha? — Pego meu celular, pronto para inserir as informações de contato.

Ele faz uma pausa, uma miríade de expressões passando por seu rosto antes de dizer:

— Avery. Você a conheceu no fim de semana passado. A amiga de Quinn. Com quem ela divide o quarto.

A imagem da bela loira preenche minha mente, e a esperança que sentia desaparece.

— Ela é personal trainer?

— Não. É ginasta da Valley U.

— Aquela mina com cara de fresca é ginasta?

Ele confirma com a cabeça, sorrindo como se a minha surpresa o deleitasse. Processo a informação, tentando imaginá-la fazendo estrelas e mortais. Interessante.

— E você treinou com ela? Fazendo o quê? — Ainda estou curioso, mesmo achando que não há nenhuma chance de ela me ajudar.

— Um monte de coisa. Ginástica é difícil pra caralho. Ela me ensinou como sustentar paradas de mão, sair delas com graciosidade, fazer *handstand* japonês, dar estrela, cambalhota, combos de acrobacias. Eu até treinei um pouco nas argolas. Foi difícil.

Um sorriso surge no meu rosto.

— Eu daria tudo para ter visto isso...

— Sei que parece loucura, mas ajudou muito. Fiz um progresso enorme em menos tempo que outros caras.

Se conheço Colter, ele também investiu muitas horas pilotando e praticando, que é o que deve ter feito diferença de verdade.

— Vou vê-la hoje à noite. Posso perguntar se ela teria tempo para ajudar. — Ele olha para mim como se esperasse que eu aceitasse. Odeio desapontá-lo, mas fazer cambalhotas não é a minha ideia de malhar.

— Tudo bem. — Levanto uma mão. — Posso malhar sozinho e passar mais tempo aqui.

— Você já fica aqui desde que deixa Flynn de manhã até a hora que precisa correr para pegá-lo depois dos treinos.

— É só o terceiro dia. Além disso, meu Heel Clicker está quase tão bom quanto o seu agora.

Ele dá uma bufada.

— Uma ova. Vai sonhando, Holland.

Ando até a minha caminhonete, abro a porta do motorista e entro, gritando:

— Espera só. Vou conseguir fazê-lo de ponta-cabeça durante um mortal para trás muito antes do que você imagina.

CAPÍTULO SEIS

Avery

—Não estou com vontade de treinar na trave hoje — diz Hope, a voz cheia de reprovação adolescente conforme andamos até o canto direito do ginásio.

Eu me viro para ela enquanto subo em uma das traves mais baixas para fazer a série com ela.

— Por que não?

— Você precisava ver a sua cara agora. — Ela dá risadinhas, e sua expressão quando sorri demonstra perfeitamente seus treze anos, mostrando o aparelho com elásticos lilás. — Você parece tão ofendida, como se não conseguisse imaginar que alguém não ame a trave tanto quanto você.

— Eu não consigo — digo, falando a verdade.

O ginásio do clube local está cheio de ginastas jovens hoje, de meninos que parecem não ter mais que quatro ou cinco anos a garotas de ensino médio se preparando para a temporada de competições do clube. Venho aqui quase toda noite para praticar mais. É gostoso treinar com toda a energia dos competidores jovens ao meu redor.

Hope sobe, montando na trave, depois dobrando as pernas antes de se levantar.

— Vamos treinar os giros primeiro — sugiro.

— Ugh. Estava torcendo para que fôssemos treinar saídas.

Isso é porque ela é boa nessa parte. As acrobacias são o forte dela. Ela é ótima na série de solo e só quer treinar isso. Mas, com um pouquinho de esforço extra, pode aplicar algumas dessas habilidades e ser ótima na trave também.

— Se os seus giros estiverem bons, vamos passar para o salto espacate.

Um leve brilho de empolgação aparece nos olhos dela. A maior parte da garotada ficaria feliz de treinar os elementos mais fáceis, mas não Hope. Acho que é por isso que gosto tanto de treinar com ela. Hope é destemida.

Não sou oficialmente sua treinadora ou algo do tipo, mas, desde que comecei a vir aqui, ela meio que passou a me seguir. Não consigo treinar como gostaria, então é divertido ver o progresso dela, uma vez que eu mesma não estou tendo nenhum.

— Tristan é seu namorado? — pergunta ela.

— O quê? Não. De onde tirou essa ideia? — Assumo minha posição ao lado dela, então olho por cima do ombro até encontrar Tristan do outro lado do ginásio. Ele levanta ligeiramente o queixo quando fazemos contato visual.

— Ele sempre fica olhando para cá.

— Ele não é meu namorado — reitero, voltando a me virar.

— Por que não? Ele é gato.

— Homens gatos geralmente são babacas. — Uma imagem daquele Knox, o cuzão que estava no evento de freestyle, me vem à mente.

— Não acho que essa lógica se aplique — diz ela. — Você é bonita e não é uma filha da puta, então como é impossível que um cara gato não seja babaca?

— Own, obrigada. Mas mantenho o que disse. — Percorro a trave em sincronia com ela. Paramos no meio do aparelho, e mostro um giro a ela primeiro, depois me viro para poder vê-la executando-o.

Quando levanta a perna esquerda, ela se desequilibra.

— Barriga para dentro. Bumbum contraído — corrijo-a enquanto ela recupera o equilíbrio. — Segure o *relevé* por cinco segundos.

Hope baixa a perna e depois recomeça. Ergue a perna esquerda, o pé tocando o joelho direito, e mantém os braços acima da cabeça. Consegue oscilar um pouco menos a cada vez. Dá para ver quando se concentra. Ela cerra o maxilar e para de olhar para o que os outros estão fazendo.

— Bom. Agora, dez segundos.

Ela nem argumenta, só faz que sim com a cabeça e começa de novo, mantendo a posição enquanto conto devagar até dez. Na terceira repetição, ela abaixa os braços para tentar não sair da posição.

— Droga — murmura.

— Não, estava ótimo. Suas linhas também estão ficando melhores. Vamos passar para o meio giro. Não se esqueça de direcionar o calcanhar. — Demonstro o movimento e então me sento na trave com as pernas penduradas. Ainda não recebi autorização para treinar na trave e, embora a sra. Weaver não esteja aqui, não quero passar dos limites.

Hope faz uma dezena ou mais de meios giros enquanto observo e sugiro pequenas correções, antes que eu veja o pai dela pelo canto do olho, parado perto da porta do ginásio. Olhando para o relógio de parede, eu me volto para ele, acenando e sorrindo.

Deixo Hope fazer mais alguns antes de dizer:

— Seu pai chegou. É mais tarde do que pensei. Podemos treinar mais amanhã.

— Já? — A postura ereta dela desmorona, e sua voz volta a ser o choramingo infantil de antes.

— Sim. — Salto da trave. — Você pode treinar em casa depois de fazer sua lição.

Ela responde com um rosnado, o que me arranca uma risada. Quando desce da trave, dou um leve puxão em uma das tranças ruivas que caem por suas costas.

— Se for mal na escola, seu pai não vai mais deixar você ficar aqui depois do treino para praticar comigo.

— Tá bom — ela cede, soando totalmente infeliz. Sua voz está mais animada quando pergunta: — Amanhã podemos treinar no solo?
— Veremos.

Eu a acompanho até a porta e cumprimento o pai dela, que me agradece antes de levar a filha, relutante em ir embora do ginásio. Então pego minhas coisas e vou para casa. Ela não é a única que tem lição esta noite.

Mas antes preciso tomar banho e ficar apresentável para uma entrevista de podcast. Da última vez que me convidaram, cometi o erro de pensar que a gravação era somente de áudio. Não era, e fui direto do treino, parecendo um ogro suado. Ops.

O dormitório está silencioso quando entro e subo até o quarto andar. Há música em alguns quartos, algumas portas estão abertas, mas o corredor está vazio.

Quando chego ao meu quarto, entro e sorrio ao ver a cena diante de mim. Colter e Quinn estão juntinhos vendo TV no sofá. Ela está aninhada ao lado dele, repousando a cabeça em seu colo, e Colter acaricia distraidamente o cabelo escuro dela.

— Oi — digo enquanto fecho a porta.

Quinn levanta preguiçosamente um braço, e Colter diz:
— Oi, Ave.
— O que vocês estão assistindo? — Deixo minha bolsa escorregar do ombro para o chão e me sento na ponta oposta do sofá, perto dos pés de Quinn.

Minha colega de quarto estica as pernas no meu colo.
— *Botched*. O silicone da bunda da mulher virou do avesso. Você tinha que ver. Ficou tão nojento.
— Eca — falo.
— O que vai fazer hoje? — pergunta Quinn. — Quer ficar com a gente depois que tomar banho? — Ela franze o nariz para mim, como se pudesse sentir meu cheiro.

Estou suada, mas não estou *tão* fedida assim.

— Não posso. Tenho uma entrevista de podcast.

— Tão tarde?

— Eu disse a eles que só conseguiria fazer durante a semana se fosse depois do treino. — Dou um suspiro, sem muita vontade de levantar agora que me sentei. — Eu deveria tomar banho e depois ir até a biblioteca para ver se consigo uma daquelas salas de estudo, assim não vai ter um monte de barulho de fundo durante a entrevista.

— Você pode fazer aqui. Nós vamos jantar naquele restaurante mexicano que você adora, mas estávamos te esperando. — Quinn desvia o olhar da TV para mim.

Meu estômago ronca. Ela sorri como quem sabe das coisas.

— Quer que eu traga alguma coisa para você?

Pressiono a barriga com a mão e dou risada.

— Sim, por favor.

Ela se senta, Colter se levanta, e então ele a puxa até Quinn ficar de pé à frente dele para que possa lhe dar um beijo suave nos lábios. Meu peito se esprime ao ver como eles são fofos juntos. Eu estava totalmente preparada para não gostar de Colter quando o conheci, porque tinha certeza de que ele iria partir o coração da minha amiga, mas é evidente o quanto ele a adora.

— Me dê dois minutos para colocar os sapatos e pegar um casaco — diz Quinn, se dirigindo ao quarto dela.

Sorrio para Colter enquanto ele a observa. O olhar dele retorna devagar para mim. É difícil dizer quem é mais obcecado por quem, ele ou ela.

— Como está o joelho? — pergunta ele.

— De boa. — Tensiono a perna e a dobro mais para sentir o funcionamento da junta.

— Bom. Fico feliz de ouvir isso. — Ele troca o peso de uma perna para a outra. — Você tem algum tempo extra para treinar alguém pelo próximo mês mais ou menos?

— Já está com saudade de mim?

O torso dele se sacode com uma pequena risada.

— Não, não é pra mim. Tem um cara novo na equipe, e ele está tendo algumas das dificuldades que eu mesmo tinha. Acho que você pode ser justamente o que ele precisa.

— Fico lisonjeada — falo com honestidade. — Não vou ter muito tempo quando as competições começarem, mas eu treino quase toda noite durante a semana no ginásio do clube. Ele poderia ir essa hora?

— Não tenho certeza de como é a agenda dele à noite. Sei que está livre durante o dia.

— Eu também conseguiria antes do treino da equipe todos os dias, menos sexta. Tenho aula no laboratório até mais tarde nesse dia, mas estou livre nos outros.

— Isso poderia ser melhor para ele. Obrigado. Eu falei de você para ele, mas achei que deveria perguntar antes de passar seu contato.

— É, passe meu número para ele. Vou ficar feliz em ajudar se puder.

Ele assente e vira a cabeça quando Quinn sai do quarto.

— Vou falar para ele. Obrigado, Avery.

Minha colega de quarto se aproxima dele.

— Pronto?

Ele passa um braço em volta dela e a aperta com força.

— Pronto.

— Tchau. — Quinn acena os dedos para mim enquanto segue Colter porta afora.

— Tchau — digo, afundando no sofá e deixando a cabeça encostar na almofada apenas por um segundo antes de me forçar a levantar e ir para o chuveiro.

— Qual foi a sensação de ganhar a medalha de prata como uma azarona? — pergunta a entrevistadora, Mary. Ela é ex-ginasta e competiu nas Olimpíadas no início dos anos 2000, mas nunca ganhou uma medalha individual.

— Foi incrível — digo, um sorriso sincero curvando meus lábios conforme as memórias me invadem. Estava muito empolgada e confiante para ficar assustada ou irritada por causa das pessoas que não acreditavam que eu era uma ameaça. — Estar lá foi tudo que sempre sonhei, tudo pelo qual trabalhei tanto. Acreditava em mim mesma o bastante, então não importava que ninguém mais acreditasse.

— E agora que há certas expectativas a seu respeito, como isso motiva você? É mais difícil ou mais fácil acreditar em si mesma depois de uma coisa assim? — indaga ela. A pergunta parece um dardo atirado no meu coração.

— Mais difícil — admito, mas então meu sorriso se alarga. — Mas eu amo um desafio e ainda estou cem por cento motivada a ganhar.

Mary ama essa resposta; posso ver pela maneira como seu sorriso se ilumina. Atrás dela há uma parede de fotos emolduradas e prêmios que ela ganhou. Ela fez parte de duas equipes medalhistas de ouro e pegou pódio em sabe-se lá quantas competições nacionais. Me pergunto se, ao rememorar sua carreira, ela tem algum arrependimento. Gostaria de lhe perguntar isso, mas ela vai direto para a próxima pergunta.

— Me conte como foi viver a experiência maravilhosa de participar das Olimpíadas e depois passar a competir em nível universitário na Valley University. Como tem sido?

— Muito bom. Gosto dos treinadores e do programa aqui da Valley, e sinto que foi o próximo passo certo para mim.

— Mas você teve dificuldades na última temporada, embora a maioria das pessoas pudesse argumentar que a competição e as habilidades necessárias para se ter sucesso estão abaixo do nível de elite. Por que acha que teve tanta dificuldade?

Meu estômago revira, e praticamente sinto o suor brotar na minha testa, mas consigo manter o sorriso, mesmo querendo dizer a Mary para enfiar suas perguntas irritantes no cu.

— Acho que sempre vai haver altos e baixos. Eu mudei muito no ano passado. Treinadores novos, séries novas, cidade nova, minha vida inteira estava diferente, e foi necessário um pequeno período de adaptação para que me sentisse confortável.

Suspiro internamente, aliviada por ser capaz de produzir uma resposta que soasse coerente sem a xingar. Muitas coisas mudaram mesmo no ano passado. Além de tudo que eu disse a ela, agora há mais pressão do que nunca sobre mim. O mundo está me assistindo de um jeito que não acontecia quando ninguém sabia quem eu era. Tenho medo de não estar à altura das expectativas de todos. Ou das minhas próprias.

— E este ano? Seu joelho vai estar curado a tempo de competir? — pergunta ela.

Essa é a pergunta de milhões.

— Meus médicos estão confiantes, mas estou apenas vivendo um dia de cada vez.

— Bom, independentemente de quando voltar, estaremos todos assistindo para ver exatamente o que Avery Oliver é capaz de fazer.

CAPÍTULO SETE

Knox

ARREMESSO O CAPACETE NO CHÃO, CERRO O MAXILAR E SOLTO UM LONGO RUGIDO DE frustração. O peso do olhar de Flynn me impede de perder completamente a cabeça.

Uma semana de treinamento e meu progresso é mínimo. Nesse ritmo, nunca vou estar pronto para me apresentar. Quero tanto desistir... mas meu orgulho não deixa.

Eu me sento ao lado do meu irmãozinho, e assistimos Colter e a equipe começarem seu treino. Eles têm outro evento no próximo fim de semana e estão incluindo um mortal para trás grupal. É uma manobra simples para todos, mas acertar a sincronia para que o espaçamento entre eles e a altura do voo sejam idênticos é mais difícil.

Flynn teve um raro dia de folga do treino de basquete, então o busquei e o trouxe para a pista comigo. Hendrick e Jane têm ajudado muito dando carona para ele e fazendo as coisas da casa para que eu possa treinar mais, mas senti falta de passar um tempo só com meu irmão.

— Isso é tão irado — diz ele, sorrindo quando eles passam pela segunda vez.

Um canto de minha boca se eleva.

— É, eles são muito bons.

A turma habitual está aqui: Colter, Brooklyn, Oak e Shane, que eles todos chamam de "Mamãe Urso", mas só quando ele não está ouvindo, porque Shane é grande e forte e poderia bater em todos eles ao mesmo tempo. E aí outros quatro, da Costa Oeste, vieram para que pudessem treinar todos juntos uma última vez antes do próximo fim de semana.

O evento da semana passada tinha o menor público esperado e estava mais para um ensaio aberto. Ao longo dos próximos meses, eles vão viajar do Oregon ao Texas, se apresentando em lugares enormes com ingressos esgotados. Acho que *nós* vamos, já que de alguma maneira eu acabei me enfiando nessa.

— Você acha que pode me ensinar a fazer algumas manobras? — Flynn vira a cabeça rapidamente para mim antes de voltar a atenção para a pista.

Minhas sobrancelhas se erguem.

— Nem fodendo.

— Por que não?

— Você quer entrar para o time de uma faculdade no ano que vem?

A cabeça dele oscila para cima e para baixo.

— Então vamos te manter inteiro até que tenha assinado algum contrato.

Ele não me olha nem responde, mas flagro seus olhos se revirando.

— Você vai se apresentar com eles no próximo fim de semana? — pergunta, mudando de assunto.

— Duvido. Ainda não consigo fazer nada impressionante. Talvez nunca me sinta pronto, mas, já que tenho tempo livre, essa é uma boa maneira de matá-lo.

Flynn desvia o olhar dos pilotos.

— Hendrick me disse o que você está tentando fazer: mostrar ao seu antigo técnico que consegue fazer parte de uma equipe sem socar ninguém.

Sinto minhas sobrancelhas se erguendo.

— Eu não soquei ninguém. Só o empurrei de leve.

— Mas parecia que você queria socá-lo.

— Ah, sem dúvida queria. — Bem que eu poderia ter feito isso, do jeito que as coisas terminaram. — Não sei, talvez seja uma ilusão achar que eles me aceitariam de volta, não importa o que eu faça.

— Não, acho que é uma boa ideia.

— Você acha?

— Acho. É como quando o sr. Cook nos coloca no banco por ser fominha. Ele sempre ameaça nos deixar sentados lá até criarmos raízes, mas nunca faz isso. Só precisa de um tempo para se acalmar, depois nos dá outra chance. Sua equipe vai fazer o mesmo com você.

— Espero que sim. Realmente não quero raízes na minha bunda.

Meu irmão sorri, e depois ficamos em silêncio enquanto ele assiste às motos saindo da rampa e girando no ar.

— Deveríamos voltar para casa — digo, finalmente me levantando do chão. — Você tem lição de casa hoje?

— Um pouquinho. — Ele fica em pé na minha frente. Em algum momento do último mês ele espichou mais uns centímetros. Ainda é esguio, o corpo não totalmente desenvolvido, mas vai ser o mais alto e o mais largo de todos nós um dia.

Flynn fica na frente da caminhonete, observando os pilotos até que minha moto tenha sido carregada, então vem andando de costas e se acomoda no banco do passageiro, nunca desviando o olhar.

— Faz quanto tempo que você não pilota? — pergunto a ele.

Ele dá de ombros.

— Não sei. Nove anos, mais ou menos. Acho que eu tinha oito.

Desde que nossa mãe morreu. Muita coisa mudou depois disso. Em silêncio, me xingo por não tê-lo levado comigo. Eu pilotava para fugir de tudo, mas Flynn não teve essa opção. Foi provavelmente por isso que ele começou a praticar todos os esportes possíveis na escola.

— Deveríamos fazer isso algum dia. Sei de algumas trilhas boas e fáceis na parte leste da cidade. Podemos levar as motos e pilotar por lá.

— Claro. Se você quiser.

Consigo conter meu riso ao vê-lo tentando não parecer ansioso demais, mas flagro o sorriso contra o qual ele está lutando.

Mais tarde, de noite, estou deitado na cama, músculos tensos e tão exausto que brigo contra o sono até que escureça completamente lá fora. Archer e Brogan estão jogando videogame, e a voz deles atravessa as paredes finas.

Rolando o Instagram, curto umas duas fotos de garotas com quem fiquei no passado. Não consigo me lembrar da última vez que saí e me diverti. Desde o fim da temporada, estive estressado demais.

Mensagens começam a aparecer em resposta às minhas curtidas, mas, antes que eu clique nelas, chego ao post mais recente de Flynn. Perco o fôlego quando leio a legenda. *Meu irmão é foda. Espere até ver os outros truques que ele tem na manga.* E acima dela há um vídeo meu fazendo um Heel Clicker. Até que não está tão ruim. Ele me pegou no ângulo certinho.

Assisto ao vídeo uma dezena de vezes, relendo as palavras dele e deixando que elas me encham de esperança e determinação.

Eu me sento na cama, gemendo ao fazer isso, e fecho o aplicativo. Mando uma mensagem para Colter antes que mude de ideia.

EU
Eu topo. Me passa o contato da Avery.

Se Flynn acha que posso fazer isso, então quero fazer tudo que for possível para provar que ele está certo.

CAPÍTULO OITO

Avery

— Esse foi melhor — digo quando Hope completa outro giro quase perfeito. Em um só dia, ela melhorou muito.

— Agora posso treinar saídas? — A empolgação dela com a ideia é contagiante.

— Sim, agora podemos treinar saídas.

Ela comemora, posiciona-se em uma das traves e se prepara para sair fazendo um mortal para trás no poço de espuma. O movimento é impecável, e o sorriso dela se alarga a cada vez que se lança no ar.

Continuo treinando algumas das minhas habilidades no colchão: saltos e giros, basicamente. Meu joelho tem aguentado, mas já fiz muito esforço com ele no treino de hoje, então não quero exagerar.

— Uau! — Hope sobe na trave e para. A princípio, penso que está maravilhada com o meu salto espacate com uma volta completa, mas ela não está sequer olhando para mim.

Sigo seu olhar até a área ao lado do ginásio, de onde pais e visitantes podem nos assistir. Não vejo nada fora do normal, então olho de volta para ela.

— O quê?

— Não o quê. *Quem*. — O olhar dela continua colado no mesmo ponto, então me viro e procuro de novo. Mães, pais, avós, irmãos... e *ele*.

Knox, o motoqueiro convencido do fim de semana passado, está do outro lado do ginásio, usando calça jeans e uma jaqueta de couro preta. Hope não é a única que está olhando para ele. Várias mães estão admirando aquele colírio para os olhos.

— O que ele está fazendo aqui? — pergunto baixinho.

Seu olhar carregado está grudado em mim, e ele levanta a mão enquanto o encaro de volta que nem uma tonta. Ele é tão bonito quanto me lembro. Alto, cabelo castanho mais volumoso em cima e raspado curto nas laterais perto das orelhas. Os traços dele são angulosos, e a maneira como se porta faz parecer que nunca está totalmente relaxado.

— Volto já — digo a Hope, antes de forçar minhas pernas a se dirigirem até ele.

Ela arregala os olhos quando percebe que estou indo falar com ele. Tento não ficar nervosa enquanto atravesso o ginásio em linha reta e entro no saguão por uma porta lateral. Knox vem na minha direção.

O local está muito barulhento, então não falo até estar bem na frente dele.

— Oi — digo, deixando minha confusão transparecer no meu tom de voz. — Está aqui para me ver?

O olhar dele desce pelo meu collant, indo até meus pés descalços, e depois sobe até meu coque bagunçado no topo da cabeça.

— Não imaginei que fosse uma ginasta.

Cruzo os braços sobre o peito.

— Posso te ajudar?

— Não estou interrompendo o treino, estou?

— Não, na verdade, não. Só estou ajudando uma amiga. O que está fazendo aqui?

— Colter me passou seu telefone, mas ele disse que eu poderia te encontrar aqui, então dei uma passada.

— Certo — falo devagar, esperando o resto. Por que diabos Colter passaria meu telefone para ele ou lhe diria onde estou?

— Ele também disse que falou com você sobre me treinar, mas pela expressão no seu rosto estou me perguntando se isso é verdade.

— Treinar você? Para o quê? — É aí que me lembro de Colter perguntando sobre a minha disponibilidade. Minhas mãos despencam ao lado do quadril. — Você é o cara novo na equipe dele?

— Não. — Ele balança a cabeça enquanto fala em um tom defensivo, depois volta atrás. — Quer dizer, sim, mas não é nada permanente. Tenho alguns meses até a temporada começar de novo.

— Certo. Você é um piloto que corre. — Eu me certifico de usar a terminologia certa, o que o faz dar um sorriso de canto. — Mas você precisa de ajuda para pilotar?

— Colter disse que você o ajudou com alguns exercícios de força e controle. — Ele coloca uma mão atrás da cabeça e esfrega a nuca. É evidente que está desconfortável pedindo a minha ajuda. Então por que está fazendo isso?

— Bom, mais ou menos. — Ele reduz tudo a alguns exercícios, como se eu tivesse dito a Colter para fazer flexões e abdominais, quando na verdade fizemos um monte de coisas diferentes. — Na maior parte do tempo só treinávamos juntos.

— Quer dizer que não pode me ajudar?

— Eu não disse isso. — Estava preparada para ajudar o novo membro da equipe de Colter antes de saber que era Knox, mas tudo nesse cara me deixa nervosa. Não consigo saber se ele quer a minha ajuda ou não. As palavras dele não correspondem ao seu comportamento.

— Olha, obviamente você está ocupada, então vou direto ao ponto. Se puder escrever os exercícios para mim, posso passar outro dia e pegar a lista com você, ou, se preferir me mostrar, tenho uma hora disponível durante o dia. Está livre amanhã?

— Desculpa. Não acho que…

— Eu pagaria pelo seu tempo, é claro, e pelo programa.

— Não se trata de dinheiro. — Colter nunca me deu um centavo, embora tenha tentado algumas vezes. Nunca teria aceitado nada dele. A verdade é que era divertido treinar com Colter. — Não é exatamente algo que eu possa escrever ou mostrar em uma hora. Não tenho um plano oficial ou algo do tipo.

Ele ainda me encara como se não conseguisse entender por que não estou rabiscando uma série de exercícios para ele o mais rápido possível.

— Mas Colter disse…

— As habilidades na ginástica vão se construindo pouco a pouco. Você domina uma coisa e depois acrescenta outra — digo, mas ele ainda me olha como se eu estivesse falando grego. — Sinto muito. Realmente não conheço nenhum outro jeito.

Ele tem esses lindos olhos cor de mel, que eu poderia descrever como deslumbrantes se não estivessem soltando raios.

— Certo. De quanto tempo vai precisar para me mostrar tudo?

— Duas horas, no mínimo.

— Tudo bem. — Ele pega o celular e vai passando pelo que presumo ser sua agenda. — Que tal amanhã das duas às quatro da tarde?

— Duas horas *por* sessão. Colter vinha quatro ou cinco vezes por semana. Se não puder fazer isso, eu diria que três vezes por semana é o mínimo. Mas o progresso seria mais lento.

— Você está de brincadeira comigo. — Sua sobrancelha escura, aquela atravessada por uma cicatriz, se ergue.

Meu rosto esquenta sob aquele olhar inquiridor.

Ele reelabora:

— Você quer que eu venha aqui todo dia e fique por duas horas? Para fazer o quê? Umas paradas de mão e merdas do tipo?

— Eu não *quero* que faça nada. Você perguntou quanto tempo levaria. Foi isso que Colter levou. — Minha coluna enrijece, e o calor que surgiu em minha face desce pelo pescoço. Paradas de mão e merdas do tipo… sério? Se ele acha que é uma perda de tempo tão grande, então por que está aqui?

— Isso parece… excessivo. Já estou passando muitas horas na pista e malhando sozinho. — Ele cerra o maxilar e olha ao redor, me evitando. — Tem certeza de que não pode escrever algumas coisas para eu acrescentar à minha série de musculação? — Ele gesticula com a mão para Hope, que ainda nos encara na área da trave. — Seus outros alunos são crianças, e você parece que morreria se quebrasse uma unha. Quão difícil pode ser?

A coragem desse cara de vir aqui pedir ajuda e depois insultar a mim e ao meu esporte é algo de outro mundo.

— Muito difícil, na verdade — As palavras saem com dificuldade.

— Tá bom. Que seja. Podemos começar amanhã?

— Não. — Abaixo as mãos e dou um passo para trás.

— Não?

— Esqueci, estou ocupada amanhã.

Seus lindos traços se retorcem de irritação, mas ele diz:

— Ok. Depois de amanhã?

— Hummm... — Inclino a cabeça como se estivesse pensando. — É, estou ocupada nesse dia também.

O olhar dele se estreita.

— Você estava livre mais cedo.

— Isso foi antes de me dar conta de que eu poderia quebrar a unha. — Suspiro dramaticamente, levando minhas unhas curtas e sem esmalte até o peito, e o olho com raiva. — Eu preferiria atear fogo em mim mesma a ajudar você. — Coloco mais meio metro de distância entre nós. — É tão fácil, né? Então aprenda sozinho, cuzão.

CAPÍTULO NOVE

Knox

— Ora, bom dia, flor do dia. — Brogan coloca um descanso de copo à minha frente. — Água? Cerveja?

— Me dê uma dose de uísque. — As sobrancelhas dele se erguem. — E que seja uma dose dupla.

— Quer conversar? — pergunta ele, antes de se virar para pegar a garrafa na prateleira de trás.

Olho para ele com raiva enquanto enche o copo.

— Algumas pessoas acham que falar com o *bartender*, comigo especificamente, é terapêutico. Eu tenho um rosto bondoso e olhos profundos. — Ele dá uma risadinha e faz um sinal com a sobrancelha enquanto serve a dose.

Assim que termina, viro a bebida e gesticulo pedindo mais uma.

— Sem chance. — Ele mantém a garrafa refém, fazendo a minha raiva crescer. — Não até me dizer por que está parecendo mais mal--humorado que Hendrick antes de conhecer Jane e bebendo mais que Archer na Semana do Saco Cheio.

— Meu Deus, como você é irritante — digo, mas meu tom não

é agressivo, e sinto a tensão no meu peito se dissolvendo. Não quero ficar bêbado, assim como ele não quer ter que me tirar à força desse banco mais tarde.

Brogan se mantém ocupado atrás do balcão. Ele recoloca o uísque na prateleira, serve uma latinha de refrigerante e põe o copo na minha frente.

— Fui um babaca — falo.

— Desculpa, o que você disse? — Ele inclina a cabeça para um lado e leva uma mão à orelha.

— Vai se foder. Você me ouviu.

Sua risada silenciosa mal pode ser ouvida por conta do barulho do bar.

— Quem você tirou do sério?

Dou um gole no refrigerante antes de responder.

— É... uma garota.

Isso o faz rir ainda mais.

— Me conte tudo. Não esconda nada. Amo quando os irmãos Holland falam algo que não deviam.

Brogan é o único dos meus irmãos que não é de sangue. Ele e Archer foram melhores amigos a vida inteira. Ele passava a maior parte do tempo conosco e vivia dormindo lá em casa, evitando a casa dele. Nossa mãe amava mimá-lo. Acho que ela deve ter percebido o quanto ele precisava daquilo. Não sei todos os detalhes, mas a situação da família dele era difícil e, em certo momento, ele simplesmente parou de ir para casa. Agora ele é um irmão Holland tanto quanto o resto de nós.

Penso em contar a história toda para ele, mas aí um grupo de mulheres na outra extremidade do balcão acena para chamar a atenção dele.

— Volto já. Não vá embora. — Ele aponta para mim enquanto se afasta.

Sozinho com meus próprios pensamentos, repasso a conversa com Avery. Eu estou louco ou ela estava pedindo muito? Com certeza Colter não passou tanto tempo treinando com ela.

Uma ginasta. Nunca teria adivinhado que aquela mina com cara de fresca, de tênis brancos limpinhos e vestido de renda rosa, era uma ginasta. Uma bailarina, talvez, ou líder de torcida. Ela tem uma vibe de filhinha de papai rica e mimada.

Mas ela estava bonita. Aquele collant de elastano não deixava nada para a imaginação, pai amado. E mais aquela cabeleira loira bagunçada no topo da cabeça, a falta de maquiagem, toda coberta de giz. Alguma coisa em vê-la um pouco menos produzida era sexy.

Não que isso importe, já que sem dúvida ela está planejando a minha morte depois que a insultei. Ela me pegou desprevenido. Tipo, sério, duas horas diárias? Não sei quando ela acha que vou conseguir encaixar isso na minha agenda.

Abaixo a cabeça e murmuro um xingamento para mim mesmo. Que merda vou fazer agora?

Brogan volta a ficar na minha frente, mas seu olhar passa por cima do meu ombro.

— E aí, Colter?

Eu me viro no banco.

— Oi. — Meu amigo dá uma olhada no lugar, maravilhado. — Não acredito como está cheio aqui. Hendrick deve estar entusiasmado.

— Ele está lá atrás contando as pilhas de dinheiro agora mesmo — diz Brogan com um sorriso. É uma imagem engraçada, porque não tem nada a ver com nosso irmão mais velho, mas o bar está indo realmente muito bem, e estou feliz por ele. O lugar era da nossa mãe quando éramos menores, aí ficou fechado por vários anos depois que ela morreu, e meu pai o vendeu. Só mais um exemplo dele destruindo uma coisa boa.

— Quer alguma coisa para beber? — pergunta Brogan, jogando outro descanso de copo na frente do assento vazio ao meu lado.

Colter se senta no banco.

— Você tem chope Bud?

Brogan confirma com a cabeça e nos deixa para servir o chope em um copo alto gelado.

Colter espera até estar com a bebida dele, toma um gole, então se vira para me encarar com um sorrisinho de quem sabe das coisas.

— Ouvi dizer que você teve uma boa conversa com Avery.

— Como você já sabe disso? — pergunto, então me lembro. — Ela é colega de quarto da sua mina.

Ele assente com a cabeça e dá outro gole.

— Que merda você disse para ela? Ela estava com muita raiva, batendo o pé e murmurando algo sobre babacas cujo ego era o dobro do tamanho do pau. Eu precisei ir embora para que Quinn pudesse defumar a casa com sálvia e acalmar a amiga.

Um pouco da minha frustração de antes ressurge.

— Meu ego? E o dela? Sabia que ela me disse que preferiria atear fogo em si mesma a me ajudar?

Colter joga a cabeça para trás enquanto ri. Fico feliz que esteja achando essa porra divertida.

— Sério? Que porra é essa? — pergunto a ele.

— Tá bom, então vocês dois não começaram exatamente com o pé direito.

— Isso é um eufemismo — murmuro, então o encaro com seriedade. — Me diga uma coisa.

— Claro.

— Você realmente treinou com ela *diariamente* por duas horas?

— Sim. É capaz. Eu passava bastante tempo lá.

— Fazendo o quê? — A incredulidade faz minha voz sair aguda.

— Qualquer coisa que elas fizessem. Quinn e eu estávamos bem no começo do namoro, então a princípio era só mais uma maneira de passar tempo com ela. Ela estava na equipe de ginástica, e as duas praticavam toda tarde, aí depois ela e Avery iam para o ginásio do clube para um treino extra especializado. — Ele dá de ombros, então toma outro gole de chope. — Eu também precisava malhar, e era muito melhor fazer isso enquanto olhava para Quinn de short justo e top. Para uma mina tão pequena, ela tem um bundão.

Fecho os olhos e balanço a cabeça. Quinn é uma garota bonita, mas não estou a fim de ficar com imagens da namorada do meu amigo na cabeça.

— Você fez tudo que elas faziam?

— Tudo, não. Fiquei longe das barras e da trave, e nunca tentei nenhum daqueles combos de acrobacias, mas tudo que estava no campo do possível eu fiz. Quase consigo fazer um espacate. Quer ver?

— Definitivamente não.

Ele dá um sorriso largo.

— Sei que parece loucura, mas juro que nunca treinei tão pesado quanto com aquelas duas.

— Fazendo paradas de mão e espacates? Esse é o treino mais pesado que você já fez? Preciso apresentar você para os treinadores da equipe Thorne.

Ele ri sem fazer barulho.

— Eu realmente pensei que você e Avery se dariam bem.

— Por quê? — Somos tão diferentes. Ela e eu somos de dois mundos completamente opostos.

— Vocês dois são competitivos e esforçados, isso sem falar que são dois teimosos. — Ele me observa daquele jeito de amigo que sabe das coisas, detectando todos os meus subterfúgios. — Ela é uma ginasta medalhista olímpica, e você está a caminho de se tornar o melhor piloto de motocross que o esporte vê em anos... — As palavras dele vão sumindo. — Não sei. Acho que só pensei que vocês dois se entenderiam.

Meu cérebro está preso em uma frase em particular.

— Você disse olímpica? Tipo, *as* Olimpíadas?

— É. — Ele assente com a cabeça. — Ela é incrível.

Puta que me pariu. Eu tenho mesmo a porra da boca maior que o mundo.

— Eu não sabia — digo distraidamente.

E por que a imagem de Avery com um par de medalhas de ouro em volta do pescoço é tão sexy? Faço uma anotação mental para pesquisar sobre ela depois, já que não há a menor chance de ela me ajudar agora. Merda.

— Por que saberia? Ela não anda por aí se exibindo. Avery é da hora, e não estou dizendo isso só porque Quinn me mataria se eu não dissesse. Minha mina é brava. Não a deixe com raiva, a menos que queira descobrir a força do seu soco.

— Eu agradeço por tentar me ajudar, mas posso fazer isso sozinho. Vou ligar para alguns personal trainers amanhã. — Com certeza outra pessoa além da srta. Fresca (quer dizer, srta. Fresca Olímpica) pode me passar alguns exercícios para me ajudar com a força e a coordenação das acrobacias na moto. Não preciso dela.

Colter dispensa minhas palavras com um aceno.

— Esqueça isso no fim de semana. Vou dar uma festa amanhã, já que boa parte da equipe está na cidade. Vai ser uma boa chance para você conhecer todo mundo. Leve um short e se prepare para passar um tempo na piscina, aproveitar, relaxar e se divertir um pouco. Você lembra como fazer isso?

— Vai se foder, eu me divirto.

— Ele não se diverte mesmo — interrompe Brogan.

Com uma risada, Colter se levanta e pega a carteira.

— Deixa comigo — falo, dispensando o dinheiro dele.

— Obrigado. — Ele coloca a carteira de volta no bolso. — Amanhã, às duas da tarde. É melhor você ir.

Assim que ele vai embora, Brogan recolhe o copo vazio.

— Eu gostei dessa tal de Avery.

— É, aposto que sim.

Ele dá mais uma risada às minhas custas e então diz:

— Ela também tem cem por cento de razão. Seu ego tem mesmo o dobro do tamanho do seu pau.

CAPÍTULO DEZ

knox

—VOCÊ VEIO. — COLTER SACODE O CABELO MOLHADO QUANDO SAI DA PISCINA PARA me cumprimentar.

— Quase não venho. — Dou uma olhada no jardim. É enorme e está cheio de gente. Muito mais pessoas que os caras e as garotas da equipe. — Quase me virei e fui embora quando vi a fachada deste lugar, porque tive certeza de que estava perdido.

— É legal, né? — Ele se vira e olha ao redor como se o visse pela primeira vez.

Legal? Isso é um eufemismo. É a porra de uma mansão em um dos melhores bairros de Valley.

— É, cara. É incrível.

— Brooklyn e eu vamos alugá-lo juntos. Principalmente ela. Ela vai ficar na casa principal, e eu naquela *casita* ali. — Ele acena com a cabeça para uma casa pequena no lado direito da propriedade. — Vamos pegar uma bebida para você.

Alguns minutos depois, tenho uma cerveja na mão e Colter está me apresentando a Patrick, um garoto que acabou de sair do ensino médio e vai acompanhar a turnê para ajudar a montar e desmontar. Ele está empolgado para conversar sobre a última temporada de corridas de motocross. É um grande fã — não necessariamente meu, mas do esporte. Geralmente seria meu assunto preferido, mas quando a vejo... tudo se torna um zumbido distante.

O olhar de Avery encontra o meu do outro lado do jardim. Ela parece tão surpresa em me ver quanto eu a ela. Meu choque ao vê-la ali é rapidamente substituído por uma atração arrebatadora. Ela está usando o menor biquíni que já vi, e o cabelo dividido em duas tranças cai sobre cada ombro. O corpo dela é insano.

— Terra para Holland. — Colter me dá uma cotovelada.

Desvio os olhos dela.

— Desculpa. O quê?

Meu amigo sorri com presunção para mim. Eu o olho com raiva.

— Um aviso teria sido legal — falo entre dentes.

— Você teria vindo?

Ele sabe muito bem que não.

Não demora muito para que eu fique cara a cara com Avery. Ela e Quinn aparecem enquanto Colter está contando a história de quando Oak deslocou o ombro e foi direto fazer outra manobra, nem cinco minutos depois.

Quinn se aconchega ao lado de Colter, e eu abro o círculo para permitir a entrada de Avery. O cheiro dela é uma mistura de coco, muito provavelmente do protetor solar, e dias quentes de verão. A pele dela é dourada, exceto por uma pequena faixa onde a tira da parte de cima do biquíni rosa-claro saiu do lugar, mostrando a marquinha. Eu não tinha percebido antes como ela é baixa, mas, descalça, o topo da cabeça dela mal chega ao meu ombro.

Ela oferece um sorriso forçado e se posiciona tão longe de mim quanto possível. É o suficiente para me distrair de como ela é sexy, e reprimo uma risada. Ela é toda fresca e arrogante, e aparentemente uma atleta olímpica. Não surpreende que tenha ficado tão irritada quando questionei seus métodos de treinamento.

Termino minha cerveja e olho para o copo vazio dela.

— Precisa de uma bebida?

Ela se assusta como se eu tivesse gritado as palavras em vez de me oferecer educadamente para ser seu *bartender* particular.

— Não, obrigada.

— Tem medo de que eu vá envenená-la?

— Passou pela minha cabeça.

— Não é muito meu estilo.

— Certo. Você é mais do tipo declaradamente cuzão. — A cabeça dela se inclina para o lado enquanto fala isso.

Ai. Isso dói e traz consigo uma nova onda surpreendente de atração por ela. Geralmente não gosto quando as pessoas me tratam como lixo, mas ela é simplesmente uma coisinha sexy casca-grossa.

— Acho que eu mereço isso. — Quando ela não responde, pergunto: — Que tal uma trégua?

Ela me olha de maneira cética, com uma sobrancelha arqueada. Caramba, ela é linda, mesmo quando está irritada. Não, especialmente quando está irritada. O tom dela é cem por cento de descrença quando pergunta:

— Quer bancar o bonzinho?

Não, linda. Quero bancar o safado. Nu e muito safado.

— Hoje, pelo menos.

Parece que ela ainda não confia em mim, o que, levando tudo em consideração, é justo.

— Vamos lá. Vou te preparar um drinque, e você pode até ficar assistindo.

Ela me acompanha. E nem despeja a bebida em mim.

CAPÍTULO ONZE

Avery

— VOCÊ ESTÁ ENCARANDO DE NOVO.

— Não estou. — Desvio o olhar de Knox. Ah, eu definitivamente estava encarando. Mas só porque quero saber onde ele está o tempo todo para poder evitá-lo.

Não consigo acreditar que ele pensou que poderia aparecer aqui hoje e bancar o bonzinho como se não tivesse sido um completo cuzão comigo ontem.

— Mentirosa. — Quinn olha por cima dos óculos de sol em formato de coração e sorri como quem sabe das coisas. — Eu entendo. Ele é gostoso. Pode encarar. Na verdade, acho que você deveria ir até lá e ficar com ele.

Dou uma bufada.

— De jeito nenhum. Eu preferiria morrer sem nunca mais transar a deixá-lo me tocar.

— Não diga isso! — Minha amiga arqueja e estica o braço para me dar um soco no ombro. Estamos deitadas lado a lado em espreguiçadeiras, absorvendo os últimos raios de sol do dia. Eu deveria passar mais protetor solar. Consigo sentir minha pele queimando, mas é provável que este seja o último fim de semana à beira da piscina por um tempo. Agora que os treinos começaram, as semanas vão ficar cada vez mais intensas antes que as competições comecem no início do próximo ano.

E, como ainda não estou cem por cento recuperada da minha lesão, tenho um longo caminho pela frente. Um monte de treinos extras é igual a menos tempo para fazer coisas desse tipo.

Quinn se senta e se vira, deixando as pernas penderem de um lado da cadeira.

— Vou dar um mergulho na piscina.

— Divirta-se — cantarolo, observando-a entrar na parte mais rasa, onde Colter está com alguns amigos, incluindo Knox. O namorado dela a puxa para a frente dele, passando os dois braços pela sua cintura, enquanto continua a conversa. Eles são fofos.

Fecho os olhos e relaxo. Algo sobre estar deitada e pegar um bronze usando óculos de sol, com a música tocando, as pessoas conversando e se divertindo ao meu redor, era exatamente do que eu precisava hoje. Aquele babaca do Knox é a única coisa que destoa desse cenário onírico, obviamente.

Estou prestes a virar de barriga para baixo quando uma sombra paira sobre mim. Abro os olhos e encontro a coisa me encarando.

— O que você quer? — pergunto, fechando os olhos de novo. Se eu não olhar para ele, não vou ficar irritada com o quanto ele é gato. Babacas não deveriam ter permissão de ser tão gatos.

Eu não o vejo, mas o percebo se sentar na espreguiçadeira que Quinn abandonou há pouco tempo.

— Só reforçar o meu bronzeado.

— Você não pode fazer isso do outro lado do quintal? — pergunto, depois acrescento baixinho: — Ou do outro lado da cidade?

— Desculpa por ontem à noite.

Isso me faz abrir uma fresta dos olhos. Minha cabeça tomba para um lado, e observo a expressão dele.

— Você parece estar sendo sincero, mas ainda não acredito em você.

— Não falo nada só por falar.

— Então acha mesmo que sou feminina demais para levar o treino a sério?

— Não foi isso que eu disse.

— Quase — murmuro, voltando a olhar para a frente. Ele disse que eu tinha cara de que morreria se quebrasse a unha. Sério? Como se garotas não pudessem ser femininas e duronas ao mesmo tempo. Que idiota.

— Você também não foi tão legal, não sei se você se lembra — diz ele.

— Não era eu que estava pedindo um favor.

— Justo. — Isso é tudo que ele diz por uns dois minutos, e acho que ele acabou o que tinha para dizer e vamos ficar ali sentados em silêncio até que fique entediado comigo, mas então a voz dele retorna, mais baixa desta vez. — Não sou bom em pedir ajuda. Odeio, na verdade. *Faria quase tudo para evitar ter que pedir alguma coisa a alguém.* Então, sim, fui um babaca e falei algumas merdas. A maioria das coisas não tinha nada a ver com você, mas eu as disse e assumo a responsabilidade. E eu sinto muito, quer acredite ou não.

Ele não espera uma resposta, não que eu fosse capaz de formular alguma enquanto repassava as palavras dele de novo e de novo, tentando entendê-las. Knox se levanta e pula na piscina a poucos metros de mim, na parte mais funda. Água espirra nos meus dedos do pé.

Minha raiva se dissipa, e sou deixada apenas com uma estranha tristeza que não sei bem de onde vem. Então fico irritada que um pedido de desculpas, em que ele admitiu que foi babaca, esteja me fazendo amolecer. É por isso que babacas não deveriam ter permissão para ser gatos. É uma vantagem injusta.

Eu me viro de barriga para baixo e enterro o rosto no ombro para não correr o risco de encará-lo sem querer. "Faria quase tudo para evitar ter que pedir alguma coisa a alguém."

Por quê? Não, deixa quieto. Eu não me importo.

Os segundos se arrastam como se estivessem passando por areia movediça. Com um gemido, me levanto e observo o jardim em busca dele. Ele está no meio da piscina, de costas para mim, falando com a piloto ruiva, Brooklyn. Não consigo ver a expressão dele, mas ela está sorrindo como se ele não fosse o maior babaca do planeta.

Antes que eu possa recuperar o juízo, entro na piscina e ando na direção dele. Não sou uma grande nadadora, apesar de sempre ter adorado estar perto da água. Enquanto meus amigos faziam aulas de natação no verão, meus pais dobravam os treinos de ginástica.

A piscina tem apenas um metro e meio onde ele está, mas não sou muito mais alta que isso, então preciso mexer os braços e as pernas, de modo não tão gracioso, para esperar ao lado dele por tempo suficiente para que repare em mim.

Brooklyn me vê primeiro, e, quando o olhar dela me encontra, o dele faz o mesmo.

Não falo nada. Principalmente porque não planejei nada disso.

— Vou pegar outra cerveja — diz a bela ruiva quando o silêncio fica constrangedor. Ela recua e nada até a escada.

Meus braços e minhas pernas estão trabalhando duro para me manter à superfície enquanto Knox fica parado à minha frente e espera que eu diga algo. Seus olhos escuros estão grudados em mim, e seu cabelo castanho parece quase preto por causa da água. Ele é musculoso, cheio de tatuagens no tórax e nos braços, e tem um piercing no mamilo.

Lembrando por que eu vim, abro os lábios para falar e engulo um monte de água. Perfeito. Vou me afogar gritando com esse cara.

— Por que você sente muito? — pergunto assim que consigo, mexendo as pernas mais rápido embaixo de mim.

Um braço se estica e envolve minha cintura, e sou içada ao lado de Knox antes de perceber o que está acontecendo.

— Que merda é essa? — Tento empurrá-lo para me afastar, mas sua pegada não cede. — Me solta.

Empurro de novo, sem sucesso. Ele é forte, e sinto a rigidez de seu corpo. Se não fosse tão cuzão, talvez eu notasse como os músculos laterais do abdômen dele formam aquele belo V no quadril, junto ao cós da bermuda vermelha. Ou como na luz do sol os olhos dele têm pequenas pintas douradas.

Continuo brigando com ele, mas é como empurrar uma parede de tijolos.

— Sinto muito porque fui um babaca — diz ele.

— Não foi isso que eu quis dizer.

— O que quis dizer, então?

— Vamos mesmo ter esta conversa enquanto sou sua refém? — Chuto e me contorço, mas ele apenas pisca para mim lentamente como se não estivesse nem um pouco incomodado. Ele está tão perto, e as borboletas no meu estômago não se importam com que seja um brutamontes, só estão empolgadas por ele estar me tocando.

Em silêncio, ele anda comigo ainda agarrada ao seu lado até a parte mais rasa da piscina. Meus pés tocam o chão, e sua pegada enfraquece.

Coloco um metro de distância entre nós e ajusto a parte de cima do biquíni, que tinha subido, mostrando uma boa faixa da porção inferior do meu peito. Não sou tão avantajada, mas esse biquíni é tão pequeno que mal segura meus noventa centímetros de busto.

Knox está me secando sem nem disfarçar.

— Você simplesmente sai agarrando garotas por aí? — Tento parecer irritada, mas minha voz sai ofegante.

— Em vez de deixá-las se afogar, sim.

— Eu estava bem.

— Não parecia, tampinha. — Dá um sorrisinho de canto. Uma piada com baixinhos, que original. Ugh. Por quê? Por que eu não podia simplesmente ter deixado quieto? Não preciso saber por que ele disse que sentia muito. Podia ser uma daquelas anomalias estranhas, como um avistamento do Pé Grande.

Mas abro minha boca estúpida mesmo assim.

— Por que está pedindo desculpa agora? É para que eu perdoe você e concorde em ajudar?

— Não. — Ele ri. — Não há a menor chance de eu aceitar sua ajuda agora.

Espera, o quê?

— Por que não?

— Estou confuso.

— Um estado normal para você?

Ele ri, o peito sacudindo com um prazer genuíno.

— Fofo. Um comentário sobre burrice vindo de uma loira.

Meu queixo despenca.

— Não sou burra.

— Nem eu, princesa.

— E não sou uma princesa.

Ele estica o braço e puxa uma das minhas tranças.

— Você parece a Elsa.

— Uuuuh. A melhor princesa da Disney, boa ofensa. — Cruzo os braços sobre o peito.

— Você deve saber.

Ugh. Abaixo os braços e dou um passo à frente.

— Sou boa no que faço e ajudei Colter. Por que a mudança repentina de ideia?

Na noite passada ele estava decidido, então me insultou e eu disse não, e agora *ele* mudou de ideia?

— Além de autopreservação? — Seu olhar despenca do meu rosto de novo, observando minha linguagem corporal nada receptiva.

— Fico lisonjeada por você pensar que eu poderia machucá-lo.

— É mais porque não quero perder meu tempo. Tenho uma quantidade limitada dele, e não posso me dar ao luxo de desperdiçá-lo brigando com você sem ter nenhum progresso. Mas é uma pena. Você é sexy quando está bravinha. — Ele pisca. Literalmente me dá uma porra de uma piscadela.

E isso era para ser um elogio? Não sou sexy no restante do tempo? Ugh, esse cara. Acho que ele é a pessoa mais irritante que já conheci.

— Então por que se dar ao trabalho de pedir desculpa?

— Pareceu a coisa legal a se fazer.

— Você não é legal.

— Tudo bem. Retiro o que disse. Feliz? — Ele sorri como se discutir comigo fosse uma maneira perfeitamente agradável de passar uma tarde.

— Não — falo entre dentes.

— Aceite as desculpas ou não, princesa, mas você deveria passar mais protetor solar. Está começando a se queimar. — Ele afunda na água até seus ombros desaparecem sob a superfície. Parece menos intimidante e quase brincalhão, mas estou tensa demais para aproveitar.

Depois de sair da piscina e passar protetor solar — não porque Knox me disse, mas porque eu já estava pensando em fazer isso de qualquer maneira —, encontro Colter e Quinn sentados em volta de uma fogueira apagada com um grupo de rapazes que ele apresentou como pilotos de fora da cidade. Minha amiga cede o assento dela para mim e vai para o colo de Colter.

Knox fica longe. Ele e Brooklyn parecem estar se dando bem. Embora ela tenha alguma concorrência na forma de uma morena bonita de biquíni fio dental com impressionantes peitos de silicone, que está sentada na beira da piscina exibindo o corpo e sorrindo para ele. Ele retribui o sorriso. Nada daquela tensão de antes é visível no seu corpo. Ele parece totalmente relaxado. Ugh. Espero que ela o sufoque com seus peitos perfeitos e empinados.

Conforme o dia chega ao fim, o clima da festa muda. Mais gente chega, trazendo uma energia nova, e me sinto cansada por causa do sol. As pessoas que estavam na piscina saem e se sentam em volta de algum dos diversos espaços para fogueira no jardim. Há três deles, mais uma área grande com assentos ao fundo.

Quinn e eu vestimos shorts por cima do biquíni, e Colter nos deixa vasculhar a geladeira da casa dele.

— Seu nariz está rosa. — Quinn joga dois pretzels na boca enquanto olha para o meu rosto.

Levanto a mão e então faço uma careta quando sinto a pele quente ao toque.

— Está muito ruim?

Ela e Colter balançam a cabeça negativamente.

— Ah, bom, não tem ninguém aqui mesmo para impressionar — digo.

— Ei. Alguns dos caras são legais pra cacete. — Colter olha para Quinn em busca de apoio.

— Mas a maioria deles namora — diz Quinn. — E aquele menino tem, tipo, dezessete anos.

— Ele tem dezenove — insiste Colter.

— Não queremos ninguém mais novo que nós — ela responde. — Certo, Ave?

— Acho que sim. — Pego um pretzel do saco que ela segura.

— Vi você e Knox conversando algumas vezes. — Ela sorri. — Desembucha.

— Não tenho nada para contar, na verdade.

— Não me importa — diz ela. — Quero saber cada palavra que ele disse.

Começo a lembrar.

— Hum... Bom, primeiro ele pediu desculpas, então discutimos a respeito de o pedido ser sincero ou não. Aí acho que nos insultamos mais um pouco. Ele disse que eu era sexy quando estava brava, que não se importava se eu aceitava as desculpas ou não e que não queria mais minha ajuda porque não podia se dar ao luxo de perder tempo brigando comigo. Tenho certeza de que estou esquecendo alguns insultos.

— Ele disse que você era sexy? — O sorriso no rosto de Quinn demonstra muita empolgação. E o do namorado dela também.

— Quando estou brava. — O que na verdade acontece só perto dele.

— Mesmo assim. Isso é legal.

— Você é sexy, amor — diz Colter para ela.

Ela vira o rosto para ele.

— Own. Você também.

Colter coloca a mão na lateral do pescoço dela e a beija cheio de carinho.

Pego o saco de pretzels de Quinn sem que ela note, subo no balcão e os devoro enquanto observo os dois sendo fofinhos.

Minha amiga está corada quando eles param em busca de ar. Estou acostumada aos dois agindo assim, então continuo a conversa como se nada tivesse acontecido.

— Não. Ele não estava tentando ser legal. Também deduziu que eu era burra porque sou loira. — Só depois que eu o tinha acusado da mesma coisa, mas deixo essa parte de fora. — Ele é irritante. Juro que estava gostando. Será que a mãe dele sabe que ele é um cuzão machista que insulta mulheres por diversão?

Colter balança a cabeça.

— A mãe dele morreu quando ele era bem jovem, então duvido. Embora ele sempre tenha exercido um certo charme sobre as mulheres.

Meu coração para de bater, e tenho aquela sensação esquisita no estômago que surge quando estou pairando no ar durante uma saída errada da trave ou quando falo muito mais do que devia. Engulo as migalhas de pretzel, de repente muito secas.

— Sou tão idiota. Eu não tinha ideia.

— Como iria saber? — Colter dá de ombros. — Sei que Knox não é um coelhinho fofo, mas é um cara legal. Ele passou por muita coisa, e sua primeira reação quando se sente encurralado é brigar.

— Faz sentido — diz Quinn baixinho. — Eu seria um desastre se tivesse perdido um dos meus pais quando jovem.

— Concordo, mas não é só isso. Ele…

Quinn e eu estamos nos agarrando a cada palavra de Colter, mas ele deve ter pensado que era melhor não dizer mais nada, porque balança a cabeça de novo.

— Só pegue leve com ele, tá bom? Por mim? Você não precisa ajudá-lo, mas saiba que ele tem seus motivos para não ser o cara mais fácil de lidar.

Dou um jeito de assentir com a cabeça.

— Obrigado — fala Colter, e em seguida muda de assunto. — Deveríamos voltar lá para fora. Alguns dos caras vão embora esta noite e quero dar tchau para eles.

Ele e Quinn começam a se dirigir para a porta.

— Você vem? — minha amiga pergunta, olhando por cima do ombro.

— Sim, já vou sair. Só vou passar uma água no rosto.

Quando volto para a festa, a música está mais alta, algumas garotas começaram a dançar, e as pessoas voltaram a brincar na piscina.

Encontro Knox sozinho, parado perto da porta dos fundos da casa principal. Ele vestiu uma camiseta branca e está olhando para o celular quando me aproximo. Devagar, ele levanta o queixo.

— Princesa — ele me cumprimenta.

Respiro fundo e me lembro de que prometi a Colter que pegaria leve com o amigo dele.

— Não posso prometer que treinar comigo não vai ser uma perda de tempo ou que vai ser tão bom quanto foi para Colter. Em parte porque não planejei exatamente ajudá-lo ou coisa do tipo, meio que só aconteceu, e porque toda vez que falo com você acabo querendo estrangulá-lo. Mas estou no ginásio todo dia até umas oito. Se puder ir lá por uma hora algumas vezes por semana, farei o meu melhor para ajudar.

Ele não diz nada, mas suas sobrancelhas se arqueiam ligeiramente.

Prendo a respiração.

— Você está dentro?

CAPÍTULO DOZE

Knox

QUANDO APAREÇO NO GINÁSIO NO FIM DA TARDE DE SEGUNDA-FEIRA, AVERY ME CONDUZ silenciosamente a uma área nos fundos onde não há mais ninguém treinando. O chão é roxo, e parece que estou andando em um trampolim.

— Eu já me aqueci, mas vou explicar alguns exercícios que você pode fazer sozinho quando chegar ao ginásio. — Ela se senta e espera que eu faça o mesmo.

Enquanto nos alongamos, ela fala sem parar. E é muito profissional. Não entendo metade dos exercícios que ela estabelece para o nosso aquecimento, mas a acompanho, o tempo todo admirando suas pernas torneadas e a leveza com que ela consegue mover o corpo.

Não estou fora de forma de jeito nenhum, mas meus movimentos não são nem de longe tão graciosos quanto os dela. Minhocas, afundos, saltar com as mãos para o alto — fazendo este último exercício, recebi alguns olhares das pessoas que estão pelo ginásio, então tenho certeza de que eu parecia incrível. Por vinte minutos, isso é tudo que fazemos. Depois ela me mostra uma parada de mão. Estou tentando manter a mente aberta, mas o tempo não passa e essas merdas todas são coisas que eu poderia ter feito (mas definitivamente não teria feito) em casa.

— Quer tentar? — pergunta ela, prendendo uma mecha de cabelo atrás da orelha.

Coloco as mãos no chão e lanço os pés para o alto. Fico assim por alguns segundos, então deixo os pés caírem de volta no chão e me levanto.

— Próximo.

— Você é forte o bastante para se manter na posição, mas vamos trabalhar no seu controle ao entrar e sair dela.

— Entrar e sair? Quer dizer quando lanço os pés no ar e os abaixo?

— Me observe. — Os movimentos dela são mais lentos, mais fluidos, mas parece exatamente com o que acho que fiz. — Tente de novo.

Repito, permanecendo na posição por mais tempo. Minha camiseta desce até as axilas e não consigo ver merda nenhuma. Oscilo um pouco, mas tenho força o bastante para me sustentar por um tempo. Estou prestes a descer quando os dedos dela envolvem minhas panturrilhas. Seus dedinhos são frios. Como seu coração de gelo.

— Use as mãos para se equilibrar — diz ela.

— Não brinca — murmuro.

Não consigo ver, mas tenho quase certeza de que ela revira os olhos.

— É sério. Se concentre em pressionar os dedos no chão e distribuir gentilmente o peso até encontrar o equilíbrio.

Ela continua a me segurar enquanto brinco um pouco com a posição das mãos.

— Como se sente agora?

— Hã... bem, acho.

Quando o toque dela desaparece, abaixo as pernas e me levanto.

— Tire a camiseta — diz ela, olhando para o outro lado do ginásio e acenando para alguém.

— Como é que é?

O olhar dela volta preguiçosamente para mim.

— Tire a camiseta. Está atrapalhando.

Eu a removo e embolo com as mãos, me divertindo.

— Se quer me ver pelado, é só pedir, princesa.

— Caras magrelos não fazem muito o meu tipo. — Ela se vira nos calcanhares.

Que porra é essa? Jogo a camiseta para o lado.

— Não sou magrelo. Sou esguio.

Seus olhos escrutinam meu peito com uma expressão quase de tédio.

— Já fez uma subida à força na parada de mão?

— Vamos dizer que não. — Seguro um suspiro. Como fazer uma parada de mão no chão vai me ajudar a ficar melhor em girar a moto no ar? Eu estava hesitante em concordar com isso e deveria ter escutado minha intuição. Estou tentando mesmo manter a mente aberta e admito que estava curioso para treinar com ela depois que descobri que era uma atleta olímpica, mas isso não parece nem um pouco um bom uso do meu tempo. Tive que pedir a Hendrick para buscar Flynn depois do treino hoje para poder estar aqui.

— É assim. — Ela afasta as pernas e se inclina, os pés ainda no chão, e coloca as mãos no chão à sua frente. Devagar, as pernas dela se erguem juntas até chegar na posição tradicional da parada de mão. Ela desce da mesma forma. — Entendeu?

Copio a posição dela e faço uma tentativa. É mais difícil, mas consigo fazer. Ou pelo menos acho que consigo. Quando desço e olho para ela, Avery não parece nada impressionada.

— A melhor maneira de treinar é usando um colchão. — Ela vai até a parede dos fundos. Há um colchão azul grande encostado nela. Ela fica de frente para ele e faz a parada de mão do mesmo jeito, mas usando a parede como guia. — Treine isso. Vou dar oi para uma amiga.

Com uma jogada de rabo de cavalo, ela me deixa no canto escuro do ginásio. O lugar está cheio esta noite. Um monte de crianças dos últimos anos do ensino fundamental, algumas mais novas, outras que parecem da idade de Flynn e pessoas que eu chutaria serem mais velhas que Avery.

Ela para perto das traves, onde um grupo de garotas pratica estrelas na barra fininha. Não devem ter mais que seis ou sete anos, mas arremessam seus corpinhos pelo ar e de alguma maneira aterrissam em pé, como têm feito desde que aprenderam a andar. Seus níveis de habilidade variam, mas são todas impressionantes pra cacete.

A não ser uma garotinha. Ela está praticando na trave mais baixa. Não deve estar a mais de meio metro do chão e há um colchão embaixo dela. A criança chora enquanto repete o movimento sem parar, o pé escorregando toda vez que ela tenta fazer a estrela. As outras meninas a encaram, e a treinadora está tentando consolá-la.

Avery se aproxima devagar, fala com a treinadora por um instante, depois vai até a menina que chora e se agacha na frente dela. Não consigo ler seus lábios como Archer conseguiria, mas o sorriso delicado que ela oferece me diz que a está encorajando, talvez a acalmando. Quando a garotinha concorda com a cabeça, Avery se levanta. A menininha tenta de novo, e desta vez Avery a ajuda, realinhando suas pernas enquanto ela desce. Elas fazem isso algumas vezes. A treinadora começa a instruir as outras garotas, e logo todas voltam a trabalhar em suas próprias acrobacias.

Continuo praticando minha parada de mão, mas, entre uma repetição e outra, paro e observo como Avery a ajuda. Ela agora está em cima da trave com a menininha. A garotinha observa enquanto Avery faz uma estrela simples.

Os movimentos dela são tão fluidos e graciosos, tão controlados, percebo enquanto faço outra parada de mão oscilante.

Volto ao chão e desisto de continuar fingindo que estou treinando. Avery olha para cá da trave e arqueia uma sobrancelha. Sorrio em resposta.

Ela é sexy mesmo. Hoje está usando um collant azul royal. É bem cavado no quadril, o que faz as pernas dela parecerem umas dez vezes mais compridas do que são. Cada centímetro dela é feito de aço.

Depois que Avery ajuda a garotinha com mais algumas estrelas, a turma se separa e se dirige à porta. A menina abraça Avery na altura da barriga antes de disparar atrás das coleguinhas.

Olho para o relógio gigantesco na parede, notando o horário, enquanto ela se aproxima.

— Desculpa, aquilo demorou mais do que pensei — diz ela.

— Tudo bem.

Ela olha para o relógio.

— Passou uma hora.

— É. — Sessenta minutos, e tudo que aprendi foi que Avery gosta de caras gigantes e é surpreendentemente boa com criancinhas. Nenhuma dessas coisas vai ajudar a melhorar minhas habilidades no freestyle.

— Você tem mais alguns minutos?

— Já desperdicei uma hora mesmo, que diferença faz gastar mais alguns minutos?

CAPÍTULO TREZE

Avery

Estou me esforçando muito para não perder a cabeça com Knox. Desde o primeiro minuto, pareceu totalmente desinteressado. Ele fez tudo que pedi, mas é como se preferisse estar em qualquer outro lugar.

Eu me sento no chão e ele faz o mesmo, de alguma maneira fazendo o ato parecer duas vezes mais difícil.

— Afaste as pernas como fez quando estava em pé. — Mostro a ele. — Então coloque as mãos no chão e troque o peso até ficar na posição do esquadro, assim.

Knox me observa atentamente enquanto mantenho a posição apoiada nas mãos, então tenta fazer o mesmo. Ele não tem flexibilidade o bastante para esticar totalmente as pernas, mas de algum modo consegue fazer o esquadro.

Ele é forte e o corpo dele é ágil. Eu estava zoando quando disse que era magrelo. Seus músculos não são tão marcados quanto os de Tristan, mas prefiro o tipo de corpo de Knox. Ele é musculoso e definido sem ser grande demais.

Graças a seus músculos e a todas as tatuagens, ele obteve a admiração das garotas no ginásio no mesmo segundo em que o fiz tirar a camiseta. Ei, se ele vai ser um babaca, posso muito bem ganhar alguma coisa com isso.

Gosto muito das tatuagens dele. Ele tem um desenho floral descendo pelo lado esquerdo do braço e cobrindo uma parte do peito. É deslumbrante. Rosas e videiras, e outras imagens que não consigo discernir muito bem sem ficar encarando ainda mais do que já estou.

Ele tem mais tatuagens nas mãos, no peito, no braço direito, nas costas e uma na coxa, que dá para vislumbrar cada vez que ele faz uma parada e o short se embola. Mas as rosas são as minhas preferidas. Elas são inesperadas, mas ficam bem envolvendo seu bíceps musculoso.

Dá para ver que ele tem potencial para fazer mais. Pode ter achado uma idiotice, mas bastaram alguns pequenos ajustes na posição das mãos dele e algumas repetições no colchão, e as suas paradas de mão já estão melhores.

— Bom — digo. — Contraia um pouco os dedos do pé.

Ele oscila ao desviar o olhar para as meias. Vê-lo tentando fazer a ponta é a melhor parte do meu dia.

Depois de mais um treino em que a sra. Weaver me manteve fora da trave e me forçou a praticar os elementos no chão, meus nervos estão à flor da pele. A pior parte é que fico um pouco aliviada a cada dia que ela me impede de me esforçar demais. É mais um dia em que não preciso me preocupar com tentar e falhar.

E, para piorar as coisas, saiu hoje um artigo com as cinco melhores ginastas de nível universitário para ficar de olho este ano. Não estou nele, a não ser por uma nota de rodapé no último parágrafo dizendo que, se eu conseguisse voltar ao nível de desempenho de dois anos atrás, poderia ser uma ameaça. *Se.* **Se.** *SE!*

— Agora suba na parada de mão a partir dessa posição — digo, voltando a prestar atenção em Knox.

As sobrancelhas dele se erguem de surpresa, mas ele não diz uma palavra enquanto faz uma tentativa. Não sabe onde colocar as pernas ou como se mover, e por alguns segundos ele desiste e apenas se mantém no esquadro, olhando-me como se eu tivesse lhe pedido o impossível. Ele volta a se sentar no chão. É a primeira vez na última hora que ele parece derrotado, e sinto um pouco de orgulho por isso.

— Talvez você precise começar com barras elevadas no chão até que sua flexibilidade melhore. Olha, é assim que deve ser. — Eu faço o esquadro e depois subo na parada de mão.

Quando volto a me sentar na frente dele, ele me dá um sorriso. O tom dele é provocador quando pergunta:

— Isso garantiu a medalha de ouro para você?

— Eu não ganhei o ouro, e não.

— Ouro, prata, basicamente a mesma coisa.

— Ah, é? Você ficaria feliz chegando em segundo?

— Nem fodendo — responde ele rapidamente, então acrescenta: — Mas é legal você ter participado e conquistado uma medalha.

— Cuidado, você está chegando muito perto de um elogio.

— Seu treino é uma bosta. Melhor?

— Você não pode falar mal de um treino sendo que nem consegue fazer os exercícios direito.

— É claro que posso — diz ele, mas as palavras são acompanhadas por um sorriso minúsculo. Ele verifica o relógio na parede. É no mínimo a terceira vez que o pego olhando a hora. Tenho certeza de que ele tem coisas para fazer, corações de mulheres para partir e tudo o mais. Não ia querer privá-lo disso.

— Acho que isso é tudo por hoje. Amanhã vou trazer algumas barras, e veremos se você consegue subir desse jeito.

— Mal posso esperar — diz ele secamente.

— Você não precisa vir se não quiser — eu o lembro. Estou fazendo isso de graça, abrindo mão da mesma quantidade de tempo que ele.

— Obrigado pela permissão, princesa. — Ele se levanta com rapidez, pega a camiseta e vai embora.

♥

Na noite seguinte, meio que espero que ele não venha. Estou treinando elementos na trave enquanto Hope faz saídas em um colchão. Mesmo quando ela não acerta em cheio, o sorriso dela nunca vacila.

Knox chega ao ginásio e fica procurando por mim. Reparo nele durante os segundos que leva até me encontrar. Calça de ginástica preta, camiseta preta, sapatos pretos. O coração também é sombrio, provavelmente. Mas, puta merda, ele é gato.

— Quem é aquele? — A voz de Tristan me assusta. Ele para ao lado da trave e fica olhando na direção de Knox.

— Um amigo do namorado da Quinn. — Eu desço da trave. — Estamos treinando juntos.

Ele dá uma bufada de desdém, andando comigo na direção da porta onde Knox está tirando o sapato e a camiseta.

— Ele não faz muito o seu tipo, Ollie.

— Que bom que não estou saindo com ele, então. E como você sabe qual é o meu tipo, para começo de conversa?

— Fácil. Eu.

Ele é tão arrogante e está tão errado... Quer dizer, é claro que ele é atraente, mas não é o tipo de cara com quem eu normalmente sairia. Nolan, meu último namorado, era atleta — ele era do time de basquete, e também era fofo e romântico. O oposto de Tristan, que provavelmente pensa que deixar uma garota dormir com ele é romântico. Se bem que Nolan acabou me traindo, então acho que ele não era tão fofo assim, afinal.

Knox levanta os olhos, passando-os pelas minhas pernas à mostra e pelo collant rosa de hoje antes de analisar Tristan.

Tristan cruza os braços musculosos e estufa o peito. Ugh, homens. Não me dou ao trabalho de apresentá-los.

— Pronto? — pergunto a Knox.

Ele olha para Tristan uma última vez e depois assente.

Eu o levo de volta ao canto onde treinamos ontem e faço com ele os mesmos alongamentos para nos aquecermos.

Tudo vai mais rápido hoje, e Knox não fala até o momento em que estou colocando as barras paralelas no chão para que ele pratique a subida à força na parada de mão a partir do esquadro.

— Seu namorado está encarando.

Não preciso olhar para saber que ele está falando de Tristan. Posso sentir os olhos dele em mim.

— Ele não é meu namorado.

— Ele sabe disso?

— Faça a ponta dos pés.

Com um gemido, ele faz isso enquanto continuo alongando. Meu joelho está doendo esta noite. O médico me avisou que ele continuaria mais dolorido do que o resto do corpo conforme eu aumentasse o ritmo no ginásio.

— E você? — pergunto, me levantando e girando os braços para fazer o sangue circular.

— Ele também não é meu namorado.

— Ah, não brinca — respondo secamente. Então me animo. — Embora não seja uma imagem terrível.

Tento decidir quem seria o mais dominador. Tristan é maior, mas não; definitivamente seria Knox.

Ele sorri e faz uma pausa entre as séries.

— Desculpa decepcionar, mas não sou muito de namorar.

— Ah, não, sério? Estou chocada. Mais um cara que tem medo de sentimentos — digo com toda a irritação que sinto.

Hope acena para mim da trave, sorrindo largamente para Knox. Aceno de volta e cruzo os dedos para que ela não venha até aqui. Ela pode babar nele se ele chegar perto demais.

— E você? — pergunta ele.

— Eu o quê? — Finjo não entender para atrasar a resposta.

— Você namora ou só mastiga os caras e depois os cospe por diversão?

Uma bufada nada delicada escapa de mim. Por algum motivo, gosto da ideia de ele achar que tenho essa capacidade.

— Também não sou muito de namorar no momento.

— Estou surpreso, princesa.

— Por quê? Porque sou uma garota e nós devemos demonstrar nossos sentimentos o tempo todo, para que conquistadores grandes e maus como você possam pisotear nosso coração?

— Solteira. Entendi.

— Sim. Por escolha. — Parece muito importante neste instante que ele saiba dessa parte.

— É, entendi isso também. O boneco Ken ali adoraria fazer você mudar de ideia. — Com outro sorrisinho, Knox volta a praticar a parada de mão. Ele melhorou muito em apenas um dia. Não faço nenhum comentário, e ele diz: — Você deveria tentar. Faria bem a você aliviar um pouco a tensão.

Alongo o pescoço.

— Ele não saberia como aliviar minha tensão nem se eu lhe desse um manual.

A risada grave de Knox me pega de surpresa.

— Eu sabia. Vocês já se pegaram.

Merda. Não queria ter compartilhado isso.

— Nós ficamos uma vez — esclareço, sentindo as bochechas corarem. — E não vai acontecer nunca mais.

— Se dependesse dele...

— Acho que você está pronto para outra coisa. — Meu nível de irritação é alto, e tudo o que quero é subir na trave por um tempinho para me centrar de novo.

Guardo as barras e depois conduzo Knox até as traves. Acho que vou ter que correr o risco de Hope babar nele, porque ela ainda está treinando saídas quando chegamos lá. Passo a mão por uma das traves vazias.

— Tudo bem se nos juntarmos a você?

— Ah, meu Deus, é claro! — O sorriso dela se fixa em Knox.

— Você quer que eu suba aí? — As duas sobrancelhas escuras dele se erguem, e ele balança a cabeça.

— Seria divertido ver você tentar, mas não. A trave é avançada demais para você. — Aponto para as argolas que pendem do teto atrás de nós. — Pensei que você poderia treinar ali enquanto eu pratico um pouco mais aqui.

— Avançada demais? — Ele não parece convencido.

— Ela está certa — diz Hope. — É mais difícil do que parece.

— Sério? — Ele sorri para ela, um sorriso de verdade, e não um que demonstra indiferença ou falas de duplo sentido.

— Esta é minha amiga Hope — falo, indicando-a com a cabeça.

— Oi, Hope. Sou o Knox. Você é ótima. Vi você fazendo mortais, piruetas... não sei. Parecia complicado.

— Obrigada. Avery tem me ajudado. — Ela está cintilando de empolgação com as palavras dele.

Knox continua sorrindo para ela. Ele é tão... educado e gentil com ela. Minha surpresa deve estar estampada no rosto, porque, quando volta a olhar para mim, a expressão dele muda.

— O quê?

— Nada. — Desvio o olhar.

Hope observa Knox agarrando as argolas com os dedos.

— Você é meio velho para começar a treinar para ser ginasta.

Dou risada, então mordo o lábio inferior para me conter.

— Ele não é ginasta.

— Está tentando pegar a Avery, então? — pergunta ela.

— Hope — eu a repreendo.

— O quê? É só uma pergunta. — Ela continua mesmo depois de o meu rosto ficar vermelho: — Um cara entrou na minha aula de teatro musical só para conseguir que Anna Laurie saísse com ele, e funcionou.

— Ele não está aqui para sair comigo, está treinando como Colter fez comigo e com Quinn.

Ela pensa a respeito por um segundo.

— Colter está namorando Quinn, certo? Pensei que treinar com vocês fosse apenas uma desculpa para passar tempo com ela.

Que merda. Isso é pelo menos parcialmente verdade.

— Sim, mas não é isso que está acontecendo aqui.

Hope se dirige a Knox.

— Que pena. Você é gato, e Avery precisa de um namorado novo. O último não era tão gato como você e era um mentiroso, infiel...

— Ok. Isso já é demais. — Evito muito deliberadamente olhar para Knox. Amo essa garota, mas ela precisa aprender a não expressar cada pensamento que passa pela cabeça dela. Ou eu preciso parar de contar coisas para ela.

— Ah, lá está meu pai. Preciso ir. — Ela pula da trave e acena para mim, depois para Knox. — Espero te ver da próxima vez.

Num instante ela já se foi, me deixando ali para lidar com seu pequeno show. Olho para Knox e o encontro sorrindo, cheio de presunção.

— Você não é tão gato; ela só tem treze anos, e você está andando por aí sem camisa — digo a ele.

Ele assente distraidamente.

— Ela está falando do boneco Ken? O ex mentiroso e infiel?

— Não. Eu falei para você que Tristan e eu não namoramos.

— Só uma transa insatisfatória. — O sorrisinho brincalhão se alarga.

— Um erro alcoólico que nunca mais vai acontecer — digo mais para mim mesma do que para ele.

— Ele foi tão ruim assim?

Dou uma olhadinha para Tristan. Dizer que ele é ruim parece injusto, considerando como nós dois estávamos bêbados.

— Acho que não. Nós fomos ruins juntos.

O olhar de Knox desce devagar e volta a subir, me dando uma secada bem minuciosa.

— Princesa, se foi ruim, é tudo culpa dele.

— Então, mesmo horário amanhã? — pergunto na quinta-feira quando nosso treino acaba. Treinamos juntos quatro dias, e a cada dia ele parecia mais frustrado. A única vez que foi agradável foi com Hope.

Hoje ele quase não abriu a boca. Ele melhorou em cada exercício que lhe passei, e Hope compartilhou mais informações que fizeram meu rosto assumir um tom horroroso de vermelho, mas nada disso pareceu melhorar seu humor.

— Não. — Ele balança a cabeça. — Vou estar fora da cidade com Colter e a equipe.

— Ah, certo. — Coloco a calça de moletom e os sapatos. — Você já vai fazer manobras?

Sei que soa mal, mas treinando com ele eu meio que esqueci o propósito da coisa toda. Na maioria das sessões, só tento chegar ao final sem querer estrangulá-lo.

— Pouco provável. — Com outro pequeno movimento de cabeça, ele diz: — Só montando e desmontando até eu melhorar.

— Os treinos estão ajudando?

— Quer dizer as paradas de mão e outras merdas que me fez fazer? — Ele arqueia uma sobrancelha como se a resposta fosse óbvia. — Não que eu tenha notado.

Ai.

— Tá bom… Alguma sugestão?

— Se eu tivesse alguma ideia de como fazer isso sozinho, não teria vindo até você para receber aulas de acrobacia. — Ele coloca a camiseta. O movimento bagunça seu cabelo, e me pego querendo passar os dedos nele.

— Se acha que tudo isso é uma idiotice, por que continua vindo?

Ele dá de ombros.

— Último recurso, acho.

CAPÍTULO CATORZE

Avery

TRISTAN MORA EM UM CONDOMÍNIO FORA DO *CAMPUS* CHEIO DE UNIVERSITÁRIOS. É especialmente popular entre o time de hóquei, que mora dois prédios adiante.

Estamos curtindo na varanda do apartamento dele, e os sons de diversas outras festas se combinam, fazendo parecer que toda a universidade está aqui. A maior parte da equipe de ginástica, masculina e feminina, está presente. Os vizinhos de frente de Tristan, Nico e Whitley, estão no time de golfe e trouxeram vários colegas de equipe também.

Ainda está cedo e a atmosfera é tranquila e amigável. Foi uma semana longa, e Quinn nem precisou me convencer a vir. Eu precisava fazer alguma coisa além de ficar pensando sem parar nos treinos — meus e de Knox.

Fico repetindo na cabeça as palavras que ele disse ontem. *Último recurso, acho.*

Não gosto de pensar no tempo que dediquei a ele como uma tentativa desesperada, mas sabia que estava hesitante quando concordou com os treinos. O verdadeiro problema, o que me faz roer as unhas, é me perguntar se estou fazendo alguma diferença. Ele disse que achava que não, e isso doeu.

— Precisa de um refil? — pergunta Tristan enquanto olho ao meu redor sem dar muita atenção à festa.

Balanço a cabeça para desanuviar os pensamentos.

— Não, estou bem.

Ele se senta na cadeira dobrável desocupada ao meu lado. Seu cabelo loiro cai nos olhos, e ele o afasta com um movimento de cabeça.

— Como está o joelho?

— Bem — digo rápido.

Os olhos dele se estreitam e descem para minhas pernas expostas.

— Você ainda está se contendo nos treinos.

— É, nem me fale. A sra. Weaver ainda está me deixando nos colchões. Ela quer que eu volte aos poucos, para não me machucar de novo.

— Bobagem.

Se tivesse sobrado cerveja no meu copo, ficaria tentada a jogá-la nele.

— Ela está sendo superprotetora. Você já poderia estar de volta a cem por cento se quisesse. O que não entendo é: por que não está se esforçando mais? Faltam dois meses para a temporada, e todo mundo está prestando atenção, vendo se vai deixar esse obstáculo acabar com a sua carreira ou se vai estar faminta o suficiente para fazer dele o combustível que vai te levar ao topo.

Tristan tem competido sob os holofotes desde os dezesseis anos. Já participou de duas Olimpíadas e medalhou as duas vezes. Ele não entende. Ninguém nunca duvidou do talento dele ou o atribuiu à sorte.

— Admita. — Ele se inclina mais para perto e deixa as pontas dos dedos roçarem minha coxa. — Pelo menos para mim. Eu conheço você, Ollie.

— Só porque deixei você me apalpar uma vez quando estava bêbada não quer dizer que me conheça. — Afastando a perna do toque dele, eu me levanto. — Acho que quero um refil, sim.

Dentro do apartamento, entro na cozinha e faço outro drinque.

Um choro de vodca com refrigerante de morango. Quinn está na sala jogando videogame. Ela passa o controle depois de ganhar outra rodada de Mario Kart e vem saltitando na minha direção.

Ela pega meu copo sem pedir e dá um gole enquanto me observa com atenção.

— De nada — murmuro secamente, mas não estou brava de verdade. Começo a preparar outro drinque para mim.

— Por que está com um olhar assassino, e com quem preciso berrar? — Os olhos dela se arregalam por cima do copo.

Tristan entra, e lanço a ele um olhar ameaçador quando fazemos contato visual. Ele continua andando, atravessando a área comum e desaparecendo por um corredor na direção dos quartos.

Ele tem um apartamento de dois quartos, apesar de morar sozinho. Transformou o quarto extra em uma sala de ginástica. Sei disso porque foi lá que nós ficamos. Num minuto o estava zoando por ter uma academia em casa, no seguinte ele estava me beijando. Ugh. Nunca mais.

— Ah. Entendi. Eu devia saber. — Minha melhor amiga levanta a voz e grita atrás dele. — Você é um cuzão, Williams.

Aquilo me faz rir, o fato de ela ser tão leal mesmo sem saber o que aconteceu.

— Sinto muito — diz ela de modo mais sincero. — O que ele fez?

— Só estava sendo encantador como de costume. — Dou um gole e começo a tossir. Pesei um pouco a mão na quantidade de vodca que coloquei no meu drinque.

Ela me dá um sorriso empático.

— Quer ir embora? Ouvi dizer que tem gente na casa dos caras do hóquei.

— Não. Tudo bem. — Não quero que ele saiba como as palavras dele estão mexendo com a minha cabeça.

— Posso cobrir as privadas com papel-filme ou fazer uma reclamação de barulho.

Sorrindo, balanço a cabeça.

— Só não me deixe sozinha.

Ela enrosca o braço no meu.

— Jamais.

— Quinn, sua vez — grita alguém da sala de estar.

Seus olhos se acendem de empolgação, mas depois ela se contém.

— Já parei por hoje.

— Vai lá — digo a ela. — Vou assistir.

— Você odeia videogame.

— Não odeio. Só não jogo bem. Posso ser sua líder de torcida particular. — Talvez ela só precise me dizer quando torcer, porque tenho um pouco de dificuldade de acompanhar a maioria dos jogos.

Eu me ajeito em um espaço entre Quinn e um calouro golfista. As outras pessoas estão jogando, então me mantenho ocupada rolando a tela do celular e bebendo mais rápido que o de costume. De vez em quando, levanto os olhos para ver o que está acontecendo no jogo. O nível de entusiasmo de Quinn é minha melhor indicação. Quando ela ganha, fala alto e pula pela sala; quando perde, fica sentada em silêncio fazendo biquinho. O celular dela apita três vezes em sequência, vibrando no sofá entre nós.

— É Colter — falo depois de dar uma olhada rápida para a tela.

— Diga a ele que estou destruindo no Mario Kart. Ele vai ficar tão orgulhoso — ela responde por cima do ombro.

Tiro uma foto dela em modo concentração profunda, então envio para ele com suas palavras exatas. Ele responde com: **Boa, garota** ♥

Solto uma risada.

— Ele está muito orgulhoso.

Ela sorri diante do elogio repassado.

Respondo perguntando como vai a turnê.

COLTER

Incrível. Numa feira em Chandler hoje à noite. Plateia lotada.

Hesito, querendo perguntar a ele se Knox pilotou no evento, mas por algum motivo parece estranho fazer isso. Então ligo o foda-se: estamos trabalhando juntos. Seria estranho não perguntar, né?

COLTER

Ainda não. Mas ele está chegando lá.
Sou muito grato por você estar treinando com ele.

— Não que eu esteja ajudando muito — resmungo sozinha.

Quinn dá um grito de vitória, largando o controle e pegando o celular. Tão rápido que não tenho certeza de como aconteceu, ela está falando com Colter no FaceTime. Está dizendo a ele como ela é incrível e ele concorda, sorrindo muito.

A sala está barulhenta. Alguns membros do time de golfe acabaram de chegar.

— Não consigo ouvir você — diz Quinn.

— Vá se divertir, amor — ele fala. — Me mande uma mensagem quando chegar em casa.

— Espera — digo antes que ela possa desligar. Faço um gesto para ela me passar o celular.

— Avery quer falar com você. — Ela me entrega o aparelho, e saio da sala de estar para o corredor, onde está um pouco mais silencioso.

— O que foi? — Colter parece preocupado enquanto espera que eu diga alguma coisa.

— Sobre Knox... — Paro e solto um suspiro. — Não tenho certeza de que estou ajudando muito.

Ele abre um sorriso.

— Aposto que isso não é verdade.

— Acho que pode ser.

— Tá bom. Então, do que você precisa?

— Não sei. Ideias? Qual é a dificuldade dele?

— Acertar as manobras.

— Especificamente — pressiono.

Ele passa a mão pelo cabelo.

— Knox é um monstro em cima da moto. Ele consegue fazer o que quiser. Mas se questiona no ar quando não está totalmente no controle. O lance do freestyle é perder o controle sem nunca deixar isso acontecer de verdade, sabe?

Assinto com a cabeça. Eu sei mesmo. Na trave é meio que a mesma coisa. Tem a ver com confiança.

— Você pode perguntar para ele — sugere Colter. Minha expressão o faz dar risada. — Tente conhecer o cara. Ele não é tão ruim.

Quinn vem saltitando até o meu lado.

— Vou te devolver para sua namorada agora — digo.

Quando Quinn se despede, estou mordiscando o dedão e pensando nas palavras de Colter.

— Ok. — Quinn interrompe meus pensamentos enquanto enfia o celular no bolso frontal do short. — Preciso de outro drinque, e depois vamos andando até a festa do hóquei.

Enquanto ela está enchendo o copo, meu celular apita. Assim que o pego, vejo uma mensagem de Colter. Um vídeo curto de um piloto subindo uma rampa em alta velocidade e planando no ar enquanto faz algum tipo de manobra em que seu corpo sai da moto. Dá para ver pela maneira como o piloto se move que é Knox.

Assisto ao vídeo cinco vezes, em *slow motion*, dando zoom, examinando cada trecho dele. Não tenho nem certeza do que estou procurando exatamente. Algo que vá ajudar, acho. Na sexta reprodução, chega outra mensagem de Colter. Sem palavras, só um número.

E sei exatamente o número de quem.

CAPÍTULO QUINZE

Knox

IRMÃOS CARINHOSOS

HENDRICK
> A Valley venceu. Flynn foi o MVP. Vinte e um pontos. 🔥

BROGAN
> Ele destruiu. O outro time tentou três defesas diferentes para barrá-lo. #imparável

ARCHER
> Quem mudou o nome do grupo de novo, cacete?

HENDRICK
> Precisa mesmo perguntar? 👀 Brogan

BROGAN
>

ARCHER

Knox, como está o evento? Vai pilotar hoje?

EU

Nem. Provavelmente ainda demore um pouco.
Parabéns, maninho. Quantas assistências?

HENDRICK

Ele não deve estar olhando o celular. Foi pra casa do Pete depois do jogo.

BROGAN

Falando em festa... fui. Até mais, otários.

HENDRICK

Isso que são irmãos carinhosos, hein?

Balançando a cabeça, mando uma mensagem para Flynn no privado para lhe dar os parabéns e dizer que vou voltar hoje mais à noite, caso ele precise de uma carona para casa.

Falta cerca de meia hora para o início do evento. Tudo está montado, e Colter e sua equipe de pilotos estão aquecendo e fazendo alguns ajustes finais enquanto o público se acomoda.

A minha parte está praticamente terminada. Estou a postos caso alguém precise de alguma coisa, mas todo mundo aqui coloca a mão na massa. Se precisam de algo, não ficam esperando alguém fazer. Esse é um luxo do qual me esqueci: ter toda uma equipe ao meu redor dedicada a garantir que eu tivesse tudo de que precisasse.

Colter sai da pista e para na minha frente.

— Bem legal, né?

— É.

Ele sorri como quem sabe das coisas.

— Daqui a pouco você vai estar aquecendo com a gente.

— Não tenho certeza disso.

— Como estão indo as coisas com Avery?

— Sinceramente? — pergunto. Quando ele assente com a cabeça, digo: — Não estou muito certo de que esteja funcionando.

— Insista. Talvez não seja a resposta que você estava esperando, mas juro que fez uma diferença gigante para mim. Ela é muito obstinada.

— É — concordo, rindo. — Isso ela é mesmo.

— Não consigo saber se vocês vão acabar se matando ou se pegando.

— Definitivamente a primeira opção. — Não que eu não tenha pensado na segunda.

Rindo, ele coloca um pé no chão e me encara através da abertura do capacete.

— Por que não vai se sentar na plateia?

A confusão me faz franzir a testa.

— Já está me expulsando da equipe?

Seus olhos expressam diversão.

— Mantenha certa distância. Observe as acrobacias. Observe de verdade. Você está muito perto de dominá-las.

Tenho observado há duas semanas, mas duvido de que ele ache que isso faz alguma diferença.

— E quanto a Patrick?

— Ele dá conta. — Com uma acelerada, Colter vai embora.

Verifico com Pat, me certifico de que ele tem meu telefone e lhe aviso onde vou estar caso precise de algo. Depois saio pelo portão lateral.

Colter não estava brincando sobre o evento de Valley ter sido pequeno em comparação aos outros planejados. O estádio está lotado, e a energia está lá em cima. Sinto-a na pele, me lembrando de quando participava de pequenas corridas locais na infância. Os eventos de motocross são maiores e mais chamativos, mas a energia aqui é incomparável. É simples de uma maneira que esqueci que poderia ser. Talvez eu só esteja romantizando a coisa ao vê-la do outro lado da grade.

Sinto saudade de estar nas pistas. Sinto falta até de Mike e seus discursos frequentes sobre fazer melhor, praticar mais. Como se eu não tivesse me esforçado para ser o melhor. Trabalhei como um louco para isso. Sem precisar de discursos. É um desejo primitivo que vem lá do fundo. Tento ser o melhor em tudo que faço.

Encontro um lugar no topo da primeira seção. Um garotinho está saltitando na arquibancada ao meu lado. Ele segura uma moto em miniatura, os olhos grudados na pista. A mãe me lança um olhar de desculpas desnecessário. Ainda me sinto assim com relação às corridas. Apenas aprendi a manter o corpo imóvel, mas por dentro estou pulando com uma empolgação incontrolável.

Não tinha botado fé no conselho de Colter quando ele pediu que fosse me sentar na plateia. Eu os vi fazer essas acrobacias um milhão de vezes na pista de treinamento. Mas alguma coisa nas luzes do estádio e na adrenalina extra dos movimentos me faz observá-las com um olhar renovado.

O celular vibrando no meu bolso me traz de volta das nuvens. Já estou me levantando, esperando que seja Pat. Jamais Avery.

Volto a me sentar enquanto leio e releio a mensagem dela.

NÚMERO DESCONHECIDO
Então, estive pensando. Talvez esteja certo e meus treinos sejam uma bosta. Ah, é a Avery.

Sorrindo, digito uma resposta.

EU
Não, não é. Avery nunca admitiria que os treinos dela são uma bosta.

Em resposta, ela me manda uma foto sua fazendo careta.

EU
O inferno congelou? Está bem quente aqui em Chandler, mas talvez ainda não tenha chegado aqui.

AVERY
Para ser justa, você não tem sido exatamente uma pessoa fácil. Se vamos fazer isso, preciso saber que você está dentro.

> **EU**
> Eu apareci a semana inteira e fiz paradas de mão. Do que mais você precisa como prova? Um pacto de sangue?

AVERY
> Tentador.

Pontinhos aparecem na parte de baixo da tela indicando que ela está digitando. Levanto os olhos para a pista. Estamos fazendo um breve intervalo dos saltos, e Brooklyn dá uma volta de pé na moto. Depois, quando para diante da cerca, ela acelera e sai queimando a pista. A multidão adora.

Olho novamente para o celular.

AVERY
> Vou fazer tudo que puder para ajudar você, mas preciso que esteja aberto a qualquer coisa que eu peça.

> **EU**
> Meu limite é fazer estrela.

Ela manda outra selfie fazendo careta. Olho para o fundo da foto desta vez. Ela está em algum lugar cheio de gente. Talvez um apartamento ou uma casa. Tem uns caras atrás dela, e um deles definitivamente a está secando.

> **EU**
> Onde você está?

AVERY
> Não mude de assunto, amigão.

Amigão? Sério?

Colter e a equipe se alinham para uma das acrobacias sincronizadas. O timing é bonito pra cacete. Uma onda de orgulho me atravessa. O que é a única explicação para o que digito a seguir.

> **EU**
> Tá bom. Estou dentro.
> Vou fazer o que quiser que eu faça.

Alguns minutos se passam sem uma resposta.

AVERY
> Uau. Isso foi mais fácil do que eu esperava.
> É o Knox mesmo, certo?

Tiro uma selfie e aperto "enviar".

AVERY
> O alien fez um ótimo trabalho com o seu rosto.
> Parece quase idêntico.

> **EU**
> Esse é o seu jeito de dizer que gosta do meu rosto?

AVERY
> 😎 Vejo você na segunda.

> **EU**
> Estarei lá.

Estou prestes a colocar o celular no bolso quando ela manda mais uma mensagem.

AVERY
> Ah, e Knox... com certeza você vai ter que dar estrelas.

CAPÍTULO DEZESSEIS

Avery

—EU NÃO VOU SUBIR AÍ.

Todo o otimismo ao qual me apeguei no fim de semana se dissipa quando Knox me dirige uma careta teimosa.

— Você disse que faria *qualquer coisa* — eu o lembro.

Com um suspiro, ele se aproxima da trave. Hesita por um segundo, como se não tivesse certeza de como subir. Ops. Esqueci que para algumas pessoas não é tão simples quanto respirar. Antes que eu possa descer e mostrar a ele, Knox iça seu corpo, mostrando ter uma força impressionante nos membros superiores.

Contenho um sorriso quando ele se levanta, oscilando um pouco enquanto tenta se equilibrar. Dá para ver pela expressão no rosto dele que rir agora seria uma má ideia.

Depois de aquecer e treinar alguns saltos do trampolim para o poço de espuma, cruzo os dedos para que este treino funcione. E, se não funcionar, bom, pelo menos consegui passar alguns minutos na trave. O que os olhos da sra. Weaver não veem, o coração dela não pode sentir.

— Ok. — Encontro um resquício de compostura. — Quero que você saia dando um mortal para trás no poço.

Ele arqueia uma das sobrancelhas escuras.

— É perfeitamente seguro. Tão fácil que até uma criança de cinco anos conseguiria fazer — zombo.

— Uuuh. Posso mostrar a ele? — pede Hope da trave vizinha, com uma expressão suplicante.

Antes mesmo que eu concorde, ela já está se preparando. Adiciona uma estrela antes do mortal, aterrissando em um colchão, e não no poço de espuma.

Knox range os dentes.

— Quer ver de novo? — pergunto.

— Não — diz ele, mal-humorado. Quando Hope volta a subir na trave, ele lhe oferece o punho sem dizer nada, mas ainda me olhando feio.

Ela bate os nós dos dedos nos dele com alegria, e seu rosto fica rosado.

— Só uma vez, e voltamos para o chão — digo a ele.

— Qual é o sentido? Está zoando comigo?

— Você disse *qualquer coisa*, e quero saber se é verdade.

Com uma bufada, ele enfim caminha até a ponta da trave. Hesita.

— Não pense demais. É a mesma coisa que fizemos antes.

— É, só que agora estou andando na corda bamba. — Ele solta a respiração e aí se joga.

Meu alívio é imediato. Ele conseguiu. Ando até lá para ver seu rosto quando ele emerge do poço.

— Isso é um sorriso? — pergunto, colocando as mãos na cintura.

Ele tenta tirá-lo do rosto, mas os lábios dele o traem.

— Divertido, né? — indago.

— Não sei. Acho que apaguei. Acabaram as pegadinhas agora?

— Sim. — Desço da trave. — E você passou no teste.

Talvez ainda haja esperança para ele. Preciso que confie em mim. E é claro que assisti-lo subir na trave foi divertido, mas a ideia era que ele parasse de resistir a cada passo.

— Certo. Vamos continuar fazendo mortais para trás no poço, mas tente prestar atenção na forma do seu corpo.

Num segundo, Knox está me seguindo; no próximo, porém, quando olho para trás, vejo que ele parou para olhar o celular.

Faço o caminho de volta até ele.

— Marcando com uma peguete mais tarde?

— Não. — Ele olha feio para o telefone enquanto seus dedos voam sobre a tela.

Fico imaginando se ele faz cara de mau na cama.

— Só temos mais meia hora — eu o lembro. Geralmente, toparia ficar no ginásio até me expulsarem, mas esta noite vou me encontrar com alguns colegas para estudar para uma prova de psicologia.

— Aconteceu um negócio. Preciso ir.

— Agora?

— É. — Ele enfia o celular no bolso e sai correndo sem nem pedir desculpa.

Começo a segui-lo, mas ele é rápido, e estou muito perplexa para alcançá-lo.

Mas que droga.

♥

No dia seguinte, ainda estou furiosa. Esperei a noite inteira por uma mensagem que explicasse a partida apressada dele. Quase fraquejei e mandei uma mensagem para me certificar de que estava tudo bem.

Estou sentada na ponta de uma cadeira de frente para a porta, de olhos grudados nela, esperando para ver se ele vai aparecer. Eu não entendo. Num minuto, ele está empenhado; no próximo, está indo embora mais cedo sem nenhuma explicação.

Chega. Não consigo lidar com isso. Não posso ajudá-lo se ele não quiser levar o treino a sério. Estou farta.

Knox entra três minutos adiantado. Analisa o ginásio ao caminhar, mas então algo o impele a olhar na minha direção.

Os passos dele desaceleram conforme se aproxima.

— Oi.

— Oi — repito. Tinha planejado conduzir a situação com calma e profissionalismo. Simplesmente informá-lo de que isso não ia funcionar e me afastar. Mas, com ele ali parado na minha frente, toda a minha frustração ressurge. — Você está vivo.

— Hã... sim.

— Achei que não ia aparecer. — Isso é mentira. Não sei como, mas sabia que ele voltaria, ao menos para me dizer que meus treinos são uma merda e que estava desistindo.

— Por que não apareceria?

— Não sei, talvez porque você foi embora mais cedo ontem ou porque faz cada treino parecer uma tortura.

— Aconteceu um negócio. — Ele franze as sobrancelhas. — Você estava bem ali do meu lado. Eu falei que precisava sair mais cedo.

— Vamos simplesmente reconhecer que essa ideia de treinarmos juntos foi um fiasco gigante e seguir em frente. — Estou exausta. Não posso falhar com ele também, quando eu mesma sou um fracasso. — Vou mandar por mensagem alguns exercícios que você pode acrescentar ao seu treino habitual.

É o que eu deveria ter feito desde o início. Simples assim. Eu me levanto e passo esbarrando por ele em direção ao estacionamento.

Knox corre atrás de mim, me alcançando quando estou perto do meu Ford Bronco.

— Espere, Avery. Sinto muito.

Engraçado, ontem ele não conseguiu dizer essas palavras.

— Não, eu sinto muito. Isso nunca iria funcionar. Você é...

— Meu irmãozinho está quase reprovando em matemática — solta.

Tá bom. Não é o que eu esperava.

— Ok...

— A média dele está quase abaixo da exigida para participar de uma equipe esportiva, então ontem o treinador dele me mandou uma mensagem dizendo que queria se encontrar comigo imediatamente.

Tenho tantas perguntas, mas a primeira que sai da minha boca é:

— Por que ele mandou mensagem para você?

— Porque sou o guardião legal de Flynn. — Ele passa a mão pelo cabelo. Seu óbvio desconforto faz com que eu me sinta um lixo de pessoa.

— Por que você simplesmente não me disse isso em vez de sair correndo sem dar nenhuma explicação?

— Não gosto de falar sobre a minha família problemática, tá bom? Posso me dedicar totalmente e não querer compartilhar cada detalhe da minha vida. — Ele cerra o maxilar e contrai os lábios.

Mordo o lábio inferior. Merda. Merda. Merda. Sou o cocô do cavalo do bandido. Pensei que ele estava me dispensando, e posso ter exagerado só um pouquinho.

— Então, está tudo bem entre a gente? — pergunta ele, parecendo mais calmo, mas seu olhar ainda é severo.

Sinto como se fosse eu quem devesse estar perguntando isso.

— Sim, tudo bem entre a gente, Knox, mas ainda não tenho certeza de que isso é uma boa ideia. Não sei como ajudá-lo. Achei que tirar você da sua zona de conforto esta semana ajudaria, mas talvez esteja além do meu alcance.

— Você já ajudou.

Palavras que nunca sonhei em ouvir de Knox Holland.

— Como assim?

— Olha. — Ele enfia o celular na minha frente. O movimento aproxima Knox de mim. O braço dele encosta no meu, e sinto o cheiro do seu perfume.

É difícil me concentrar na tela. O vídeo está tremido, mas dá para ver que é ele. Quando está no ponto mais alto do salto, as pernas dele voam para as laterais e ele solta uma das mãos da moto. Acontece tão rápido que não tenho tempo de ficar com medo de que dê errado. Chego a perder o fôlego.

Continuo assistindo à sequência dele aterrissando e depois vindo na direção da câmera, a linguagem corporal deixando claro que está empolgado com o salto, até ele parar de gravar.

— Isso foi ótimo — digo honestamente.

— Eu sei. — Ele tem um sorriso orgulhoso. Totalmente diferente do cara frustrado e hostil de momentos atrás.

— Não acho que eu tenha ajudado nisso.

— Não, ajudou sim. Olha, você está certa. Eu dei trabalho. E ainda continuo achando que estrelas são bobagem, mas, não sei, alguma coisa nisso tudo me deixou mais consciente do meu próprio corpo. Mesmo quando estou lá em cima, no ar.

— Sério? — Uma chama de esperança acende no meu peito.

— Sério. — Knox se afasta e para na minha frente. — Não desista de mim.

— Tudo bem. Estou dentro se você estiver.

— Ainda vamos fazer isso? — pergunta ele de novo, a voz cheia de otimismo cauteloso.

— Sim. — Destranco o carro. — Mas não hoje à noite.

Os olhos dele despencam para minhas pernas à mostra e então piscam algumas vezes, como se estivesse enfim percebendo que não estou usando roupa de ginástica. Juro que a expressão dele é de decepção quando seus olhos voltam para os meus.

— Por que não? Tem um encontro?

— Tenho uma sessão de estudos esta noite.

Seu sorriso arrogante e brincalhão está de volta em um instante.

— Ah, tá bom.

— Descanse — digo a ele enquanto abro a porta do veículo. — Você vai precisar estar descansado amanhã.

CAPÍTULO DEZESSETE

knox

— Você chega a treinar mesmo nessa coisa ou só gosta de usar para se sentar? — pergunto quando entro no ginásio e encontro Avery sentada na trave. É o lugar onde ela sempre parece estar esperando por mim.

Sem responder, ela se iça até ficar de pé, faz algum tipo de giro extravagante e então executa uma estrela e um mortal para trás, saltando da extremidade da trave mais próxima de mim.

Ela está com o queixo erguido quando aterrissa ereta na ponta do pé, então olha para mim.

— Melhor? — pergunta ela, apoiando a planta do pé no chão.

— Não sei. Acho que vou precisar ver mais uma vez. — Ou mais dez vezes. Ela é gostosa pra caralho quando está se exibindo. Especialmente quando é para mim.

— Já treinei hoje. Sua vez. — Ela esbarra seu corpo pequeno no meu antes de se encaminhar para a pista do trampolim.

A semana toda, ela me colocou para fazer mortais e piruetas caindo no poço de espuma. Até que é divertido. Não que eu vá admitir isso para ela. Também é exaustivo. Não me lembro da última vez que fiquei com tanta dor no corpo. De novo, não que eu vá admitir isso para ela.

Começamos a nos alongar sem que ela diga nada. Já memorizei a série inteira a esta altura. Ela se inclina para a frente, praticamente dobrando o corpo ao meio com as pernas afastadas. Estou fazendo uma versão menos flexível, em que os dedos da minha mão nem tocam o pé.

Rindo, ela se arrasta para mais perto e alinha os pés com os meus.

— Me dê as mãos. — Ela se inclina para a frente, esticando os braços na minha direção.

É embaraçoso o quanto ela precisa se inclinar até que eu finalmente alcance a ponta dos dedos dela. Damos as mãos, e ela recua alguns centímetros.

— Ai — falo quando meus músculos protestam contra o alongamento extra.

Ela só sorri e puxa um pouco mais.

— Você é pequenininha, mas assustadora — digo.

— Obrigada. — Ela sorri com doçura.

— Mas, sério, você treina à noite ou só gosta de passar tempo aqui?

Ela leva um segundo para responder.

— Machuquei o joelho no começo do ano em uma competição. Acabei com uma hiperextensão e ferrei meu ligamento. Durante o verão, fiz uma cirurgia e a reabilitação, mas não tenho conseguido treinar muito. Vir aqui faz parte da rotina, acho. Faço o que posso nos colchões. Isso foi o máximo de elementos que fiz na trave em um mês.

Se aquilo foi ela enferrujada, imagina no seu auge.

— Me pareceu bem bom para alguém que não faz isso há um tempo.

— Bem bom? — Ela dá uma bufada e sorri.

— Sinto muito pelo seu joelho.

— Obrigada.

Nós invertemos os papéis, e eu a puxo na minha direção. A flexibilidade dela é impressionante e me provoca uma dezena de pensamentos sacanas.

— Knox? — pergunta ela.

Limpo a garganta.

— Desculpa, o quê?

— Eu perguntei sobre o seu ombro.

— Está bom. — Aterrissei meio de mau jeito de uma acrobacia dois dias atrás, e meu ombro direito tem me incomodado. Nada que eu não dê conta. Não teria nem mencionado isso para ela, mas ontem só consegui segurar a parada de mão por alguns segundos.

Ela me estuda por um momento, como se estivesse tentando determinar se estou blefando ou não.

— Sério. — Interrompo o nosso alongamento e subo na parada de mão, então empurro o chão para saltar de novo sobre os pés.

Quando aterrisso, ela está me observando com uma expressão divertida, ainda no chão.

— Ok. Eu ia acreditar na sua palavra, mas, se quer se exibir para mim, fique à vontade. Adoro um bom show.

Ela se inclina para trás, apoiando-se nos braços, e fica me olhando com seus olhos azul-claros. Gosto de ter os olhos dela em mim.

— Se quer um show, deveria me ver pilotando.

Ela pende a cabeça para um lado.

— Isso é um convite?

Eu me pego assentindo com a cabeça.

— Sim. Quando quiser.

Ela estende as mãos, e eu estico os braços para ajudá-la a se levantar. Acabo exagerando na força. Ela é tão pequena. E cambaleia para a frente até bater no meu peito. Ela está rindo, e eu também.

— Que sutileza — diz ela, sarcasmo misturado ao riso. Ficamos ali por um instante, sua bochecha repousando no meu peito nu enquanto eu a seguro.

Avery se afasta e abaixa o olhar, interrompendo o momento.

— Por que não trabalhamos mais um pouco nos seus mortais para trás? Estavam saindo bem ontem.

Repito os movimentos dela, copiando silenciosamente tudo que ela faz, mas de modo muito menos gracioso. Ela me coloca para fazer mortais e piruetas. A partir do chão, de um bloco acolchoado grosso, do trampolim.

— Ok. Você está bom nisso. Vamos tentar um duplo — diz ela.

Olho para Avery com ceticismo. Ela revira os olhos enquanto se posiciona no trampolim, e aí faz uma demonstração. Estou tão distraído observando suas pernas torneadas e a maneira como o collant envolve as curvas dela que perco o que estava tentando me mostrar. Ela é inegavelmente linda. Isso já era óbvio desde a primeira vez em que a vi, mas tem mais alguma coisa nela que começou a transformar nossas sessões de treinamento num inferno.

Ela sai do poço e fica me esperando. Faço minha melhor tentativa, mas dou impulso demais e quase faço um mortal triplo. Seu sorriso é largo quando emerjo.

Com um sorriso tímido, tento de novo. Geralmente, enquanto treino, ela acaba me deixando sozinho para fazer outra coisa. Trave ou alongamento, treino no solo. Ela nunca vai muito longe, mas também não fica em cima. Mas esta noite ela fica comigo. Às vezes se junta a mim para me mostrar alguma coisa, mas na maior parte do tempo fica apenas assistindo.

— Há quanto tempo você faz ginástica? — pergunto.

— Comecei aos três anos — diz ela. — E participo de competições desde os seis. Poderia ter sido mais cedo, mas meus pais acharam que eu era jovem demais para dedicar todo o meu tempo a uma coisa só. Além disso, é caro, então acho que não posso culpá-los.

— Motocross também. — Repouso a mão no quadril enquanto recupero o fôlego entre os mortais. — Archer e eu costumávamos cortar grama e fazer qualquer bico que encontrássemos para comprar peças e pagar as taxas de inscrição.

— Archer?

— Meu irmão.

— Pensei que tinha dito que o nome dele é Flynn.

— Outro irmão.

Ela arqueia a sobrancelha.

— Quantos irmãos você tem?
— Quatro.
— Quatro? — Ela arregala os olhos.
Assinto com a cabeça. As pessoas sempre têm essa reação.
— E você é o mais velho?
— O segundo. Tenho vinte e três anos, Hendrick tem vinte e seis. Archer e Brogan vão fazer vinte e dois, e Flynn tem dezessete.

Dá para ver que ela está quebrando a cabeça, tentando entender a dinâmica. Não me estendo. Duvido que ela queira ouvir como nossa mãe morreu e depois meu pai foi embora quando Hendrick estava na faculdade.

— E você? — pergunto, quebrando o silêncio. — Tem irmãos?
— Sim. Tenho um irmãozinho. Tommy. Ele tem treze anos.
— Ele também faz ginástica?
— Não. Nunca. Mas ele gosta de música. Ele toca, tipo, quatro instrumentos diferentes. Até que ele é legal para um irmão mais novo.

Pela maneira como fala dele, dá para ver que são próximos.
— E os seus pais? — pergunta ela em um tom mais suave. — Presumo que não estejam por aqui, se você é o guardião legal de Flynn.
— Não, eles não estão por aqui. — Não digo mais nada, embora possa ver no seu rosto que ela está cheia de perguntas. Tento outro mortal duplo para trás, de novo sem acertar exatamente a velocidade, e aterrisso na metade da terceira volta, comendo espuma.

Ela deve estar com pena de mim, porque pergunta:
— Não é melhor fazermos um intervalo e continuar depois?
— Sem chance.

Ela abre um sorriso, como se soubesse que eu não ia desistir com tanta facilidade.

Vinte e cinco minutos depois, começo a pegar o jeito. Avery me oferece sua garrafa de água enquanto recupero o ar.
— Obrigado. — Dou um longo gole e a devolvo.
— Ok. Última tentativa do dia. Você consegue. Abdômen contraído, peito estufado, controle as rotações. Não pense demais.

— Não pense demais? — Solto uma risada. — Você me deu uma dezena de coisas para lembrar e aí quer que eu não pense demais.

— É, é fácil assim. — Ela pisca para mim, fazendo charme. Quero me inclinar e beijá-la. Duvido que isso esteja no plano de treinamento dela.

Eu me posiciono e repasso mentalmente tudo que ela disse. Meu abdômen está contraído, estou bem ereto e, quando dou o impulso, concentro-me no meu corpo e nas rotações em vez de girar o mais rápido possível, como fiz nas outras vezes. Tenho certeza de que vai terminar mal. Mas, por algum milagre, finalmente consigo girar duas vezes e aterrissar em pé no poço.

Ela está parada ali ao lado, sorrindo para mim, enquanto me dirijo à beirada do poço para poder sair.

— Parabéns. Viu? Você só precisava que eu lhe dissesse para não pensar demais. — Ela estende a mão para me ajudar a sair dali. Eu a pego, mas, em vez de me içar, eu a puxo para baixo.

Avery dá um guincho de surpresa quando cai no poço ao meu lado. Seu gritinho se transforma em risada quando ela emerge.

— Isso é bullying. — Ela dá um empurrão no meu ombro. Não forte, mas mesmo assim revido jogando um bloco de espuma nela. Logo estamos em meio a uma verdadeira guerra, rindo e jogando espuma um no outro. — Tá bom. Tá bom. — Ela segura um bloco na frente do rosto. — Trégua.

Ela espia para ver se vou concordar.

— Tudo bem. — Levanto as mãos em rendição, mas, assim que ela abaixa as dela, atiro mais um bloco de espuma.

Posso vê-la se preparando para atacar de novo, então me movo na direção dela e passo os braços ao seu redor para impedi-la de atirar mais blocos de espuma na minha cabeça.

— Me solta — diz ela com pouca convicção, se contorcendo para libertar os braços.

— Solte o bloco de espuma primeiro.

— Não! — Ela se contorce com mais força. O material fino e sedoso do collant desliza contra o meu corpo. Ela está usando esse traje e eu apenas um short, e é difícil não notar como se encaixa perfeitamente em mim.

Tenho passado tanto tempo treinando na pista e depois aqui que não faço quase nada além disso. O sexo tem estado notavelmente fora da programação. E fico bem consciente disso conforme a bunda dela se enterra na minha virilha. Só leva um segundo para ela perceber onde está se esfregando. Puxando bruscamente o ar, ela congela.

— Trégua. — A palavra sai arquejante. Ela joga o bloco para provar que está falando sério.

Eu a solto, e ela praticamente pula para longe. Está corada de vergonha, mas aí pega outro bloco de espuma e o joga diretamente no meu rosto antes de sair do poço.

Sorrio e a sigo para fora, então me dirijo à porta para pegar minhas coisas.

— Você vai ter grupo de estudo hoje à noite? — pergunto enquanto ela coloca o short por cima do collant. Não sei muito sobre o que ela faz além de ginástica, mas de repente estou curioso. Ela sai muito? Vai a festas?

— Não, mas preciso pôr em dia algumas lições atrasadas — diz ela com descontração. — E você?

— Nada de estudo para mim. — Pisco para ela. — Bom, e amanhã?

Ela me observa.

— Por que de repente está tão curioso sobre a minha agenda? Está planejando me pegar de surpresa e jogar espuma na minha cabeça quando eu menos esperar?

— Tentador. — Dou risada. — Não, estava pensando se você não gostaria de fazer alguma coisa comigo algum dia.

— Já passamos todas as noites juntos.

— Você sabe o que eu quis dizer.

— Tipo um encontro? — pergunta ela com cautela.

— Não. Não um encontro. Só passar o tempo.

— Qual é a diferença?

Meu Deus, ela me irrita.

— Se não quiser, não tem nenhum problema.

— Eu não disse isso. — Mas nós dois sabemos que isso poderia muito bem estar implícito. — Amanhã à noite estou ocupada.

Não sei exatamente se ela está esperando que eu recite cada dia da semana, rezando para que ela tenha um deles livre para mim, mas não faço isso. Assinto com a cabeça e deixo o assunto morrer.

— Preciso ir a um evento de patrocinadores. Vai ser terrível. Quinn ia ser minha acompanhante, mas agora os pais dela estão vindo para cá e vão levá-la para jantar.

— Evento de patrocinadores, hein? — Eu me lembro de alguns aos quais precisei comparecer. Jantares, drinques, se misturar com pessoas ricas que não sabem merda nenhuma, mas querem fingir que sabem. — Parece uma maneira péssima de passar uma noite.

— Vai ser uma merda, com certeza, mas não posso deixar de ir.

Balanço a cabeça, concordando.

— A menos... Quer ir comigo? — Ela dá risada, como se estivesse brincando.

E talvez eu esteja louco, mas não hesito em aceitar o convite.

— Que horas?

— Eu estava brincando. Você não vai querer ir. Confie em mim.

— É claro que quero. Sou ótimo em puxar saco.

Ela faz uma pausa, soltando o rabo de cavalo.

— Está falando sério?

— Não, na verdade sou terrível nisso, mas estou livre.

— Quero dizer sobre ir comigo. — Os olhos dela se estreitam para mim. — Qual é a pegadinha?

— Não tem pegadinha.

— O que você vai ganhar com isso?

Isso faz uma risada genuína sacudir meu peito.

— Nada. Juro.

Dá para ver que ela está quebrando a cabeça, pensando nos meus motivos, então sou sincero com ela.

— Estou em dívida com você. — Ela abre a boca para protestar, mas sou mais rápido, acrescentando: — É o mínimo que posso fazer, e já estava planejando passar um tempo com você.

— Eu não disse sim para a sua proposta de não encontro só pra passar o tempo.

— Quis dizer aqui, treinando juntos.

— Ah. — As bochechas dela assumem um tom fofo de rosa.

— Você só não vai poder ficar me dando ordens e jogando blocos de espuma na minha cabeça.

— Não tenha tanta certeza disso — diz ela.

CAPÍTULO DEZOITO

Avery

Knox vai me encontrar no evento, então estou parada no estacionamento esperando por ele. Eu deveria entrar e deixá-lo me encontrar quando chegasse, mas a verdade é que preciso reunir coragem para encarar as pessoas lá dentro.

Todo mundo na Bella Hunter sempre me tratou bem. Devo muito a eles. Eles foram uma das primeiras empresas a me contatar e oferecer patrocínio. Eu ainda nem tinha ganhado uma medalha olímpica quando me convidaram para fazer parte da equipe. Muitos outros patrocinadores vieram depois, e não posso culpá-los por não acreditarem em mim mais cedo, mas sempre gostei do fato de a equipe da Bella ter visto algo em mim antes de tudo acontecer.

Infelizmente, com o patrocínio vem também a pressão de atender às expectativas deles.

O ronco de uma moto faz as batidas do meu pé no asfalto pararem. Meu coração salta ao vê-lo entrar no estacionamento todo de preto. Moto preta, calça preta, jaqueta preta, capacete preto.

É a mesma moto que estava dirigindo na noite em que o vi pela primeira vez. Mesmo com meu conhecimento muito limitado de motocross, sei que é diferente da moto de trilha que ele usa para correr e praticar freestyle. É maior, mas ainda assim elegante e a cara de Knox.

Ele encontra uma vaga e desliga o motor. Está virado para mim, mas não consigo ver os olhos dele pelo visor do capacete.

Devagar, começo a me aproximar dele. Ele desce da moto e levanta o capacete em um único movimento fluido que faz meu estômago dar uma cambalhota. Knox parece a estrela de um anúncio publicitário para *bad boys*, e tudo em mim grita *vou querer um, por favor*.

Preciso realmente me controlar perto dele. Ontem, quando ele me puxou para o poço de espuma e me segurou para me impedir de continuar jogando os blocos, comecei a me esfregar nele sem perceber o que estava fazendo. Mas, quer tenha sido intencional ou não, gostei muito. Provavelmente é patético pensar que isso tenha sido o que tive de mais parecido com sexo em meses.

— Oi — digo a ele, observando-o colocar o capacete no banco da moto e tirar a jaqueta. Fico feliz por ter falado primeiro, porque, ao dar uma boa olhada nele, minha boca fica seca. Ele está divino. A camisa social preta que está usando se estica no peito e nos bíceps. Está presa para dentro da calça preta com um cinto preto simples. O cabelo está bagunçado, mas de alguma maneira isso só torna a roupa elegante ainda mais atraente. Ele fica bem assim, todo arrumado.

Estou devorando-o com os olhos e tentando bancar a indiferente, mas não sou a única que aprecia a vista. A linha de visão de Knox se fixa em algum lugar ao sul do meu queixo. Minha pele pinica ao tomar consciência de que seu olhar passeia pelo meu vestido justo. O modo como ele olha para mim transforma minhas entranhas em lava e me dá a dose de confiança de que eu precisava desesperadamente esta noite.

— Oi — diz ele por fim, devolvendo o cumprimento, e me olha nos olhos. — O que há de errado?

— Nada. Por quê?

Ele balança levemente a cabeça.

— Você parece nervosa.

— Não, estou bem. — Chega quase a ser uma mentira. — Só ansiosa para entrar.

É mais como se estivesse ansiosa para subir na garupa da moto dele e sair correndo daqui, mas por algum motivo não quero que Knox saiba que estou com medo.

Ele não parece totalmente convencido, mas começa a andar enquanto diz:

— Tá bom. Vamos lá.

Quando estamos dentro do restaurante, dou a ele um resumo básico.

— Bella Hunter, a marca de roupa esportiva, me patrocina há quase três anos. Kelly e Michael estão aqui. Michael é meu contato principal, mas Kelly é a presidente da empresa. Estão só passando por aqui a caminho da Califórnia, onde vão visitar uma loja nova, então isso deve ser bem rápido. Drinques. Talvez jantar. Depende de quantas taças de vinho Kelly beber. Ela fica bem falante quando bebe muito, e vai querer ficar mais. Caso contrário, vai querer ir embora rápido. Ela não me parece alguém que fica muito tempo no mesmo lugar. Provavelmente é por isso que ela viaja tanto. Ah, e não importa o que aconteça, não pergunte sobre o cachorro dela. Ela vai falar por uma hora inteira sobre o pug dela se você perguntar. Bêbada ou não. E...

— Ei. — Knox pega minha mão e me puxa para perto dele. Todas as borboletas no meu estômago se paralisam de imediato e minha pulsação acelera quando os dedos ásperos dele seguram os meus. — Relaxa. Não sou um pária social. Consigo ficar de conversinha sem envergonhar você.

— Isso não me preocupa. — E era verdade. Estou mais preocupada em dizer a coisa errada. Tipo, se eles me perguntarem dos meus treinos ou do meu joelho. E se me perguntarem sobre o artigo que diz que não vou conseguir voltar ao nível em que estava antes da lesão?

Não tenho certeza de que ele acredita em mim, mas a pressão na minha mão vai diminuindo até meus dedos ficarem livres. Minha pele formiga nos pontos onde ele encostou.

— Ali estão eles — digo quando encontro nosso grupo.

Eu nos conduzo pelo restaurante movimentado. Kelly e Michael estão sorrindo enquanto Tristan fala, sem dúvida os presenteando com histórias sobre como ele é incrível. Nenhum deles trouxe um acompanhante, o que agora torna mais estranho eu ter trazido alguém. Mas é tarde demais. Tristan me vê primeiro, e seu olhar vai direto para Knox, que está ao meu lado.

Ele se levanta, e isso chama a atenção de Kelly e Michael, que se levantam também.

— Oi. — Meu sorriso não é falso, mas preciso fazer um esforço extra para mostrar que estou feliz em vê-los.

— Avery. É tão bom vê-la — diz Kelly, segurando uma taça de vinho em uma mão e dando um passo à frente para me abraçar com a outra.

Knox fica para trás enquanto nos cumprimentamos, então dou um passo ao lado para apresentá-lo. Michael e Kelly lhe estendem a mão. Tristan não faz isso, mas aponta o queixo para ele e fala:

— Ei, cara. Está perdido?

— Não. Estou aqui pela Avery. — Knox não lhe dá a satisfação de deixar as palavras dele terem algum impacto no seu comportamento, mas lanço um olhar assassino a Tristan por tentar tornar a situação desconfortável.

— A noite está tão gostosa. O que acham de pegarmos umas bebidas e irmos para a varanda? — pergunta Kelly, olhando de um para outro em busca de uma resposta.

Nenhum de nós seria corajoso o bastante para contrariá-la, mas penso que pode ser uma boa ideia para conseguirmos acomodar os egos de Tristan e Knox.

Enquanto os seguimos para o lado de fora, Knox sussurra:

— Você não me disse que o boneco Ken estaria aqui.

— Você não perguntou.

Ele entra na minha frente, bloqueando meu caminho. Seus olhos cor de mel cintilam com um aviso.

— Não brinque comigo, princesa. Estou aqui por causa de algum joguinho distorcido para deixá-lo com ciúme?

— Não. — Estou levemente chocada que ele ache que eu desceria a esse nível. — Eu falei para você, não estou interessada nele.

Um músculo se tensiona na sua bochecha, mas ele assente com a cabeça e se vira para alcançar o grupo.

Nós cinco estamos sentados a uma mesa na varanda, perto de um bar. Kelly é a única a beber algo alcoólico, mas o resto de nós pede alguma coisa e se acomoda.

— E então, como vão os treinos? — Michael lança a primeira pergunta para Tristan e eu.

Tristan espera um momento para ver se vou responder primeiro. Meu estômago está embrulhado.

— Bem — responde ele finalmente. — Muito bem. Estou animado para começar a competir de novo.

Michael e Kelly ficam satisfeitos com a resposta dele, sorrindo e inconscientemente se inclinando na direção dele como se estivessem ansiosos por mais informações. Tristan é bom nessas conversas. Sempre sabe exatamente o que dizer e quem deve ser. Não só agora, mas em entrevistas e aparições públicas.

— E você, Avery? — pergunta Kelly, voltando a atenção dela para mim. — Como vai o joelho?

— Muito bem. Os médicos acham que vou conseguir manter todos os elementos das séries de trave e barras assimétricas.

— Que ótima notícia — diz Michael, dando para mim o mesmo sorriso que deu a Tristan.

A expressão de Kelly é mais difícil de decifrar.

— Isso ainda está limitando seus treinos?

— Um pouco. — Minha voz vacila.

— O joelho dela me parece recuperado. Ela está ótima nos treinos. — Tristan me defende inesperadamente. Ele nunca é legal assim comigo, e um sinal de alerta se acende na minha cabeça. — Ela só precisa parar de se conter e treinar como se sua carreira estivesse em jogo.

E aí está. Cerro os dentes, mas tento soar fofa quando digo:

— Não estou me contendo. Estou sendo cautelosa. Faz pouco

tempo, e não quero correr o risco de me machucar de novo por forçar demais e antes do tempo.

— Faz sentido. — Os olhos de Michael cintilam quando seu sorriso se suaviza de uma maneira reconfortante.

— Isso é bobagem, Ollie. — Tristan balança a cabeça, sem encontrar meus olhos. — Você foi liberada para treinar. Eu enlouqueceria se tivesse ficado longe tanto tempo quanto você. Cada semana em que se contém é mais uma semana desperdiçada, na minha opinião.

Minhas bochechas esquentam de vergonha. Estou irritada com ele por me criticar na frente de Michael e Kelly, mas o pior é que tenho medo de que esteja certo. Porque, enquanto em parte estou enlouquecendo, há um pavor constante que paira sobre mim e me faz indagar se o auge da minha carreira já passou.

— É preciso muito tempo e muitas repetições para voltar a pegar o jeito depois de uma lesão, mas Avery é inteligente e talentosa. Vai chegar lá e estará melhor do que nunca. Ela é a ginasta mais talentosa da geração. Seria burrice regredir na recuperação tão perto do início da temporada. — A voz de Knox é como um bálsamo, acalmando meu orgulho ferido.

— Algumas semanas treinando juntos, e você já é um especialista em ginástica — diz Tristan num tom sarcástico que tem a quantidade exata de leveza para que nenhum dos nossos anfitriões perceba que isso é uma armadilha para Knox.

— Não, com certeza não, mas já tive minha cota de lesões. — Enquanto Knox fala, todo mundo ouve com atenção. Ele tem esse tipo de presença. Quieto, mas nunca desaparecendo em segundo plano. — Quebrei o pulso uma vez e levei semanas depois de ser liberado para conseguir treinar normalmente. Não se trata somente de força bruta e superação. Às vezes, é preciso ser paciente e se dar tempo para se recuperar, mesmo que demore. Dá para ser inconsequente ou paciente, mas todos sabemos que não há nenhum atalho para chegar ao pódio.

— Inconsequente ou paciente? — Tristan parece se divertir com as palavras de Knox. — E quem lhe deu esse conselho?

— Ricky Carmichael.

— Quem? — pergunta Tristan, seu sorriso se distorcendo em uma expressão de zombaria.

— Ele é um piloto de motocross — explica Knox. — Não esperava que você o conhecesse.

Dá para ver que Tristan não está impressionado com um comentário sobre um piloto qualquer, mas estou me lixando para a opinião de Tristan neste momento.

— Uma *lenda* do motocross. — Kelly sorri. — Você conhece Ricky?

— Não. — Knox balança a cabeça. — Não de verdade. Encontrei com ele uma vez.

— Bem que eu achei você familiar. — Kelly inclina a cabeça para o lado. — Você pilotou pela Thorne na temporada passada.

— Sim, senhora. — Um canto da sua boca se eleva e seus olhos se arregalam de surpresa. — Você acompanha motocross?

— Acompanho os melhores atletas em todos os esportes. É meu trabalho. — Ela levanta um dedo da taça de vinho e aponta para nós dois. — Como vocês se conheceram?

— Um amigo em comum nos apresentou — diz ele.

— Então Valley é sua base de operações? — pergunta ela.

— Sim. Nascido e criado bem aqui. — Knox passa o braço por trás da minha cadeira, encostando nos meus ombros à mostra. Lanço um olhar para ele. Ele levanta os olhos rapidamente, quase desinteressado, mas então bate o joelho no meu por baixo da mesa.

Obrigada. Formo a palavra com os lábios, respirando fundo pela primeira vez desde que nos sentamos. Estou grata por aquela conversa ter acabado e a atenção estar em outra pessoa. Logo o assunto volta a ser ginástica, e fico feliz em deixar Tristan monopolizar as perguntas de Kelly e Michael.

Uma hora se passa relativamente rápido. Kelly beberica uma única taça de vinho e, como previ, anuncia que ela e Michael precisam ir embora.

— Tenho que responder a alguns e-mails antes de dormir, mas vocês três podem ficar se quiserem. O jantar e os drinques são por minha conta — insiste ela.

Todos nos levantamos para nos despedir. Abraço Michael e depois Kelly. Tristan faz o mesmo.

— Vemos vocês dois na próxima demonstração da Valley U — diz Kelly, tirando o celular da bolsa. — Knox, boa sorte na próxima temporada.

— Obrigado.

— Vejo vocês em breve. — Michael faz um gesto com a cabeça para nós.

— Tchau. — Levanto a mão em um aceno.

Assim que eles vão embora, Tristan se prepara para fazer o mesmo.

— Está de saída, Ollie? Posso te dar uma carona.

— Hã, não. — Olho para Knox. — Ainda não.

Tristan faz uma pausa como se estivesse me esperando mudar de ideia. Eventualmente, cerra o maxilar e assente com a cabeça.

— Me liga se precisar de alguma coisa.

Meus ombros despencam de alívio quando ele vai embora. Eu sobrevivi. Em grande medida graças a Knox.

— Isso foi divertido — diz ele secamente. Pendo a cabeça para o lado e lanço a ele um olhar incrédulo. — O quê? — Ele ri. — Foi mesmo. Quase fiz a cabeça do boneco Ken explodir quando entramos juntos. Só isso já valeu a pena.

— Você sente um prazer estranho em irritar as pessoas.

— Não é uma inverdade. — Ele sorri, então acena com a cabeça para a parte interna do restaurante. — Quer comer alguma coisa?

— Não estou com muita fome. — Meu estômago ainda está se desembrulhando. Penso ver um lampejo de decepção cruzar o rosto de Knox. Ele está chateado porque não quero jantar ou simplesmente quer passar mais tempo comigo? Não acredito nem por um segundo que ele queira "passar o tempo". A menos que isso signifique transar. E não posso dormir com um cara com quem treino diariamente. Se for ruim, vai ser constrangedor depois, e, se for bom, ia acabar tentando encontrar mais motivos para me esfregar nele enquanto treinamos. Nenhuma das opções é uma boa decisão. Ainda estou lidando com as consequências diárias de encarar o último cara com quem fiquei. Dois deles no ginásio todo dia seria demais.

Nossa caminhada até o estacionamento é lenta. Knox mantém as mãos nos bolsos da calça, acompanhando o meu ritmo.

— Você quebrou mesmo o pulso? — pergunto a ele quando chegamos ao meu Ford Bronco. Aperto para destravá-lo, e Knox abre a porta para mim.

— Sim. Quebrei aterrissando errado durante um treino.

Estremeço.

— E o conselho de Ricky Carmichael?

— Eu parafraseei. Acho que ele me disse para não fazer nada inconsequente por um tempo. Mas eu escutei, e na época eu não dava muito ouvido às pessoas.

— E agora? — brinco.

Ele solta uma risada e assente em concordância.

— Eu escuto o que você me fala.

— E sei como isso é doloroso pra você.

— O que posso dizer? Gosto de ser quem dá as ordens. — Os olhos de Knox ganham um brilho divertido. O tom que emprega é um meio-termo entre uma provocação e a verdade.

Meu estômago se agita e minhas coxas se contraem.

— Obrigada por hoje à noite. Por vir comigo, por contar aquela história, por tudo. Estava com medo de ter que responder a perguntas sobre meu joelho e os treinos. Todo mundo quer que eu já esteja recuperada. Principalmente eu.

— Você vai chegar lá. — Assinto como se concordasse. Tenho esperança, mas não certeza. Mas sinto um pouco mais de confiança com Knox acreditando nisso. — Você vai se recuperar. Eu vi vídeos seus nas Olimpíadas. Você foi fenomenal. Mostrou uma determinação que ainda vejo no seu rosto toda vez que sobe na trave. Além do mais, sei que é teimosa pra cacete. Você ainda não é carta fora do baralho.

— Você pesquisou sobre mim? — A surpresa me provoca uma sensação de prazer.

— É claro — diz ele casualmente.

Eu deveria ter percebido quando ele me chamou de ginasta mais talentosa da minha geração. Mas isso foi antes de me lesionar. Aposto que estão reconsiderando isso agora.

— Muitas pessoas acham que não vou voltar ao nível em que estava antes.

— Você vai provar que elas estão equivocadas, princesa.

Meu peito estufa como um balão, e a emoção me deixa com um nó na garganta. Eu não conseguiria falar nem se soubesse o que dizer.

Knox me espera sentar no banco do motorista e então fecha a porta. Aceno lá de dentro, e ele sorri, vira-se e começa a andar na direção da moto.

Dou a partida no carro, mas não saio do lugar. As palavras dele pairam em minha mente. *Você vai provar que elas estão equivocadas, princesa.* Tão seguras. Tão confiantes em *mim*.

Não faça isso, Avery. Assim que penso nessas palavras, desligo o motor e vou atrás dele.

Ele já colocou a jaqueta e ligou a moto, mas para quando me vê.

— Tá bom — digo quando o alcanço.

— Tá bom? — Ele está sentado na moto, segurando o capacete nas mãos. Meu coração acelera com a promessa de aventura e diversão. Duas coisas que, tenho certeza, estão garantidas quando Knox está no comando.

— Você fez tudo que pedi, então esta noite pode dar as ordens.

Knox me entrega o capacete dele com um sorriso malicioso, que sinto atravessar meu corpo do topo da cabeça até o dedão do pé.

— Suba.

CAPÍTULO DEZENOVE

Avery

MINHAS MÃOS TREMEM ENQUANTO COLOCO O CAPACETE PESADO. LEVANTO O VISOR para que ele possa ver meus olhos. Ele sorri para mim, com um brilho de aprovação nos olhos cor de mel. Depois desliza para a frente, para me dar mais espaço na garupa.

— Aonde vamos? — pergunto ao subir na moto. Não é fácil de vestido.

— Dar uma volta. — Ele pisa no pedal. — Segure firme, princesa.

Esse é o único aviso que recebo antes que ele arranque. Dou um grito e seguro a jaqueta dele dos dois lados. Eu me inclino mais para perto conforme o vento se agita ao nosso redor, enterrando o rosto nas suas costas quentes. Minha pulsação acelera com a moto quando ele sai do estacionamento. Sorrio observando a noite, amando a sensação de me enroscar nele enquanto ele navega pela cidade e aí entra em uma estrada de duas pistas mais silenciosa.

Meu medo diminui, mas as borboletas no meu estômago e a tensão que sinto entre as pernas crescem com o tremor do banco. É como dar um mortal em cima da trave, mas com um cara gostoso e sem camisa te observando fazer isso. Ou talvez essa seja apenas a fantasia que entrou na minha cabeça desde que Knox começou a frequentar o ginásio.

Não tenho certeza de quanto tempo rodamos nem da distância que percorremos. Há uma tranquilidade em estar assim com Knox, quando nada é esperado de mim. Suba, ponha o capacete, segure firme. Fácil. E emocionante.

A moto perde velocidade quando pegamos uma estrada de terra. Não há nada à vista, até que de repente há. Uma espécie de trilha. Abandonada ou malcuidada, não sei definir. Conforme nos aproximamos, dá para ver que a pista em si está preservada. Mas tudo ao redor está caindo aos pedaços. Arquibancadas instáveis, um barracão que algum dia pode ter sido usado para guardar suprimentos, mas agora está tão inclinado para a direita que tenho certeza de que um empurrão o faria despencar.

Há um grupo de pessoas junto à pista. Pilotos empoleirados em motos de uma gama de cores. E outros homens e mulheres parados ao redor deles. Há pessoas sentadas em cobertores abertos no centro da pista, e caixas térmicas espalhadas ao redor. Demoro um segundo para perceber que o que estou vendo é a balada de Knox. É aqui que ele vem se divertir. Poderia apostar nisso. Especialmente a julgar pelos olhares nada apreciadores dirigidos a mim por diversas garotas que observam Knox entrar na pista. Ele para quando nos aproximamos do pessoal.

Um dos caras que estão ali vai até ele.

— Knox Holland. Achei que não ia conseguir vir esta noite.

— Mudança de planos.

O cara me lança um olhar apressado, mas a atenção dele é rapidamente desviada para a moto. Ele assobia.

— Bom, tá certo. Vou avisar todo mundo.

— Obrigado.

O cara sai andando de costas devagar, sorrindo para Knox.

— Te dou vintão se me deixar dar uma volta nela.

— Não te deixaria nem encostar nela por vintão.

— Na moto ou na garota? — Ele dá um sorrisinho e deixa o olhar deslizar para mim.

Knox desce da moto e me estende a mão.

— Em nenhuma das duas, mas especialmente na garota.

Estou me esforçando para descobrir como descer da moto sem mostrar a calcinha para ninguém. Knox percebe e entra na minha frente sem dizer nada, me bloqueando da vista de todos, menos da dele mesmo.

Rápido e sem pensar em como provavelmente ainda estou mostrando a calcinha, passo a perna por cima da moto e paro na sua frente. Ele coloca as mãos no capacete e o levanta com cuidado.

— Fiquei toda descabelada — digo com uma risada enquanto passo os dedos pelo meu cabelo embaraçado.

— Você está deslumbrante. — Ele afasta uma mecha loira do meu rosto e a prende atrás da minha orelha, então repousa o capacete na moto e aí pega minha mão, conduzindo-me até o centro da pista. — Vamos. Vai começar.

— Espera. — Olho para trás. Outras duas motos estacionaram ao lado da dele. Os pilotos nos observam, e pode ser apenas a minha imaginação, mas eles parecem nervosos. — Vamos assistir a uma corrida?

Meu coração acelera.

— Você vai — diz ele.

Não entendo exatamente o que isso quer dizer até que ele me puxa na direção de duas garotas sentadas em um cobertor de flanela laranja e azul. Reconheço a ruiva; é a piloto da equipe de Colter.

— Você se lembra da Brooklyn?

— Hã, sim. Oi. — Levanto a mão em um aceno. Ela não retribui o gesto, só ergue as sobrancelhas para mim.

— Fique com ela, ok? — pede Knox, e, sem esperar pela resposta, vira-se e vai embora.

Eu o alcanço alguns passos à frente.

— Espera. *Você* vai correr?

Ele age de modo muito calmo e despreocupado, parando e se

virando para mim como se tivesse todo o tempo do mundo, mas sei que isso não é verdade. Está tão óbvio agora. Os outros caras estão esperando por ele, acelerando os motores com impaciência.

— Não se preocupe. Não vai demorar. Estarei de volta antes que possa sentir minha falta. — Ele dá uma piscada e então se vira, dando uma corridinha até sua moto. Eu o observo colocar o capacete e dar a partida, e em seguida volto para o lado de Brooklyn. Ela acena com a cabeça para um espaço vago no cobertor com uma expressão que eu não chamaria exatamente de convidativa.

— Essa é a Tate — diz, fazendo um gesto na direção da loira ao seu lado.

— Oi. Sou a Avery.

Tate acena, mas toda a nossa atenção passa para os caras se preparando para largar.

— Os outros pilotos são bons? — pergunto, sem desgrudar os olhos de Knox. O que quero dizer é se são tão bons quanto ele, mas não sei como perguntar isso sem parecer uma tiete.

— Fletcher corria na MotoGP — diz Brooklyn, e, quando fica claro que não sei o que é isso, ela dá uma bufada. — Ele é bom.

— Bobby também — acrescenta Tate. — Mas Knox só perdeu uma vez, e ouvi dizer que estava gripado naquele dia ou coisa assim.

— Provavelmente foi o próprio Knox que espalhou esse boato. — Brooklyn me lança um sorriso divertido. — Seu garoto é bom, e não teria trazido você aqui se achasse que ia perder.

Meu estômago se retorce e meu rosto esquenta.

— Ele não é meu. Só estamos passando um tempo juntos. Estou treinando com ele.

— Ah, sei. — O sorrisinho dela permanece. — Os caras da equipe são mais fofoqueiros que eu. Até esta noite, pensei que "treinando com ele" fosse um código para sexo.

— Como se eu estivesse dormindo com ele para ajudá-lo a pilotar melhor? — pergunto, a voz aguda demais enquanto ignoro a pulsação entre as minhas pernas diante da ideia.

— Não é totalmente absurdo. Sexo é bom para a confiança, o que é vital quando se está em queda livre com a sua moto — diz ela, dando de ombros, então me olha com atenção. — Mas você parece tensa demais para estar trepando com ele.

Fico zonza e perco a língua. Sou capaz apenas de murmurar:

— Ah. É, não. Não estou dormindo com ele.

— Ainda não, pelo menos. — Ela volta a focar na pista.

Eu me pergunto o que eles disseram que a levou a acreditar que Knox e eu estamos dormindo um com o outro. O que foi que Knox disse? Também me pergunto exatamente quão bem ela o conhece. Está falando por experiência própria? Não que eu duvide que dormir com Knox aliviaria a tensão de uma garota. Se as habilidades dele na cama forem metade das que ele tem para agir como um cuzão irritante, posso entender por que é tão convencido.

— Mas ele melhorou um pouco. O que quer que esteja fazendo com ele, parece estar ajudando. — Algo me diz que isso é o mais próximo de um elogio que chegarei a receber dela. Se ela quer pensar que é a minha vagina mágica que está ajudando Knox, em vez do treinamento, que seja. Não é a pior coisa que alguém já pensou de mim.

Uma mulher de short preto curto e blusa vermelha decotada entra na pista segurando uma bandeira xadrez em branco e preto. Knox abaixa o visor e se inclina para a frente, segurando o guidão. Seu pneu traseiro gira, e nuvens de fumaça sobem por detrás dele.

A garota levanta a bandeira sobre a cabeça. O corpo dela é belíssimo. Ela é cheia de curvas e não tem medo de exibi-las, mas algo me diz que nenhum dos caras está prestando atenção nisso agora. Mesmo sem ver os olhos de Knox, sei que estão totalmente fixados à frente.

A lua está oculta pelas nuvens. Postes altos lançam luz a cada curva. Nem todos têm lâmpadas, mas é o bastante para deixar a pista escura visível à noite.

Meu coração acelera de ansiedade. Em um rápido movimento, a mulher abaixa a bandeira, e as três motos largam. Eles passam tão rápido que é difícil acompanhar. Eu não queria mesmo acompanhar ninguém, exceto Knox. Meu corpo inteiro está tenso enquanto o observo liderar o grupo por uma volta e depois duas.

Tenho até medo de ver, mas também não consigo tirar os olhos dele. Ele está indo tão rápido. Um movimento em falso ou uma mínima desatenção podem ser desastrosos. Meu estômago está embrulhado e meu pulso acelera junto com Knox.

Na última volta, ele consegue uma pequena vantagem, mas os outros dois estão em seu encalço. Estão tão perto dele que não entendo como não batem.

Na última curva, meu coração está na garganta. Eu me levanto. Brooklyn e Tate também.

— Você consegue — ouço Brooklyn dizer baixinho para si mesma. — Acelera.

Quase como se a tivesse ouvido, a moto de Knox parece encontrar uma marcha a mais que as outras duas, e ele abre distância delas enquanto passa correndo pela linha de chegada.

Deixo escapar um suspiro. Ah, meu Deus, ele ganhou. Eu pulo e pego no braço de Brooklyn.

— Ele ganhou!

Ela olha para minha mão.

— Desculpa. — Solto rapidamente o braço dela, que dá um sorriso divertido.

Brooklyn coloca as mãos em concha sobre a boca e grita:

— Bom trabalho, Holland. — Então volta a olhar para mim. — Melhor ir atrás do seu garoto antes que outra pessoa dê o beijo da vitória nele.

— Beijo da vitória? — pergunta Tate, depois diz: — Ah, *certo*. O beijo da vitória. É, não é uma vitória oficial até que ele tenha beijado pelo menos uma garota depois de cruzar a linha de chegada.

Não perco tempo em dividir meus pensamentos a respeito do assunto. Não quero imaginar Knox beijando outras garotas neste momento. Saio correndo atrás dele o mais rápido que consigo. Ele está dando outra volta na pista, mais devagar agora. Chego perto da linha de chegada quando ele a cruza de novo. Ele faz uma curva brusca e, como Brooklyn avisou, está cercado de garotas o parabenizando assim que para. Alguns caras também, mas as moças são mais insistentes, e estão mais perto dele do que eu gostaria.

Ele se delicia com tudo isso enquanto desce da moto e tira o capacete. Os homens lhe dão tapinhas nas costas e as mulheres esfregam os peitos no braço dele. Fico para trás e o deixo aproveitar aquilo, embora olhe com raiva para as garotas. Elas não me viram chegar com ele? Sei que isso não é justo, já que não estamos juntos, mas, mesmo assim... É o mínimo de decência. Tirem as mãos do meu... do que quer que Knox seja para mim.

Ele atravessa o grupo vindo na minha direção, cumprimentando as pessoas, mas sem se deter. Seu cabelo está ainda mais bagunçado. Assim como seu sorriso.

— Parabéns — digo quando ele me alcança.

— Obrigado, princesa.

Dou um passo à frente e o abraço. Meus Deus, o cheiro dele é bom. Perfume de couro e metal e sexo. Do tipo bem safado e maravilhoso.

Brooklyn aparece ao meu lado.

— Bela corrida. Não sabia se você ia acelerar a tempo.

— Você nunca deveria duvidar de mim — diz ele em um tom brincalhão.

— Certo. É claro. O grande Knox Holland. — Ela revira os olhos e sai batendo os pés.

— Ela é uma fofura — digo ironicamente.

— Ela é bem legal depois que você a conhece.

— Então, hã... Brooklyn disse alguma coisa sobre o resultado não ser oficial até você ter reivindicado seu beijo da vitória.

— Beijo da vitória? — Ele arqueia as sobrancelhas. — E quer que eu reivindique o beijo de você? É isso que está dizendo?

— Você ganhou. — Dou de ombros. — E está no comando hoje, lembra? Então, pode ter o que quiser.

— É arriscado me falar uma coisa dessas, princesa. — Ele abaixa o tom. — Eu te deitaria na minha moto tão rápido que você não ia nem saber onde estava.

As palavras dele fazem um calor se acumular no meu ventre, e prendo a respiração.

— Não sei se me importaria tanto. Na verdade, acho que gostaria muito disso.

Os olhos dele ganham intensidade e ele estuda meu rosto, talvez tentando decidir se estou falando sério. Estou falando muito sério. Ele permanece bem perto. Posso sentir o calor irradiando dele. Uma mão vem até o meu rosto. Ele está usando luvas, e o toque quente do couro é reconfortante. Ele acaricia minha pele com o dedão e baixa a mão para o meu pescoço enquanto elimina o espaço entre nós.

Seus olhos não se desviam de mim. Eu já parei de respirar.

— Você quer que eu te beije? — Não sou capaz de falar, então assinto com a cabeça. — Isso não é uma resposta.

— Sim — consigo dizer. Ou acho que consigo. Não sou capaz de ouvir por conta do sangue correndo e da pulsação nos meus ouvidos. Sei que não é uma grande ideia ficar com Knox enquanto o estou treinando, mas a tensão entre nós já existe. O que pode piorar se dermos alguns beijos?

Os segundos se arrastam sem que ele se mexa, até que acrescento:
— Me beije, Knox.

Ele estala a língua e abaixa a cabeça.

— Você não consegue não me dar ordens, né? — Ops. — Por sorte, o que queremos agora é a mesma coisa. — Os lábios dele tomam os meus. Firmes e controladores desde o momento em que me tocam. Abro a boca de imediato, e a língua dele acaricia a minha. É possível se perder nos beijos de Knox. É o que acontece comigo. Não quero parar nunca mais.

Agarro um punhado da sua jaqueta, tentando puxá-lo para mais perto. Ele é autoritário e bruto, mas de alguma maneira ainda gentil no modo como acaricia meu rosto. Não tenho certeza do tempo que ele fica me beijando daquele jeito, mas, quando enfim diminui o ritmo, o mundo ao nosso redor volta a entrar em foco. Pessoas conversando, rindo, e som de motores e pneus na pista.

— Vamos dar o fora daqui — diz ele, com a voz áspera. Ainda estou confusa com aquele beijo.

Minhas pernas estão bambas como gelatina quando ele pega na minha mão e me leva na direção da moto. Preciso correr para acompanhá-lo. Há uma pequena multidão de homens bebendo ao redor da moto dele. Quando chegamos lá, Knox solta minha mão para pegar o capacete. Devagar e com cuidado, ele o coloca na minha cabeça. Como se eu não estivesse morrendo de vontade de sair logo daqui. O beijo dele foi repleto de promessas, e estou ansiosa por todas elas. Afasto todas as outras preocupações. Elas ainda vão existir amanhã de manhã, mas este momento parece efêmero.

— Suba na moto, princesa. E tente não mostrar a calcinha para ninguém.

Não é um feito fácil, mas subo puxando o vestido para baixo.

Knox está prestes a subir também quando um dos homens chega cambaleando.

— O lendário Knox Holland conseguiu de novo. — Seu tom é de brincadeira, quase de gozação. — Acho que é fácil ganhar quando se tem patrocinadores jogando dinheiro em você e pagando pelo melhor equipamento.

— Não sei do que você está falando. — Knox tenta ignorá-lo, mas o cara coloca a mão no ombro dele e o impede de subir na moto.

— Ah, verdade. Eles te deram um pé na bunda. — O cara aponta o dedo como se estivesse dando bronca numa criança. — Você realmente precisa controlar esse seu temperamento.

O maxilar de Knox fica tenso, mas fora isso ele parece inalterado e calmo.

— Cai fora, Justin. Você está bêbado e fazendo um papelão.

O cara o dispensa com um gesto, desequilibrando-se um pouco, como se provasse que Knox estava certo.

— Vi seu velho por aqui outro dia.

Vejo o modo como Knox fica tenso. É apenas por uma fração de segundo, e aí a máscara da indiferença logo reaparece.

— Que bom — diz Knox, encolhendo o ombro para se desvencilhar e passando uma perna por cima da moto.

— Por falar em fazer papelão, ele estava tentando arrumar alguém para correr com ele, como se não fosse um piloto em fim de carreira.

— O cara olha para mim quando Knox coloca a mão na minha perna. Posso sentir a tensão no seu toque. É suave, mas firme. Ele precisa de algo para ancorá-lo, e fico feliz de cumprir esse papel. Duvido que ele tenha se dado conta do que fez.

Infelizmente, o cara decide fazer uma última tentativa de tirar Knox do sério. Por quê? Não tenho certeza. Knox é mais alto, mais largo, e o cara não conseguiria brigar nem com meu irmãozinho.

— Moto cara, boceta cara. Quanto ele pagou para você, benzinho? E posso parcelar? Não sou nenhum Knox Holland, mas ele vai ser esquecido em um ou dois anos de qualquer jeito. — Ele ri da própria piada.

Knox desce da moto antes que eu perceba, marchando na direção do cara e o empurrando.

— Cala a porra dessa boca.

O cara é pego de surpresa, embora não devesse. Ele cutucou a onça. O homem cambaleia para trás e cai de bunda. Por razões que não consigo compreender, ainda está sorrindo.

— Knox — chamo, minha voz um pouco mais alta que um sussurro quando ele cerra os punhos junto ao corpo. Todo mundo está assistindo agora. Knox poderia matar esse cara numa briga. Não seria nem uma vitória apertada.

Brooklyn emerge da multidão e põe a mão no braço dele. Ele estremece e volta-se para ela como se tivesse se esquecido de tudo ao redor. Ela acena com a cabeça na minha direção, e Knox se vira. Ele sobe na moto e dá a partida, saindo de lá antes que o cara consiga se levantar.

CAPÍTULO VINTE

knox

AS MÃOS DE AVERY SE ENTERRAM NA MINHA CINTURA QUANDO ENTRO MUITO RÁPIDO numa curva. Merda. Tiro o pé do acelerador conforme voltamos à área urbana. Minha raiva se transforma em frustração no momento em que entro no estacionamento vazio do restaurante e paro próximo ao Bronco dela.

Desligo o motor, mas nenhum de nós se mexe.

— Desculpa — digo sem olhar para ela.

Sinto falta do calor do seu corpo atrás de mim quando ela desce da moto.

Ela levanta o visor, e não encontro o medo ou a apreensão que esperava ver em seus olhos.

— Por que está pedindo desculpa? Aquele cara foi um cuzão.

— Não deveria ter te levado lá. — Não sei o que eu estava pensando. Uma pista em ruínas não é lugar para uma garota assim. Somos de dois mundos diferentes. Se ela não via isso antes, agora com certeza percebeu.

— Eu estou bem. — Ela tira o capacete e o coloca na traseira da moto. Seu cabelo loiro está bagunçado, e o vestido rosa está amontoado bem alto nas coxas. Quantos vestidos cor-de-rosa e justos essa mina tem? Espero que muitos. Ela está perfeita pra caralho. Meu olhar despenca para os lábios dela quando diz: — Sério, Knox. Estou bem. Mas como você está?

— Está preocupada comigo, princesa? — Sorrio ao ver a apreensão nos olhos dela. Aquilo foi apenas um pedacinho do meu dia a dia. É fofo que ela ache que corri algum perigo. Conheço Justin desde que éramos crianças. Ele é inofensivo. Um cuzão, sem dúvida, mas nunca o vi dando um soco em alguém. Embora já tenha levado alguns.

— Aquele cara falou umas merdas e tanto para você.

— Ele só está puto porque a carreira de piloto dele nunca chegou a lugar nenhum. — O fracasso torna as pessoas amargas. Já vi isso em outros, e senti em mim mesmo às vezes. Eu não deveria ter deixado as palavras de Justin me afetarem. Sabia que estava me provocando atrás de uma reação, mas não entendo o que ele estava tentando provar. Que sou estourado? Que não consigo me controlar? Não tenho certeza, mas caí como um patinho.

— Eu não sabia que tinha perdido sua equipe. — Avery se aproxima um pouco, de modo que as pernas dela roçam nas minhas. Ela levanta a mão e a repousa em minha jaqueta. — Sinto muito.

Levanto um lado da boca, achando graça.

— E pelo que está se desculpando?

— Nada. Só sinto muito. O que aconteceu?

— Briguei com um companheiro de equipe depois que ele bateu a moto na minha durante o campeonato. Eu o empurrei na frente da imprensa. A liga não encara com bons olhos a violência entre pilotos, e os donos da equipe tiveram que escolher entre mim e ele.

Espero que ela comece a me olhar diferente, mas isso não acontece.

— O que ele fez?

Minhas sobrancelhas se unem em confusão.

— Ele tem que ter feito alguma coisa para você ter reagido assim.

— O que te faz dizer isso?

— Acabei de assistir a um cara te provocar, praticamente implorando para você bater nele, e você não bateu.

Acho que é a primeira vez que alguém presumiu que não foi meu temperamento que causou todo o ocorrido, e fico surpreso que eu já esteja ganhando a confiança dela.

— Link não fez nada. Quer dizer... é, ele disse umas merdas e bateu na minha moto, mas eu não deveria ter encostado nele. Era isso que ele queria.

— Então por que fez isso?

Começo a ranger os dentes.

— Era o aniversário da minha mãe. Ela morreu há dez anos, estaria com cinquenta agora. Eu queria ganhar por ela. Em vez disso, acabei estragando tudo.

— Você cometeu um erro em um dia muito ruim. Só isso.

Um erro que me custou tudo.

— Não achei que a noite fosse terminar assim — digo, tentando nos trazer de volta para uma conversa mais leve.

— É, nem eu. — Ela sorri. — Mas estou aqui se quiser conversar.

Quando não digo nada, ela entende a indireta.

— Ok. Bom, quer ir até o meu dormitório? Quinn provavelmente está na casa de Colter, e, mesmo que ela esteja lá, tenho um quarto só para mim.

— Numa próxima. Está tarde.

A surpresa dela é aparente.

— Está me rejeitando?

Meu pau lateja em protesto. Ela está bem aqui, nesse vestidinho que a deixa parecendo uma deusa, e ainda sinto o gosto dela.

— Estou tentando me comportar de modo nobre. Não me pressione, princesa.

— Por quê?

Subo de novo na moto, porque não acredito que vou resistir a tocá-la.

— Não sou o tipo de cara que namora. Se transarmos, nada vai mudar.

— Quem disse que eu sou o tipo de garota que namora?

Ela não precisa dizer. Talvez esteja experimentando um pouco de sexo casual, mas no fim vai querer um compromisso. Eu não funciono desse jeito.

Quando me dou conta, ela está subindo na moto de frente para mim e apoiando os braços nos meus ombros.

— Sei que nada vai mudar. Não vou virar uma *stalker* grudenta. Você é gato, mas não tão gato assim.

Minhas sobrancelhas se erguem e uma pequena risada alivia a tensão no meu peito. Estico o braço, trazendo-a para mais perto com uma pegada forte no seu quadril.

— Verdade?

Ela está tomada por uma determinação ardente, e minha outra mão escorrega por baixo do vestido dela. Sua expressão se suaviza e os lábios se separam enquanto deslizo a mão enluvada por sua perna. Eu deveria parar. Ir para casa. Bater uma punheta. Ligar para outra pessoa. Mas nunca fui bom mesmo em fazer coisas nobres.

Chego ao topo da sua perna e meu dedão roça seu clitóris coberto pela calcinha.

— Se eu tirasse a luva, sentiria como está molhada?

— Sim. — Os olhos dela se fecham com um tremor.

Ela é linda. Carente e desesperada por mim. Avery quer ver como é estar com um cara como eu, e eu a quero, então paro de lutar e me rendo. Ela sabe o que estamos fazendo.

Aumento a pressão e faço círculos rápidos sobre o clitóris, até que a respiração dela passa a vir em pequenos arquejos. Quando ela está praticamente cavalgando no meu polegar, deslizo a mão por baixo da calcinha dela e depois puxo, deixando-a estalar contra sua boceta. Seu corpo se tensiona e ela arqueja, mas já estou de volta para apaziguar a dor com meus dedos, que deslizam pela carne inchada.

— Knox. — A maneira como ela diz meu nome me faz desejar que houvesse mais que meus dedos enterrados dentro dela.

— Goza para mim, princesa.

Ela faz isso, mordendo o lábio inferior como se tentasse conter todos aqueles arquejos e gemidos sensuais. Quero todos eles, então levo minha boca à dela, abafando-os enquanto ela cavalga na minha mão, sentindo ondas de prazer.

Não paro até que ela desabe sobre mim. Sua cabeça encosta na minha, e ela respira fundo. Arrumo a calcinha dela e tiro minha mão. Avery olha para minha luva e enrubesce ao ver a umidade que agora cobre o couro.

Levo essa mesma mão aos lábios dela e roço o dedão no seu lábio inferior carnudo, beijando-a mais uma vez.

Quando nos separamos, os olhos dela estão brilhando, e sua pele está ruborizada.

— Acho que gosto de motos.

CAPÍTULO VINTE E UM

Knox

ME LEVANTO E APLAUDO AO SINAL QUE ENCERRA A PRIMEIRA METADE DA PARTIDA.

— Muito bem, Flynn.

Meu irmão não levanta os olhos, mas, conforme deixa a quadra, a boca dele forma um pequeno sorriso.

— Juro que ele fica melhor a cada jogo — diz Hendrick.

Concordo com a cabeça e volto a me sentar. Ele é incrível. Nosso irmãozinho está em outro nível quando se trata de esportes. Basquete não é nem o que ele joga melhor.

— Vamos pegar algo para comer. — Brogan se levanta, e Archer o segue. — Vocês querem alguma coisa?

Hendrick e eu balançamos a cabeça. A multidão diminui ao nosso redor, todo mundo correndo para a cafeteria para esperar na fila.

Verifico meu telefone. Precisei perder a sessão de treinamento com Avery hoje por causa do jogo de Flynn, mas estamos trocando mensagens. Coisas bobas. Ela acabou de me mandar um vídeo de uma criança de três anos fazendo a subida à força na parada de mão e disse: "Observe esta criança para dicas".

Não tenho nem certeza de que é brincadeira. Provavelmente não. Mando um joinha e respondo: "Observe estas garotas para dicas". E mando o link de um vídeo erótico.

Estou rindo sozinho quando Hendrick se inclina para trás e coloca os pés para cima, apoiados na arquibancada à frente.

— Este lugar nunca muda.

— Não — digo sem olhar para ele.

— É estranho pensar em voltar aqui algum dia com nossos filhos e tudo estar exatamente igual.

Levanto o olhar. Demoro um segundo para processar as palavras dele.

— Filhos? Jane está grávida?

— O quê? — Ele dispensa a ideia com um gesto. — Não. Só estava pensando.

— Sobre filhos?

— Bom, é. Um dia. Jane quer terminar a faculdade e se casar primeiro, e eu quero ter uma casa e garantir que o bar esteja indo bem.

Ele está falando sério. Cacete. Eu sabia que as coisas estavam mudando na vida dele. Ele e Jane ficaram noivos um ano atrás e ela praticamente mora com a gente, mas filhos? Uma casa? Porra.

— Uma Hollywood em miniatura. — Sorrio ao pensar em Hendrick sendo pai. Ele vai ser um babaca arrogante com qualquer um que machuque o filho, e com certeza vai fazer todas as vontades da criança. — Espero que o bebê puxe à Jane.

— É, eu também. — O peito dele sobe e desce em uma breve risada.

Avery manda uma selfie dela me mostrando o dedo do meio. Dou risada e devolvo um emoji de anjo.

— Com quem está trocando mensagens? — pergunta Hendrick.

— Avery. Aquela garota que está me treinando.

— A ginasta — diz Hendrick, mais afirmando que perguntando.

— É.

— Vocês estão juntos?

— Não — falo rapidamente, e coloco o celular no bolso.

— Ah, por favor. Não aja como Flynn quando pergunto se ele gosta de uma garota. Você está trocando mensagens com ela e rindo. Não sou idiota.

— Só estamos conversando.

— Pelados?

— É assim que você conversa com as pessoas? — caçoo dele. — Não me espanta que não tenha amigos.

— Você sabe o que quero dizer. Está trepando com ela ou não? — pergunta ele enquanto um grupo de pais passa por nós. O olhar de desaprovação deles não tem preço.

Hendrick lhes lança um sorriso sem graça, e escondo minha risada com o punho.

Antes que possamos nos recompor, Archer e Brogan reaparecem com petiscos. Brogan joga um saco de M&M's para mim. Sempre lhe digo que não quero nada, e ele sempre me traz alguma coisa. Acho que é para compensar o fato de ser tão irritante o tempo todo.

Brogan se senta à nossa frente, mas Archer fica em pé com uma expressão contemplativa no rosto.

— *Carne de burro não é transparente* — digo a ele ao mesmo tempo que sinalizo. O time de Flynn está voltando para a quadra atrás dele. Não que eu consiga ver.

— Acho que vi o pai lá fora — diz ele por fim.

— O quê? — Hendrick se apruma no banco.

A princípio, congelo, depois me recupero. Sinalizo em vez de dizer: *Não. Sem chance de ele aparecer aqui.*

Archer sofreu um acidente quando era mais novo que o fez perder a audição. Ele é legalmente surdo e usa aparelhos auditivos. Também é muito bom na leitura labial, mas sinalizar é a maneira mais fácil de garantir que não perca nada em uma conversa importante.

— *Meio que parecia com ele, mas na verdade faz um bom tempo que não vejo o pai de vocês.* — Brogan dá de ombros.

Nosso pai não foi a quase nenhum evento esportivo ou escolar em todos os anos em que Hendrick, Arch e eu éramos estudantes. Duvido até que saiba que Flynn ainda não se formou. Ele parou de acompanhar nossa vida há muito tempo, e me certifiquei de que fosse assim.

— *Onde ele estava?* — sinaliza Hendrick, olhando depois para a cafeteria.

— Na marquise lá fora. Não consegui ver direito... — A voz de Arch vai sumindo. — Provavelmente não era ele.

— Vou lá ver. — Hendrick se levanta e se afasta antes que eu possa lhe dizer para não se dar ao trabalho. Não é ele. Nem fodendo.

Fico batendo o pé e olhando para a quadra enquanto Flynn faz arremessos em volta do perímetro. Aplaudo e tento afastar todos os pensamentos sobre o meu querido pai, mas Archer e Brogan ainda estão falando sobre isso.

— Quando foi a última vez que você o viu? — pergunta Brogan.

Archer joga uvas-passas cobertas de chocolate na boca e pensa antes de responder:

— Não consigo nem lembrar. No meu aniversário do ano passado, ele mandou um cartão.

— Mandou? — indago. Eu não sabia disso. Não é a única vez que ele entrou em contato. Ele me mandou mensagem algumas vezes até que o bloqueei, e apareceu uma vez, alguns anos atrás, no aniversário de morte da minha mãe, mas eu fui o único que o viu, e me livrei dele rapidinho. Não queria que machucasse mais ninguém ao aparecer em um dia que todos odiamos.

— É. Mas acho que não o vejo desde a minha formatura. E você? — Archer pergunta, esperando pela minha resposta.

— Faz muito tempo.

Hendrick volta, balançando a cabeça.

— Não o vi.

— Eu te disse. Não era ele — falo, mas o buraco no meu estômago não desaparece.

♥

De volta em casa, estou na garagem dando socos no saco de areia quando Hendrick vem para fora.

— O que está fazendo acordado, velhinho? — pergunto a ele, parando o saco com uma mão. Só chegamos em casa depois das nove, e mais uma hora se passou antes que eu garantisse que Flynn tinha feito toda a lição de casa, comido e tomado banho. Hendrick estava no quarto dele com Jane quando vim para cá. Presumi que todos tivessem ido dormir.

Ele anda de um lado para o outro na minha frente.

— Não consigo parar de pensar sobre esta noite. Você acha que o pai estava lá?

— Não sei — admito.

Suas sobrancelhas escuras se unem.

— Ele passou por aqui uma vez no verão dizendo que queria ver como estavam as coisas, perguntou sobre Flynn.

— O quê? — Aumento a voz. — Por que não me disse nada?

— Porque sabia que você ia ficar todo estressado com isso. Você tinha viajado para alguma corrida e, quando voltou, estava treinando para o campeonato. Não queria que isso fosse uma distração. Eu lidei com tudo, e mais ninguém sabe.

Solto um suspiro de alívio. Hendrick, Archer e eu estamos todos de acordo em relação ao meu pai. Nenhum de nós o quer por perto, mas não tenho certeza de como Flynn reagiria, porque era jovem demais para se lembrar do pai de merda que ele era. Não quero que ele passe pelo que todos nós passamos: os reaparecimentos e sumiços aleatórios do nosso pai. Toda vez, ficávamos animados quando ele aparecia, e depois decepcionados quando ele ia embora de novo.

E, de toda forma, ele não era um ótimo pai quando estava por perto. Era uma confusão do caralho. Queríamos que estivesse presente, mas aí ele aparecia e era como se tivéssemos esquecido como era cuzão. Ele e minha mãe brigavam constantemente, e ele ficava irritado quando fazíamos barulho ou bagunça demais, o que sempre acontecia. Minha moto se tornou minha salvação.

Não sei por que razão desperdiçamos tantos anos desejando que ele enfim decidisse que queria ser um pai. Ele era uma merda nesse papel. Ficamos melhor sem ele. Ainda estamos.

— Justin Pushner. Lembra dele? — pergunto a Hendrick.

— Sim. Era da sua classe, né?

Assinto com a cabeça.

— Eu o encontrei uma noite dessas. Ele disse que o pai estava frequentando a pista. Não acreditei nele na hora. Pensei que estava só tentando me irritar, mas talvez estivesse falando a verdade.

— Porra. — Hendrick passa a mão pelo maxilar. — Você acha que ele voltou a morar em Valley?

— Espero que não. — Mas não deve ser coincidência duas menções à presença dele pela cidade em dois dias seguidos.

CAPÍTULO VINTE E DOIS

Avery

O ANIVERSÁRIO DE COLTER CAI NO SÁBADO À NOITE. ELES CHEGARAM DE VOLTA NAQUELA tarde, de acordo com Quinn.

Quando entro no The Tipsy Rose, já sei que Knox está aqui. Além de ver a caminhonete dele do lado de fora, Quinn me enviou uma mensagem há dez minutos para informar que meu "companheiro de passar o tempo" estava aqui. Ela queria que o aviso me deixasse entusiasmada, provavelmente porque também estava tentando me apressar.

A sra. Weaver me liberou para treinar na mesa de salto ontem, e estou desesperada para recuperar o tempo perdido. Precisei de um longo tempo na banheira de gelo antes de me sentir capaz de me aprontar para uma saída noturna.

Um nervosismo que não quero admitir revira meu estômago. Estou animada para vê-lo, mas é mais que isso. Estou eufórica. A nossa ficada da outra noite foi... não tenho palavras. Temos trocado mensagens esporádicas desde então, mas a maior parte eram coisas de ginástica ou cantadas bobas.

Vejo primeiro o aniversariante. Ele está sentado em um banco na frente do balcão. Quinn está empoleirada no colo dele. Mantenho os olhos baixos ao cruzar a multidão. Este e outro bar um pouco mais adiante na rua são os favoritos dos alunos da Valley U, mas esta noite também há um público um pouco mais velho. Vejo pessoas que reconheço da faculdade, mas ninguém que conheça bem o bastante para me aproximar.

Um grupo de homens em jaquetas de motociclista me encara enquanto me contorço para passar por eles.

Quinn desce do colo do namorado para me cumprimentar quando me vê chegando.

— Você veio! — Ela joga os braços em volta do meu pescoço e me aperta enquanto balança de um lado para o outro.

— Oi — digo, rindo um pouquinho. — Estava com saudade?

— Sempre — responde ela de bate-pronto, então recua e me conduz até o bar pegando minha mão com firmeza.

— Parabéns — falo para Colter.

— Obrigado, Avery.

Então o vejo. Ele está alguns bancos adiante, levando o copo aos lábios enquanto conversa com a *bartender*. Knox já me viu, e parece que de algum modo lhe entreguei o controle da situação. Seu olhar é abrasador, e me sinto corar enquanto ele dá um gole e coloca o copo no balcão sem tirar os olhos de mim.

— O que você quer beber? — me pergunta Quinn, desviando a minha atenção de Knox.

— Sprite, acho.

Colter pede para mim e, antes que a bebida chegue, Knox se aproxima.

— Princesa — diz ele à guisa de cumprimento.

Reviro os olhos ao escutar o apelido que aparentemente já pegou. Então digo o nome dele no mesmo tom zombeteiro:

— Knox.

Sorrimos um para o outro. Gosto de pensar que a mente dele está de volta àquele estacionamento, com sua mão por baixo do meu vestido, porque é lá que a minha cabeça está enquanto observo a maneira como seus dedos envolvem o copo.

Alguém esbarra em mim por trás, e sou atirada na direção dele. Knox estica o braço e me equilibra com a mão livre. Aqueles dedos firmes que eu estava observando há pouco seguram meu braço, e por muito pouco não caio de cara no peito dele.

O cheiro dele é bom. Sua aparência também. Camiseta cinza-escura, calça jeans, botas pretas.

Quinn dá um gritinho, quebrando o feitiço que me domina.

— Baby, é nossa música!

Demoro um momento para registrar qual é a música, mas a essa altura ela já pegou minha mão e está me puxando para o outro lado do bar, onde a banda toca uma versão remixada de "Good 4 U".

Na verdade, é a música dela. Não me entenda mal, gosto de cantá-la e dançar quando ela toca, mas é Quinn quem a considera seu hino pessoal. Ela ama Olivia Rodrigo.

— Não se preocupe. Ele ainda está encarando — grita ela.

— Quem?

— Knox. Eu sabia que tirar você de lá o deixaria louco.

Balanço a cabeça para ela.

— Não consigo decidir se você é genial ou maligna.

— Um pouquinho de cada. — Ela sorri.

As pessoas se juntaram na frente do palco. A maioria está lá parada, assistindo ao show e bebendo, sem dançar. Uma das melhores coisas em Quinn é que ela não se preocupa muito com o que os outros acham. Ela não precisa que outras pessoas dancem para jogar os braços para o alto e sacudir os quadris no ritmo da batida.

E eu facilmente entro na dança com ela. Aproveitamos o restante da música, cantando a letra com a banda.

Knox não sai da minha cabeça, mas não consigo vê-lo.

A próxima música é mais lenta. Nós nos viramos e olhamos para o palco, balançando ao ritmo da canção.

— Knox está um gato — diz Quinn, ainda um pouco ofegante.

Murmuro em concordância. — O que está rolando entre vocês dois? Estão planejando se pegar regularmente ou foi uma única vez?

— Não sei. Esqueci de perguntar quando ele estava me fazendo gozar no meio do estacionamento vazio.

Ela se esforça para segurar uma risada. Retribuo o sorriso. Eu contei todos os detalhes para ela assim que cheguei em casa? É claro que sim. *Precisava* contar para alguém para poder reviver o momento.

Colter chega por trás de Quinn e passa os braços em volta da cintura dela. E lhe dá um beijo na bochecha.

— Ei, amor. Preciso da minha parceira de dardos.

Ela olha para mim em busca de permissão.

— Vá. Divirta-se. Vou dançar mais um pouco — digo a ela com um aceno.

— Vem assistir. — Ela apoia o peso no namorado, sem se mexer.

— É, Quinn joga melhor quando tem plateia. — Colter dá outro beijo na bochecha dela.

Ela balança a cabeça em concordância.

— Amo quando as pessoas me veem derrotar homens desavisados que presumem ser a primeira vez que eu jogo.

É, isso é a cara dela. Eu os sigo até uma área nos fundos, onde há mesas de sinuca e alguns videogames. Esse cômodo é um pouco mais reservado que o restante do bar, o que abafa bastante o barulho da banda.

Eu me acomodo em um banco vazio encostado na parede ao lado dos alvos. Quinn e Colter estão jogando com dois dos companheiros de equipe dele, Oak e Shane. Dou uma olhada em volta procurando Knox, mas ele ainda deve estar no balcão.

Enquanto estou torcendo por Quinn e agindo como a plateia que ela deseja, outro amigo de Colter se aproxima de mim.

— Oi. — Ele abaixa a cabeça para capturar meu olhar. — Posso te pagar uma bebida?

— Não, obrigada. — Acabei não pegando minha Sprite no bar, mas não quero dar a impressão errada a esse cara deixando que ele me pague um drinque.

— Sou o Mitch — diz ele.

— Avery.

Ele inclina a cabeça na direção de Colter.

— Como você conhece o aniversariante?

Aponto para minha melhor amiga enquanto ela levanta as mãos sobre a cabeça num gesto de triunfo. Não sou uma grande conhecedora de dardos, mas acho que foi um bom lançamento.

— Quinn é minha colega de quarto.

— Ah. — Ele se aproxima e apoia um lado do corpo na parede. É um cara alto, forte, vinte e poucos anos, acho. Tem uma barba curta que dificulta estimar com precisão sua idade. No mínimo vinte e quatro. No máximo, talvez, trinta e poucos. Ele é bonito. Olhos deslumbrantes e cabelo na altura do ombro preso atrás das orelhas. Objetivamente, deveria me sentir atraída por ele, mas no momento tenho um vício exclusivo na forma de Knox Holland.

Mitch está prestes a dizer mais alguma coisa quando meu vício entra na área dos fundos. Um lado da boca dele está repuxado num sorriso mínimo conforme se aproxima. Odeio o desejo de me contorcer no banco por causa das borboletas dando rasantes no meu estômago.

Mitch se endireita e lhe oferece a mão.

— Holland. Bom te ver.

— Você também — diz Knox.

Mitch ignora a intenção de Knox vindo até aqui. Ele acha que é por causa dele, mas eu sei a verdade. Mesmo que ele não esteja olhando para mim, posso sentir a atração entre nós.

— Como estão as coisas? — pergunta Mitch. — Fiquei triste ao saber da Thorne.

Um lampejo de emoção cruza o rosto de Knox, mas ele o oculta tão rápido que duvido que Mitch tenha notado.

— Obrigado. Estou bem.

— Você sempre conseguiu dar a volta por cima. — Mitch olha para mim novamente, mexendo o corpo para me incluir na conversa deles. — Eu estava aqui conversando com a...

Estou surpresa por ele já ter esquecido meu nome? Sim, estou. Sinto meu rosto ficar corado, e Mitch arregala os olhos.

O sorriso de Knox se alarga e assume um tom zombeteiro enquanto ele observa o amigo se debater para lembrar meu nome.

— Amanda, certo? — Knox dá um passo à frente. — Acho que já nos conhecemos.

— Isso. Amanda! — Mitch sorri com timidez.

Eu não estava exatamente interessada nele, mas *ai*.

— Meus amigos me chamam de Mandy — digo a Knox, exagerando na voz melosa. — Já nos conhecemos? Eu não me lembro.

— Ah, não? — A voz dele é grave e roça na minha pele como cascalho. — Eu poderia jurar que nos encontramos uma ou duas vezes. Seria capaz de *pôr a mão* no fogo.

Meu rosto deve estar vermelho, mas dou um sorrisinho para ele. Não vou recuar.

— Não deve ter sido muito memorável.

O olhar de Mitch brinca de pingue-pongue entre nós. Eu me levanto, as pernas um pouco trêmulas do joguinho com Knox.

— Com licença. Preciso falar com a minha amiga. — Vou até Quinn, que está entusiasmada. Ela e Colter ganharam a partida. Ela joga os braços em volta de mim, e eu a parabenizo. Então ela me convence a jogar com ela. Eu obedeço alegremente, para poder evitar Mitch me chamando de Amanda.

Colter chama Knox, que ainda está parado lá perto, e nós quatro começamos a jogar. Não sou muito boa em acertar o alvo, mas estou confiante de que Quinn vai carregar o time, ou pelo menos evitar que a gente perca de lavada.

— Mandy, né? — fala Knox devagar.

— Só para os amigos.

Ele se inclina para mais perto e diminui a voz.

— E os caras que você deixa te tocarem de vez em quando?

Meu coração acelera.

— Você pode me chamar de Amanda.

— Pode deixar, princesa. — Ele ri.

Não falamos muito durante a partida, que nós vencemos (obrigada, Quinn), mas, assim que ela acaba, minha melhor amiga e o namorado vão para a pista de dança.

— Você parece entediada — observa Knox quando ficamos sozinhos. — Tenho algumas ideias de como ajudar com isso.

— Não estou entediada. Só não conheço ninguém aqui além de Quinn e Colter.

— E eu.

— E você.

Aquele sorrisinho convencido permanece no rosto dele. Alguém o chama, e ele desvia brevemente o olhar, assente com a cabeça para quem quer que tenha falado, depois volta a prestar atenção.

— Você não precisa ficar por aqui para me fazer companhia. Quinn e Colter vão voltar logo.

— Essa é a sua maneira fresca de me mandar cair fora?

— O quê? Não. Eu...

A risada dele interrompe minha resposta.

— Vamos lá, princesa. Você pode se rebaixar e passar um tempinho comigo até sua amiga voltar.

Na parede oposta, há diversos fliperamas alinhados. Há um jogo de arremesso de futebol americano, um jogo antigo do Donkey Kong e dois jogos de corrida. Um é um carro; o outro, uma moto.

Não fico nem um pouco surpresa quando ele vai direto até a moto.

— Que sorte eles terem um jogo especialmente para você.

Ele dá um tapinha no assento.

— Suba.

Arqueio a sobrancelha.

Ele pega minha mão e me puxa na direção da máquina. Não faço mais nenhuma objeção. Pelo menos hoje estou de calça jeans, e não de vestido. Eu me sento na moto vermelha, que está presa a uma base, mas se move lateralmente. Há um telão na frente dela.

Passo uma mão pela moto, fechando os dedos em volta do guidão.

— Nunca pilotei uma moto antes.

Ele coloca dinheiro na máquina e aperta alguns botões na tela. Fico olhando mais para ele do que para o que está selecionando.

— Você quer assistir enquanto finjo pilotar uma moto? — pergunto.

Ele se inclina para mim e sussurra:

— Preferiria ter você na garupa da minha de novo, mas por enquanto isso basta.

Os lábios dele estão tão perto que, se eu levantasse a cabeça, nossas bocas se encontrariam. Considero fazer isso, mas então ele recua, aperta o grande botão verde e o jogo ganha vida.

Minha competitividade aflora, e testo o acelerador e o freio para pegar o jeito. Os outros pilotos no jogo passam voando por mim enquanto me familiarizo.

— A ideia é ser a primeira pessoa a cruzar a linha de chegada — diz ele, a voz cheia de humor.

— Cala a boca. Eu consigo — digo a ele, embora definitivamente não consiga. Passo mais tempo tentando me manter na pista do que qualquer outra coisa.

Esqueço Knox e me concentro somente no jogo. Não quero chegar em último lugar e estou frustrada porque fico saindo da maldita estrada.

Eu me assusto quando sinto o corpo dele atrás de mim. Seu peito está colado às minhas costas e os braços aparecem ao lado dos meus, as mãos se sobrepondo às minhas. Ele controla a moto, e sou capaz de acelerar um pouco mais. Chego em décimo segundo lugar.

Nós dois nos inclinamos para trás no banco quando a corrida termina. Olho por cima do ombro.

— Eu ia conseguir. Não precisava da sua ajuda.

— Desculpa. Não pude evitar. Ver você costurando pela pista foi demais para mim. — Ele põe meu cabelo por cima do ombro. — Quer sair daqui um pouquinho?

— Não posso. — Arrepios surgem onde os dedos dele roçam a minha pele.

— Por que não?

— É o aniversário do Colter.

— E daí?

Dou risada e balanço a cabeça.

— Esta noite é dele.

— Já comprei bebidas para ele e falei parabéns — diz Knox, mas está sorrindo como se soubesse tão bem quanto eu que precisa ficar por aqui.

— Quando é o seu aniversário?

— Cinco de setembro. E o seu?

— Dois de agosto. — Eu me viro de frente para ele, colocando as duas pernas de um só lado da moto. Há um momento de silêncio entre nós. Não é desconfortável, mas ainda assim me apresso em quebrá-lo. — Como foi sua semana?

Ele morde o lábio inferior conforme se inclina mais para perto.

— Pareceu promissora lá pelo meio, mas os últimos dois dias foram decepcionantes.

O flerte descarado é uma surpresa. Vim aqui esta noite esperando beijá-lo de novo, mas ele parece tão certo de que já me ganhou que não consigo evitar me divertir bancando a difícil.

— Sentiu saudade de mim? — pergunto, mas não espero a resposta. — Ou dos meus treinos maravilhosos? — Os olhos dele se acendem de divertimento quando ri. — Espero que tenha aproveitado os dias de folga. Tenho algumas ideias para a semana que vem.

— Mal posso esperar. — Há sarcasmo em suas palavras, mas os olhos dele contradizem esse desinteresse. Talvez ele não esteja ansioso para treinar, mas está empolgado com algo mais.

— Quer beber alguma coisa? — Ele desliza para trás, saindo da moto, que se inclina para a direita sem o peso dele.

Eu me levanto também.

— Água.

Vamos até o balcão, onde Knox chama a atenção da *bartender* imediatamente, embora haja outras pessoas esperando. A expressão dela é familiar e simpática. Eu lhe lanço um olhar assassino enquanto ela recebe o pedido dele e o chama pelo nome. Ele me entrega a água e pega uma cerveja longneck com um agradecimento. Apoiando um lado do quadril no balcão, vira o corpo na minha direção.

— Sua amiga está te procurando.

— Quinn? — pergunto, e depois me viro. De fato, eu a encontro parada perto da pista de dança, esquadrinhando o bar. Assim que me vê, seu olhar desvia para Knox e então ela sorri.

— Estava com medo de que tivesse ido embora — diz ela assim que consegue chegar até mim. Ela abana o rosto e dá uma olhada para a minha água.

Eu a entrego sem que ela tenha que pedir.

— Me deem licença por um minuto — diz Knox, pegando na minha cintura antes de sair.

Quando vejo, ele está atrás do balcão, ajudando a *bartender* com alguma coisa. Ele parece tão à vontade ali, como se não fosse a primeira vez que a ajudasse. Os dois estão conversando, mas não consigo discernir as palavras.

— Eu nunca iria embora sem te avisar — falo para Quinn. — Mas estou achando que vou ficar pouco tempo. Eu não conheço quase ninguém aqui.

— Você conhece Colter, e ele conhece todo mundo.

— Não é a mesma coisa.

— E você e o... — Ela inclina a cabeça na direção que Knox tomou. Olho de novo para o balcão. Ele não está mais lá, nem a *bartender*. Meu estômago se contorce de ciúme e vergonha. Knox e eu não temos nada. Ele me pediu para ir embora com ele e eu não fui. O que eu esperava? Que ele não fosse encontrar outra pessoa?

— Não sei.

Ela solta um ruído baixo de desaprovação, depois volta a se animar.

— Vi um dos vizinhos de Tristan em uma mesa com alguns outros caras do golfe.

— Não precisa bancar o cupido para me fazer ficar aqui — digo à minha melhor amiga com uma risada. — Ainda não estou indo embora, mas vou logo mais.

— Bom. Assim tenho mais tempo para te convencer a ficar com a gente a noite inteira. Depois do bar, as pessoas vão para a casa do Colter e da Brooklyn.

Colter e alguns amigos juntaram três mesas. Quinn se senta ao lado do namorado, e eu, ao lado dela. Os caras estão contando histórias e falando sobre motos. Não entendo muita coisa e me pego viajando.

Knox aparece em algum momento. Não o vejo se aproximar, mas, na próxima vez que procuro por ele, está sentado na outra extremidade da mesa. E, quando me permito olhar para ele de novo, uma garota bonita de cabelo muito preto e tatuagens coloridas deslumbrantes está sentada no colo dele. Ele está inclinado para trás, mas os braços dela rodeiam seu pescoço, e não preciso ouvir a conversa para saber que ela está dando em cima dele. Ou vice-versa. Estaria impressionada por ele já ter encontrado duas garotas para me substituir em menos de uma hora, mas isso também me deixa com ciúme. Eu me forço a desviar os olhos quando ela passa os dedos pelo cabelo dele.

Fico na festa mais tempo do que pretendia, mas, quando Colter diz que estão indo para a casa dele, estou pronta para voltar para a minha.

— Tem certeza? — pergunta Quinn, me olhando com os olhos arregalados e cheios de esperança. Sei que ela sabe que estou chateada, mas não consigo admitir. Knox não me deve nada. Nós ficamos uma vez. E daí?

— Certeza. Vá se divertir com seu homem. Vejo você de manhã.

— Tá bom. — Ela me abraça apertado.

O grupo se dispersa rapidamente. Muitos dos caras já foram embora quando abraço Colter também e lhe dou um último parabéns.

Em algum momento, Knox se soltou da garota que estava no colo dele. Ele fica para trás, claramente esperando por mim. Vou até lá para lhe dar tchau. Não quero ir embora hoje com alguma desavença entre nós.

— Vejo você na casa do Colter? — pergunta ele.

— Não, acho que não.

Parte de mim pensa que ele vai tentar me fazer mudar de ideia, mas então seu nome é chamado de trás do balcão. É o rapaz desta vez, com as mãos em concha sobre a boca. Quando Knox se vira para olhar, o cara faz um gesto para que ele vá até lá. Então o vejo apertar o ombro da *bartender* como se a confortasse. Ela sorri para Knox, depois olha para mim como se esperasse que eu entrasse em combustão instantânea.

Já tinha entendido que Knox havia ficado com ela antes, mas toda a interação parece meio estranha. Eu não brigo com mulheres por causa de homens, não tem nada a ver comigo. E Knox parece ter uma fila de mulheres prontas para disputar sua atenção.

— Parece que outra das suas amigas quer *passar o tempo*. — Uso as palavras dele de propósito, para que saiba que não sou idiota. Com um aceno, começo a me afastar. — Vejo você na segunda.

CAPÍTULO VINTE E TRÊS

Knox

O BAR ESTÁ VAZIO QUANDO TERMINO DE AJUDAR ERIKA. AVERY JÁ SE FOI HÁ MUITO TEMPO. Até verifico o estacionamento, caso ela esteja esperando lá fora, mas o Ford Bronco dela não está à vista.

Droga.

Eu me sento na moto e mando uma mensagem para Colter para ver se ela foi para a casa dele, mas ele responde rápido.

COLTER
Não. Ela foi embora depois do bar. Você vem?

EU
Ainda não tenho certeza. Talvez vá para casa.

COLTER
É, aposto que sim. Quinn disse para eu falar que você é um idiota e que ela espera que seu pau encolha e caia do corpo.

— Minha nossa — murmuro para mim mesmo.

EU

O que foi que eu fiz para ela?

COLTER

Estou parafraseando, mas acho que o problema pode ser que você ficou com a Avery no meio da semana e depois seguiu outra garota até o depósito do bar bem na frente dela.

Leio a mensagem duas vezes, devagar, até que finalmente entendo. Então dou risada. A srta. Fresca está com ciúme, e a onda de adrenalina correndo pelo meu corpo é inigualável.

EU

Avery está no dormitório?

COLTER

Sim.

Ops. Quer dizer, não.

Você perdeu sua chance, amigão. Avery era mesmo muita areia para o seu caminhãozinho. Babaca.

Sinto minhas sobrancelhas levantarem e um sorriso repuxar meus lábios.

COLTER

Foi a Quinn.

EU

Não brinca.

COLTER

Ela é protetora e durona. Sugiro que não pise no calo dela.

Tarde demais para isso.

COLTER
Preciso ir antes que ela pegue meu celular de novo, mas, só para você saber, Quinn vai passar a noite na minha casa. Divirta-se.

Não envio mensagem para Avery, o que provavelmente é um erro. Quem simplesmente aparece na casa de uma garota sem ser convidado? Acho que a resposta a essa pergunta é: eu. Eu faço isso.

Consegui a localização e o número do quarto com Quinn, depois que prometi deixá-la me dar um soco nas bolas se Avery não ficasse feliz em me ver. Isso mostra como estou confiante. Ela ficou com ciúme, mas não porque não quer que eu fique com outras pessoas — já disse a ela que não sou o tipo de cara que namora. Não, ela se sentiu ameaçada. Ficou magoada. Apesar de se mostrar indiferente quando perguntei se queria ir embora comigo antes, ela esperava que fôssemos ficar de novo hoje. Eu também, porra.

Bato à porta e tamborilo o dedão na coxa. O corredor está praticamente silencioso. Passei por algumas portas abertas, gente reunida dentro do quarto, mas no geral as pessoas parecem ter saído. Ou estão todos dormindo. Verifico o horário. Merda. Talvez ela já esteja na cama. Bato com mais força. A cada segundo que passa, estou mais certo de que ela não vai atender.

Pego o celular no bolso, para enviar uma mensagem, enquanto continuo batendo à porta, e então a ouço do outro lado.

— Caramba. Já vou. Um segundo.

Minha mão ainda está no ar, prestes a bater, quando a porta se abre.

— Knox? — Ela fica ali parada, olhando para mim, claramente surpresa em me ver. Mas minha garganta fica seca como o deserto enquanto absorvo aquela visão.

Short rosa curto, regata branca e cerca de dez centímetros de pele entre eles. O cabelo dela está puxado para trás em um rabo de cavalo, e ela está descalça. Puta que pariu. Cada vez que a vejo em situações diferentes, acho que não tem como ela ficar mais gostosa. E de alguma maneira estou sempre errado.

— O que está fazendo aqui? — pergunta ela.

— Posso entrar?

— Os outros planos que tinha para a noite não deram certo? — indaga ela enquanto recua, abrindo mais a porta. — Como sabe onde eu moro?

Ignoro a primeira pergunta.

— Quinn — digo, entrando e dando uma olhada no espaço. É a primeira vez que ponho o pé em um dormitório. É maior do que imaginei, mas fora isso é basicamente como aparece em filmes e séries. — Aproveitei e entrei com uns caras voltando de uma festa.

Há um sofá, uma poltrona e uma TV neste cômodo, e então duas portas, uma de cada lado, que presumo levarem aos quartos. Uma está fechada e a outra está aberta, com a luz acesa.

— Tá, mas por quê?

Pego um fichário com o nome dela de cima de uma mesa pequena.

— Vai se formar em quê?

— Ainda não decidi — diz ela, ficando mais irritada. Pega o fichário da minha mão e o coloca sobre uma mochila que está no chão. — Knox, por que está aqui?

— Queria ver você. — Faço uma pausa diante de um porta-retrato em cima do rack e olho para uma foto de Avery e Quinn. Ambas estão usando collants da equipe da Valley U e sorrindo para a câmera.

— Eu estava prestes a deitar para dormir. — Ela cruza os braços sobre o peito. — Você não deveria estar na festa de Colter ou talvez ficando com a *bartender* ou alguma outra garota?

Aí está. Aquela pontada de ciúme que eu esperava.

— Eu não fiquei com a Erika.

— Quem? — pergunta ela, mas sabe de quem estou falando. O rosto dela fica vermelho.

— A *bartender*.

— Ah — diz ela com indiferença.

— É a primeira semana dela trabalhando lá. Ou em qualquer lugar como *bartender*, na verdade. O primeiro fim de semana pode ser difícil.

— Bom, fico feliz que ela tenha você para ajudá-la — diz ela, não parecendo nada feliz.

Meu Deus, ela é teimosa.

— É. Meu irmão normalmente não atiraria alguém aos leões desse jeito, mas ele está gripado e ninguém podia cobri-lo.

— Seu irmão... — A voz dela vai sumindo com a entonação de uma pergunta.

— É o dono do lugar, sim. Não sou um grande *bartender*, mas sei onde ficam todas as tralhas e consigo trocar um barril de chope, então de vez em quando me prontifico a ajudar se as coisas ficam caóticas quando estou lá.

Fico observando o quebra-cabeça se montando na mente dela e a maneira como sua linguagem corporal se suaviza ao perceber que estou falando a verdade. Mas então sua postura fica tensa outra vez.

— Tinha tantas garotas dando em cima de você esta noite, era um erro fácil de se cometer.

— Por que você não era uma delas? — pergunto. Estou curioso de verdade. Se ela queria ficar comigo, por que só não me disse?

— Você não precisa que eu infle o seu ego.

— Isso não é sobre o meu ego. Você estava ou não esperando que esta noite acabasse comigo aqui?

— Em parte, estava — admite ela.

— Então por que não disse isso? — Teria economizado um tempão. Já poderíamos estar pelados.

A exasperação faz seus olhos azuis ganharem vida, e ela levanta os ombros até as orelhas.

— Porque... não sei, tá bom? Nunca tive um ficante casual e não sei como fazer isso.

Não brinca. Eu previ isso na outra noite.

— Eu te falei que não namoro.

— Eu sei — diz ela. — Não estou pedindo isso. Só sou ruim nessas coisas. — Ela gesticula, indicando o espaço entre nós dois. — Quem era a outra garota? Cabelo preto comprido, tatuagens.

— Só uma amiga que conheço há muito tempo.

— Uma amiga com quem já ficou?

— Você quer mesmo que eu responda?

Ela balança a cabeça.

— Fiquei com ciúme.

— Não precisava ficar. Você era a única pessoa com quem eu queria ir embora. — O olhar dela se estreita, como se pesasse a verdade das minhas palavras. — Por que você fugiu em vez de me dizer tudo isso no bar? Estava esperando que eu corresse atrás de você?

— Não. Juro que não esperava que você fosse aparecer aqui.

— Bom. Eu não corro atrás.

— Mesmo assim, aqui está você.

Estamos em um impasse, nenhum de nós querendo ceder. Mas cada segundo aqui parado é outro segundo que não a estou beijando.

Dou um passo à frente e pego a mão dela, então a puxo na minha direção. Os lábios dela enfim se estendem em um sorriso.

— Mesmo assim, aqui estou eu. — Passo os dedos pela curva do pescoço dela. Sua pele é quente e macia, e ela corresponde ao meu toque.

Nós investimos ao mesmo tempo, nossas bocas colidindo em uma necessidade frenética de ficar mais perto. Ela tem gosto de pasta de dente sabor hortelã. Minha mão desliza até a nuca dela e envolvo seu rabo de cavalo com os dedos.

Eu a conduzo na direção da porta que está aberta. Ela começa a tirar minha jaqueta, e eu a ajudo, jogando a peça na direção de uma cadeira.

Minha mão escorrega por baixo da blusa dela e ela desgruda a boca da minha com esforço.

— Espera. Eu, hã... — Ela se mexe e morde o canto da boca. — Nós podemos...

A cada pausa ou hesitação dela, vacilo como se ela tivesse gritado para eu parar. Ela sempre tem tanta certeza das coisas.

— Quer que eu pare? — pergunto, me afastando para poder ver melhor o rosto dela.

— Não. Quer dizer, sim. — Ela coloca as mãos no meu peito. — Eu quero ficar com você, mas podemos esperar um pouco para transar?

— Ah. — Isso não era o que eu esperava.

— É só que, depois do meu último relacionamento, prometi a mim mesma que iria com mais calma. Sei que parece bobeira, considerando que só estamos ficando, e não namorando, mas sexo está fora de cogitação para mim neste momento.

Fico em silêncio, não porque é algo inegociável, mas porque estou tentando entender.

Ela continua:

— Nolan... meu ex... me traiu.

Não sei o que dizer, então passo a mão pelas costas dela no que espero ser um gesto tranquilizador. Depois que meu pai foi embora de vez, fui muito cuidadoso em relação a quem deixei entrar na minha vida. Esse é um dos motivos pelos quais não namoro. As pessoas não podem te decepcionar se não esperar nada delas.

Então, embora eu nunca tenha deixado ninguém se aproximar o bastante para me trair, o conceito é similar. Ela não confia nas pessoas. E isso eu compreendo.

— Não entendo por que ele não pôde apenas ser honesto e me dizer que queria terminar ou que queria transar com outras pessoas. Em vez disso, descobri por um boato que ele tinha ficado com a ex-namorada em uma festa enquanto eu estava fora durante uma competição.

Ela para de falar e olha para mim como se esperasse que eu fosse embora agora que sabia que o sexo estava fora de questão. Que babaca do caralho esse ex dela.

— As pessoas são egoístas — digo. — Não teve nada a ver com você.

— Eu sei, mas agora estou aqui com um cara gostoso no meu quarto, me recusando a experimentar algo que imagino que seria muito bom.

Eu a puxo contra mim. Estou tão duro que o contato me faz gemer.

— Quer que eu vá embora? Podemos fazer isso outra hora.

— Não. Com certeza não. — Ela morde o lábio de novo, mas desta vez é enquanto encara meu peito, e um rubor toma seu rosto. — Quero continuar. Desde a outra noite, só consigo pensar em ter suas mãos em mim de novo.

O alívio me invade. Quero tanto essa garota que a ideia de ir embora é dolorosa. Não é uma sensação com a qual estou familiarizado.

— Verdade? — Eu me sento na cama e a puxo para o meu colo. Os cílios dela tremulam e ela arqueja. Minhas mãos descem até o quadril dela e abro bem os dedos, deixando meu polegar deslizar por baixo do short dela.

— Sim. — Ofegante, ela passa os braços em volta do meu pescoço e ondula o quadril contra mim.

Meu dedão continua a acariciar o clitóris dela enquanto ela se esfrega no meu colo. Nossos beijos são molhados.

O corpo dela estremece quando ela está chegando lá.

— Posso? — pergunta ela, deixando as mãos deslizarem até a braguilha da minha calça jeans.

Assinto com a cabeça e sugo o seu lábio inferior enquanto ela tenta abrir minha calça. Quando ela consegue, empurra o meu peito para que eu me deite.

Sorrindo, me deito de costas na cama e coloco uma mão atrás da cabeça conforme ela desliza pelo meu corpo e me livra da calça. Ela tira os shorts também. Meu pau se contrai quando vejo o retalho de renda rosa cobrindo sua boceta. Ela está realmente me convencendo a adotar o rosa como nova cor preferida.

Avery volta a montar em mim, com apenas minha cueca boxer e a calcinha dela entre nós. Ela se acomoda sobre mim, e seu peso em cima do meu pau é o bastante para me arrancar outro gemido. Não preciso estar dentro dela esta noite, mas não vou dizer que a sensação não seria fantástica pra caralho.

Levanto o quadril e ela fecha os olhos com um gemido. Minhas mãos estão na sua cintura. Ela só precisa de um pouquinho de encorajamento para começar a se esfregar em mim de novo, conseguindo o que quer e me deixando prestes a explodir, sem que nenhum de nós tenha sequer tocado no meu pau.

Ela para e baixa os olhos para mim.

— O quê? — pergunto.

Ela morde o lábio inferior carnudo de novo.

Estico a mão e o afasto dos dentes dela.

— Do que você precisa?

— De você. Das suas mãos. Por favor? Nunca senti nada tão bom quanto o que rolou na outra noite.

Eu me sento e então nos viro, de modo que ela fica embaixo de mim, totalmente aberta, como um sonho erótico. Cacete. Choques de prazer percorrem minha espinha.

Passo o dedão pelo lábio inferior dela de novo.

— Você tem uma boca sexy pra caralho, princesa.

Os lábios dela se curvam.

— Está imaginando a sensação dela no seu pau?

— Se não estava, agora estou. — Eu definitivamente estava.

— Eu também — diz ela.

Puta que pariu, que tesão.

— Mais tarde. Estou ocupado. — Minha mão desce pelo corpo dela até meus dedos roçarem a barra da calcinha. Mudo de posição para que possa beijar a barriga dela e prender os dedos de cada lado do tecido rendado, puxando-o para baixo.

— Tudo bem se isso aqui sair? — pergunto.

— Sim.

Eu tiro a calcinha dela o mais rápido possível, e então a deixo pelada embaixo de mim. Fico pensando se não vou morrer ao vê-la assim sem poder trepar com ela.

— Você é linda. — Deslizo um dedo dentro dela e depois o trago até a minha boca. Ela enrubesce, e seus olhos se arregalam enquanto saboreio o gosto dela no meu dedo. — Tudo bem se eu te chupar, princesa?

Ela assente com rapidez.

Estou quase suando quando me coloco entre as pernas dela. Alterno entre usar os dedos e a língua. Ela se contorce sob mim, gemendo e chamando meu nome, se esfregando em mim de vez em quando e depois recuando, como se tentasse adiar o orgasmo iminente.

Ela é mais paciente que eu. Não posso mais esperar para vê-la se desfazer de novo. Seguro seu quadril com firmeza e chupo com força seu clitóris enquanto enfio dois dedos nela. Isso basta.

Ela dá um gritinho, as mãos se fechando no meu cabelo e o corpo arqueando para longe da cama. Sua pegada relaxa, e então, quando a última onda de orgasmo a atravessa, o corpo dela fica mole. Fico dando beijos suaves nas coxas e no ventre dela e aí caio no colchão ao seu lado.

Nossa respiração carregada é o único som, até que Avery começa a dar risadinhas.

— Qual a graça, princesa? — pergunto.

— Nada — diz ela, ainda rindo.

Deixo a cabeça pender para o lado e olho para ela. Ela está sorrindo para mim.

— Você acabou de me fazer perder a cabeça, e nós nem transamos de verdade. — Ela começa a rir mais ainda.

Só consigo fazer com que ela pare quando rolo de novo para cima dela.

O sorriso dela é contagiante. Ficar com ela é divertido de uma maneira que acredito nunca ter experimentado antes.

— Minha vez. — Ela me empurra no colchão e se posiciona entre as minhas pernas.

— Sempre tão mandona. — Mal acabei de dizer isso e ela tira minha cueca, envolve o meu pau com aqueles lábios carnudos e me engole.

Não consigo tirar os olhos dela. Ela desliza para cima e para baixo devagar. Devagar pra caralho. Passo de novo a mão em volta do rabo de cavalo dela e a guio em cima de mim.

— Cacete, Avery. Sua boca foi feita para chupar o meu pau.

Os olhos dela brilham, e ela engole mais um pouco, se engasgando antes de recuar. Não consigo me lembrar da última vez que quis que um boquete durasse mais, mas a visão do seu cabelo loiro e dos olhos azuis enormes enquanto ela me chupa é tão boa quanto a sensação dos lábios dela em volta de mim. Se precisava abrir mão da penetração por este boquete, a troca valia a pena.

Me contenho o máximo que consigo, mas quando estou a segundos de gozar na boca dela eu a afasto e termino na minha barriga e no meu peito.

Minha cabeça cai de volta na cama enquanto recupero o fôlego. Avery pega uma toalha para mim e eu me limpo. Estou prestes a me vestir para ir embora quando ela se joga ao meu lado.

— Você vai ficar? — pergunta ela.

— Eu não fico de chamego, princesa.

— Mas, tipo... você não gosta ou é contra as suas regras para ficadas casuais?

Coço a nuca.

— Os dois, acho.

— Tá bom, sem chamego. — Ela pensa por um momento. — E se ficarmos deitados vendo TV até a gente ter energia para se pegar de novo?

Não tenho a menor ideia de como isso é diferente de ficar de chamego, mas a ideia de repetir a dose com ela é o bastante para me fazer desistir de ir embora.

— Combinado.

— Que horas são? — pergunta Avery, soando grogue de sono.

— Cedo. Volte a dormir. — Coloco a calça jeans e procuro minha camiseta, percebendo que Avery está dormindo com ela.

Ela se encolhe de lado e boceja.

— Vejo você amanhã?

— Sim. — Pego minha jaqueta no encosto da cadeira dela. Eu hesito. Acho que nunca demorei tanto para ir embora da casa de uma mina antes. Eu não corro atrás. Não passo a noite nem fico de chamego. E não fico adiando a partida como um bobo apaixonado. — Vejo você amanhã à noite.

O caminho até minha casa me desperta um pouco. Eu mal dormi, mas prometi a Flynn que o levaria para pilotar esta manhã.

A casa está imóvel e silenciosa quando entro pela garagem. Paro de repente quando vejo Hendrick na cozinha de calça de moletom e camiseta.

— Onde você estava? — pergunta ele, uma sobrancelha arqueada.

— Ficou acordado me esperando? Que fofo. — Jogo as chaves no balcão e passo uma mão pelo cabelo. — Estava fora.

— Com uma garota? — A voz dele assume um tom grave e provocador, e seu sorriso se alarga.

O cheiro de café fresco me atrai até o bule. Coloco um pouco em uma caneca, depois estremeço. Odeio o gosto, mas minhas pálpebras queimam por causa da falta de sono.

— O que está fazendo acordado?

— Perdi o sono, e meu corpo está todo dolorido depois de passar um dia inteiro na cama.

— Você parece péssimo, mas um pouco melhor — digo ao olhar para ele. Seu cabelo está arrepiado e a barba está começando a crescer, mas ele não está mais exalando o odor de doença.

— Me sinto menos péssimo também. — Ele passa uma mão pelo rosto. — Preciso ir ao bar hoje. O que você vai fazer?

— Prometi a Flynn que o levaria para pilotar.

A boca de Hendrick se torna uma linha reta e a preocupação franze sua testa.

— Tome cuidado. Ele não pilota há muito tempo.

— Eu sei — falo, lançando a ele um olhar severo. Preferiria andar sobre brasas a ver Flynn se machucar. — Tomo conta dele há muito mais tempo do que você.

Sua máscara paternal cai, sendo substituída por uma expressão de culpa. Porra. Não sei por que disse isso. Hendrick se sente mal o bastante sobre o tempo que passou longe jogando futebol americano, e eu não me ressinto por ter ficado para trás. Só quero que ele perceba que não sou um caso perdido quando se trata de Flynn.

— Vamos fazer uma trilha fácil perto da cachoeira. Seremos só nós dois, e vou deixá-lo ditar o ritmo — reasseguro em um tom menos incisivo. O sorriso fácil de Hendrick reaparece.

— Eu me lembro dessa trilha. Nós costumávamos sair de manhã cedinho, pilotar por algumas horas, beber, nadar o dia inteiro, aí juntávamos tudo e voltávamos para casa quando já estava escuro.

Assinto com a cabeça. Tenho as mesmas lembranças. Hendrick e eu não passamos muito tempo juntos conforme fomos ficando mais velhos. Ele tinha os amigos populares do futebol americano, e eu não fazia parte dessa cena. Minha presença seria indesejada mesmo se fizesse. Mas de vez em quando todos nós decidíamos fazer a mesma coisa por um dia. Archer e Brogan foram algumas vezes depois que Hendrick se formou, mas estavam mais interessados em beber e nadar do que em pilotar. Flynn era jovem demais e, quando enfim tinha idade suficiente, eu não queria que mais ninguém fosse comigo. Pilotar era minha válvula de escape. Há muito tempo não piloto com nenhum deles por diversão.

— É melhor eu tomar banho e acordar Flynn. — Quando terminarmos de preparar tudo e sairmos, será o horário perfeito, quando o sol está baixo e o ar ainda está fresco. Abro o zíper da jaqueta e aí dou risada.

Hendrick olha para o meu peito nu com uma expressão divertida.

— Perdeu a camiseta em algum lugar?

— Não — digo. Não a perdi. Sei exatamente onde está.

CAPÍTULO VINTE E QUATRO

knox

Na noite seguinte, quando chego no ginásio, Avery sorri e acena da trave de equilíbrio.

Tiro os sapatos e vou até lá.

— Oi — falo.

Ela desce pulando perto de mim, colocando as mãos nos meus ombros para se equilibrar.

— Oi.

O olhar dela dispara para os meus lábios, como se talvez estivesse pensando em me beijar bem aqui. Eu também estou. É tudo em que penso desde que saí do dormitório dela.

— Achei que poderíamos trabalhar em adicionar uma pirueta ao seu mortal para trás — diz ela, os olhos brilhando de empolgação.

— Não posso ficar. — Lanço um sorriso sem graça para ela. — Esqueci que Flynn tem um jogo de basquete hoje à noite. É só o tempo de ir até em casa e tomar banho antes que comece.

Meus olhos a examinam. O collant de hoje é preto, e só consigo pensar no corpo firme por baixo dele.

— Você poderia ter mandado uma mensagem.

— Poderia, mas aí não poderia fazer isto. — Levo minha boca à dela em um beijo rápido e suave. Não é o beijo que passei o dia imaginando, mas o ginásio está cheio de gente.

Avery sorri quando me afasto, então olha ao redor, pega minha mão e diz:

— Vem comigo.

As perninhas dela se movem tão rápido que não tenho tempo para pensar aonde está me levando. Atrás do ginásio há uma sala que mais parece um cubículo. A luz está acesa, e só tenho tempo de olhar para todo o equipamento que há em volta e entender que ali é um depósito antes que ela jogue os braços por cima dos meus ombros e esteja na ponta dos pés pressionando os lábios contra os meus.

Nenhum de nós perde um segundo sequer. Eu a puxo até ficar colada em mim e a beijo do modo que estou imaginando desde ontem de manhã. Só que não estou transando com ela enquanto a beijo. Por enquanto, isso vai ter que bastar.

— Acho que estou viciado nessa boca — digo, sugando o lábio inferior dela. Minhas mãos sobem e descem pelo seu corpo, do quadril à curva dos seios.

O resquício de controle que ainda me resta é a única coisa capaz de me fazer recuar antes de arrancar aquela pecinha de elastano dela e fazê-la gozar.

Ela sorri, feliz, então dá uma risadinha quando seu olhar desce até o meu peito.

— Ops.

Abaixo os olhos para minha camiseta, que agora está coberta de giz.

— Estou indo para casa tomar banho, mesmo. — Ajeito meu pau. — Vai ser mais duro ter de lidar com isso.

— Você fez um trocadilho? — O sorriso dela se alarga.

— Preciso ir. Vejo você amanhã.

— Tudo bem, mas vou ser duas vezes mais mandona para compensar o seu furo de hoje.

Eu me afasto com uma piscadela.
— Mal posso esperar.

♥

No dia seguinte vou ao The Tipsy Rose almoçar. Brogan está atrás do balcão, apoiado nele, com um livro à sua frente. Ele levanta os olhos quando me sento.
— Acabei de colocar seu hambúrguer de peru na grelha.
Arqueio uma sobrancelha em questionamento.
— Rastreando minha localização de novo?
— Não seja convencido. Tenho notificações ativadas para todos vocês. Se estiverem a menos de oito metros daqui, eu fico sabendo.
Dou risada.
— Como isso é diferente de rastrear minha localização?
— Você quer que eu cuspa na sua comida? — pergunta ele enquanto coloca um copo d'água à minha frente.
— Pouco movimento no almoço hoje? — Dou uma olhada ao redor. Há dois caras sentados em uma mesa assistindo a um jogo de boliche na TV e outro no balcão, petiscando um prato de batata frita.
— Dia fraco. — O celular dele apita, e ele o pega e fica olhando por tanto tempo que me canso de esperar e começo a assistir à TV atrás do balcão.
Destaques do esporte. Atualizações do futebol americano, previsões do hóquei e um novo técnico em um time de basquete universitário. Meu estômago despenca quando eles passam a discutir motocross, especificamente as mudanças na equipe Thorne.
— Ei — diz Brogan. — Aquela ginasta que está te ajudando. Como é o nome dela mesmo?
Desvio os olhos da TV e pisco algumas vezes antes de registrar a pergunta.
— Avery.
— Avery Oliver? — Ele vira o celular para me mostrar um vídeo.

Vejo aquele boneco Ken do Tristan antes que uma tomada clara de Avery finalmente seja mostrada.

— Que diabo é isso?

— É o Media Day.

— Por que você tem um vídeo disso?

— Eles estão transmitindo ao vivo. — Continuo a encará-lo. — As garotas são gostosas. Um amigo segue o perfil da equipe numa rede social e enviou para mim.

— Então, basicamente, está acompanhando como um pervertido?

Ele revira os olhos.

— Eles estão fazendo entrevistas, perguntas, mostrando umas merdas de bastidores.

— Isso é como dizer que compra revistas pornô por causa dos artigos.

— Ninguém mais compra revistas pornô.

Cerro os dentes. Não era o que eu queria dizer, mas, antes que eu possa argumentar com ele, outro cliente entra no bar.

Brogan me entrega o celular como se me chamasse para um duelo, me desafiando a espiar e não sentir nenhum prazer. Que idiota. Eu o pego e assisto à mulher atrás da câmera, com uma voz efervescente, passar por uma fila e perguntar a cada pessoa qual foi seu café da manhã para aquele dia de encontro com a imprensa. Já estou entediado, mas espero para ouvir a resposta de Avery.

Quando chega na garota à sua frente, Avery aparece parcialmente na imagem, o bastante para que eu possa dar uma boa olhada nela. O cabelo dela está solto em vez de preso num rabo de cavalo ou coque, como ela o usa nos treinos. O collant é de um tecido azul brilhante. De mangas longas, mas bem cavado nas coxas, mostrando as pernas torneadas. Ela está com o celular em uma mão, segurando-o como se estivesse mexendo nele para matar o tempo.

A câmera passa para ela, que sorri, mas seu rosto não se ilumina como de costume, e ela parece nervosa.

— Café da manhã do Media Day? — repete a mulher.

— Ah, humm... omelete com torrada e uma banana.

Não fico surpreso com a resposta, mas é a expressão dela que não sai da minha cabeça, mesmo quando a câmera se afasta.

Coloco o celular de Brogan no balcão e pego o meu.

> **EU**
> Você parece nervosa.

> **AVERY**
> Humm... Oi. Está me stalkeando?

> **EU**
> Estou no bar almoçando e meu irmão estava assistindo. Aparentemente, as garotas do time de ginástica são "gostosas".

> **AVERY**
> Você discorda?

> **EU**
> Azul acabou de se tornar minha cor preferida. Media Day?

> **AVERY**
> Sim. Fotos, entrevistas, mais perguntas idiotas. Vou garantir que a gerente da equipe saiba que nossa audiência é composta de caras pervertidos querendo nos secar.

> **EU**
> Duvido que ela vá ficar surpresa com isso. Pelo jeito, você não é fã de tirar fotos?

Levanto os olhos novamente para o celular de Brogan, ainda na transmissão. Agora ele mostra uma garota sendo fotografada em frente a um fundo branco com luzes ao redor. Ela faz saltos e poses enquanto flashes disparam rapidamente.

AVERY

Não, essa parte não é tão ruim.

EU

Saber que caras pervertidos (isto é, Brogan e eu) estão assistindo estragou a experiência para você?

AVERY

KKKKK... Não. Vou me certificar de empinar os peitos e a bunda da próxima vez que estiver na frente da câmera, só para você.

Dou risada sozinho, mas, apesar do seu tom brincalhão, não consigo afastar a sensação de que há alguma coisa no dia de hoje que a está deixando apreensiva.

EU

Eu agradeço. Mas talvez deva enviar só para mim em vez de fazer isso em um vídeo para todo mundo. Realmente vai haver pervertidos dando em cima de você.

AVERY

Quer dizer, outros como você?

EU

Exatamente.

Ela envia uma foto um segundo depois. Um ombro projetado para a frente, a cabeça inclinada para o lado e o peito todo estufado. Ela é linda mesmo quando está zoando com a minha cara.

EU

Ah, perfeito. Manda mais. Vou ver se consigo vendê-las para o meu irmão. #ginastassãogostosas

Estou sorrindo para o celular, mas ainda tentando imaginar por que ela não gosta do Media Day. Pensei que as garotas amavam se arrumar e tirar fotos.

AVERY
Tão fofo.

EU
Eu sou assim.

Então, qual é o problema do Media Day? Por que você parece querer estar em qualquer outro lugar?

AVERY
Não pareço, não.

EU
Parece, sim. É a mesma expressão que surge no seu rosto quando o boneco Ken abre a boca.

Espero que ela negue isso.

AVERY
Odeio dar entrevistas.

Interessante.

EU
Por quê?

Ela não me parece alguém que ficaria nervosa falando em público, especialmente sobre ginástica.

AVERY

São sempre as mesmas perguntas. "Como está seu joelho?", "Vai estar pronta para competir no começo da temporada?", "Esta temporada vai ser melhor que a anterior?". E não é só o que eles perguntam, mas o que deixam de perguntar. Todo mundo quer saber se meu desempenho nas Olimpíadas foi só um golpe de sorte ou se posso mesmo competir naquele nível.

O textão me surpreende. Eu o releio algumas vezes. Não esperava que ela respondesse com tanta honestidade, mas detecto um medo genuíno nas palavras dela. Ela quer se mostrar capaz. Sei como é.

EU

Essas perguntas de entrevista são uma grande bobagem, então responda na mesma moeda. "Meu joelho nunca esteve melhor." "Já estou pronta. Mal posso esperar para competir." "Estou na melhor forma da minha vida."

AVERY

Mentir?

EU

Hum... dar uma exagerada na confiança. Você está manifestando essa merda toda.

AVERY

É isso que você faz em entrevistas?

EU

Não. Geralmente falo alguma merda da qual me arrependo.

AVERY

Tipo que o seu companheiro de equipe deveria voltar a treinar com amadores?

Dou risada, depois estremeço ao pensar nela assistindo àquele vídeo. Eu falei isso segundos antes de empurrar Link.

EU
Quem está stalkeando quem agora? Fico lisonjeado.

AVERY
Não fique. Foi a primeira coisa que apareceu quando procurei seu nome.

EU
Qual foi a segunda, meu vídeo erótico que vazou?

Ela começa a digitar, depois os pontinhos desaparecem.

EU
Brincadeira.

Você vai mostrar para eles como é foda quando voltar a competir, mas por enquanto mantenha a cabeça erguida e diga qualquer coisa que quiser. Não deixe que te façam duvidar de si mesma.

AVERY
👍

EU
Essa é a sua maneira de ignorar meu conselho?

AVERY
Não. Estou repetindo as suas palavras sem parar na minha cabeça. Eu sou foda.

EU
Isso aí.

Ela não escreve mais nada, e eu continuo assistindo à transmissão ao vivo. As pessoas estão deixando comentários, e tenho uma ideia. É a conta de Brogan, então foda-se. Sorrio enquanto digito e aperto "enviar".

Um segundo depois a garota da transmissão lê o comentário em voz alta, aproximando-se de Avery.

— Brogan Seis diz que Avery Oliver é sua ginasta favorita de todos os tempos e que mal pode esperar para te ver dominando esta temporada. Ah, e várias pessoas estão concordando. Você é a favorita entre os fãs.

Avery fica vermelha e olha para a câmera com uma expressão confusa. A garota da câmera segue em frente, e aí uma mensagem aparece no meu celular.

AVERY
Obrigada por isso. Ou agradeça ao seu irmão.

EU
De nada, princesa.

Quando eles a entrevistam vinte minutos depois e a primeira pergunta é: "Seu joelho está pronto para a temporada?", ela olha direto para a câmera, dá um sorriso tão grande que ninguém poderia dizer que é falso e declara:

— Nunca esteve melhor.

CAPÍTULO VINTE E CINCO

Avery

—**V**OCÊ ESTÁ ME OUVINDO? — PERGUNTO A KNOX.
O olhar dele sobe pelas minhas pernas.
— Hã?

Inclino a cabeça para o lado e lhe lanço meu olhar mais petulante e autoritário. Os lábios dele se abrem em um sorriso.

— Estou só brincando. Sim, eu te ouvi. Para cima e para baixo, bem devagar.

Da maneira como ele diz aquilo, tenho certeza de que estamos falando de coisas completamente diferentes. Meu rosto esquenta e sinto um frio na barriga. Desde que ele entrou no ginásio, fiquei o tempo todo imaginando as mãos dele em mim outra vez. Se isso for parte de algum jogo para me deixar desesperada e necessitada a ponto de parar de torturá-lo com exercícios, está funcionando. A sessão de hoje teve mais beijos roubados e toques furtivos do que treino.

— Vou ajudar Hope. Você fica aqui e pratica. — Distância. É disso que precisamos. Do contrário, pode ser que eu tente pular em cima dele no meio do ginásio.

Sorrindo como se soubesse exatamente o que estou fazendo, ele assente com a cabeça.

A sra. Weaver tirou todas as restrições do meu treino. Agora faço minhas séries completas na trave e na mesa. A única pegadinha é que ela diminuiu o nível de dificuldade da minha saída da trave. Estou tentando focar no lado positivo, mas quero estar em forma — totalmente em forma — para a nossa primeira competição.

— Seu namorado é um gato — diz Hope quando subo na trave ao lado dela.

— Ele não é meu namorado — falo rapidamente, sem pensar. — Somos só... Eu não sou... Ele é... — Eu me detenho, e um sorriso convencido de adolescente surge no rosto dela.

— O gatão comeu sua língua?

Mostro a língua para ela. Também consigo agir como uma adolescente.

— Vamos ver seu giro completo e depois trabalharemos no flick layout.

O sorriso dela se torna uma expressão fechada de determinação quando ela se coloca em posição. Pelo menos ela é fácil de distrair.

E eu também, aparentemente, porque me concentro apenas em Hope e em ajudá-la nos exercícios de trave, até que Knox se aproxima de nós, quase uma hora depois.

Ele se senta no chão à nossa frente. Está suado e lindo demais para o meu gosto. Ele sorri para mim enquanto explico a Hope o flick layout.

Naquele sorriso há algo que faz minha pele arder e me deixa zonza. Eu volto a olhar para Hope com uma jogada do rabo de cavalo.

— Levante os braços e o peito rápido e se concentre em elevar o quadril.

— Estou fazendo tudo isso — murmura ela, frustrada e chorosa. Ela olha para Knox como se estivesse envergonhada de ele a ver sendo menos que perfeita.

— Você está indo muito bem. Continue treinando no colchão. Vai ficar mais fácil de fazer lá em cima. Demorei uma eternidade para conseguir.

— Me mostra tudo junto mais uma vez? — O pai dela acabou de chegar, e ela acena para ele antes de acrescentar: — Por favor?

— Tá bom. — Salto para o colchão.

— Não. Na trave.

Eu hesito. Faz um tempão que não faço esse combo na trave, mas o olhar suplicante dela me convence.

— Tudo bem. Uma vez.

Eu volto a subir na trave ao lado dela. Uma olhada rápida para Knox mostra que ele está me observando com um misto de admiração e entusiasmo. O que me dá uma pequena dose de confiança. Fiz isso um milhão de vezes, e sinto meu joelho mais forte a cada dia.

Sem me permitir me preocupar muito em acertar na frente deles, faço o flick, layout step-out, layout step-out. Eu me endireito, mãos acima da cabeça quando termino. Um sorriso repuxa meus lábios, e uma onda de empolgação faz as pontas dos meus dedos formigarem. Puta merda, que sensação boa.

Quando olho para Hope, ela está boquiaberta.

— Caramba, Avery. Espero algum dia ter metade da sua habilidade.

Meu rosto esquenta com o elogio.

— Não seja boba. Você vai ser muito melhor que eu.

Ela dá um sorriso largo e pula da trave com um aceno para mim e para Knox.

Quando salto para o chão, Knox se levanta e avança devagar.

— Isso foi impressionante — diz ele.

— Você já me viu fazendo esses exercícios.

— É, mas não desse jeito.

Outra dose de confiança afasta algumas daquelas dúvidas persistentes. Talvez eu me recupere para a temporada de competições.

— O que você vai fazer hoje à noite? — pergunta ele, vestindo a camiseta. A parte do treino que eu menos gosto é quando ele se veste e vai embora.

— Não tenho certeza, por quê?

— Podíamos fazer alguma coisa. Preciso passar em casa, mas depois disso estou livre.

— Parece divertido. Adoraria conhecer seus irmãos.

— Ah, eu, hã… — Ele coça a nuca e uma das sobrancelhas dele, aquela atravessada pela cicatriz, se arqueia. — Você adoraria?

— Sim, claro. Por que não?

— Não sei. Muitos motivos. Nós somos meio que além da conta.

— Se consigo aguentar você, acho que eles vão ser fichinha.

Ele ri, aquele sorrisinho arrogante de volta aos lábios.

— Acho que você não sabe no que está se metendo, princesa.

Knox embica na garagem de uma pequena casa branca não muito longe do *campus* da Valley U. Eu estaciono no meio-fio e desço. Há vários outros carros. Dos irmãos dele, presumo.

Puxo a barra dos shorts enquanto caminho pela entrada, coloco as mãos no bolso, aí tiro de novo. Estou nervosa. Ele tem quatro irmãos, e, se forem parecidos com Knox, isso pode ser interessante.

Knox espera por mim junto ao portão aberto da garagem. Há um aparelho de musculação ocupando quase todo o espaço e uma bancada com ferramentas ao longo da parede dos fundos.

— Não precisamos ficar — diz ele. — Só preciso falar com Flynn e tomar banho. Podemos ir para o seu dormitório.

— Tentando me manter longe daqui?

— Você deveria aceitar a oferta.

Dou risada.

— Quinn e alguns amigos da turma de espanhol dela estão lá estudando, então, a menos que queira ficar ouvindo a pronúncia ruim deles, acho que aqui está melhor.

— Não diga que não te avisei — diz ele baixinho e me conduz pela garagem.

Eu tomei banho depois do treino e, no ginásio, passei a maior parte do tempo sentada enquanto dava ordens a Knox e Hope, mas teria trazido alguma coisa melhorzinha para vestir se soubesse que íamos fazer alguma coisa depois. Fazer alguma coisa pelados, a julgar pelos olhares que recebi dele durante o treino. Tudo que eu tinha era um shorts jeans e a camiseta que usei na faculdade hoje.

Assim que ele abre a porta da garagem para dentro da casa, há uma explosão de barulho ao nosso redor. Vozes masculinas falam alto por cima do som da TV.

Mal tenho tempo de entender o layout da casa ou qualquer outro detalhe antes de entrarmos no caos. A cozinha dá para a sala de estar e a sala de jantar ao lado. Três rapazes estão sentados em sofás de couro na frente da TV, outro está na cozinha com uma loira bonita.

— Oi — grita um dos caras na sala de estar quando vê Knox, então rapidamente se vira de novo para a TV. Mas aí ele se volta para trás outra vez, e seu olhar passa por Knox, fixando-se em mim. Ele me encara com muita intensidade e por muito tempo. Tenho certeza de que fiquei corada sob seu olhar minucioso. Especialmente quando os demais se dão conta, e aí todos os olhos estão em mim.

— Esta é a Avery — diz Knox, apontando por cima do ombro. Então ele sinaliza meu nome. Ou, pelo menos, é o que acho que ele fez. Aprendi o alfabeto de sinais na escola, mas estou um pouco enferrujada e não me lembro de todas as letras.

Ele é o único que está conseguindo agir com calma e naturalidade. Virando-se para mim, ele diz:

— Estes são meus irmãos. E Hollywood. Quer dizer, Jane. Ela é a noiva do Hendrick.

Jane é a primeira a se aproximar de mim. Quanto mais perto ela chega, mais bonita fica. Parece familiar, mas não consigo descobrir por quê. E está sorrindo para mim com uma expressão de grande descrença no rosto. Espero que não pense que eu e Knox estamos namorando ou algo assim. Talvez devêssemos ter arriscado a sessão de estudos de espanhol no meu dormitório.

— Oi. Avery, é isso? — pergunta ela, como se talvez estivesse com medo de não ter ouvido meu nome direito.

— É. Olá. — Levanto uma mão num aceno.

— Finalmente outra garota por aqui — diz ela. — Graças a Deus.

— Quer beber alguma coisa? — pergunta o irmão na cozinha. O sorriso dele espelha o dela.

— Humm… claro.

Entro em pânico e olho para Knox pedindo ajuda.

De novo, ele parece totalmente confortável, embora estejam todos olhando para mim como se isso fosse algo muito maior. Revirando os olhos, ele diz:

— Não aja desse jeito estranho, Hollywood. Ela é a garota que está me ajudando no ginásio.

Jane assente com a cabeça, olhos ainda arregalados e grudados em mim. Algo me diz que ela não está escutando as palavras dele.

— Tá… bom. — Knox se aproxima e se coloca entre nós, então me vira pelos ombros.

Seu toque inocente envia uma onda de calor pela minha pele. Eu me lembro exatamente do que aquelas mãos conseguem fazer.

Na sala de estar, consigo reconhecer de pronto o irmão mais novo. Ele tem rosto de bebê e o cabelo castanho-avermelhado despenteado. As bochechas dele estão vermelhas, e ele está em silêncio, mas me olhando de relance. Os outros dois se levantam.

O mais alto tem um sorrisinho divertido no rosto quando dá um passo à frente e sussurra em voz alta:

— Você foi trazida aqui à força? Pisque duas vezes se estiver sob ameaça.

Ouço o gemido de Knox atrás de mim, e as mãos dele saem dos meus ombros. Ele entra na minha frente e empurra de brincadeira o irmão para longe. De novo ele sinaliza, desta vez enquanto fala:

— *Obrigado a todos por tornarem isso superdesconfortável. Agora já sabem por que não trago ninguém aqui.*

O irmão dele tenta conter uma risada.

— Sou o Brogan, e não se preocupe, não vamos deixar o fato de estar passando tempo com esse cuzão influenciar nossa opinião sobre você.

Knox balança a cabeça e suspira como se estivesse irritado, mas há tranquilidade na postura dele desde que chegamos.

— Este é o Archer, você conheceu o Hendrick na cozinha, e este é o Flynn.

— Oi — digo novamente, acenando e passando o olhar pela sala.

Quando Knox cutuca o pé de Flynn e pergunta sobre a escola e o treino, o restante da sala volta a nos ignorar.

— Desculpa por isso. — Jane aparece ao meu lado com duas taças de vinho. — É só que tem muita testosterona nesta casa. Fiquei animada por ter outra garota aqui. Uma oferta de paz, ou qualquer que seja o nome que se dá quando você quer se desculpar por ter exagerado.

Não posso deixar de retribuir o sorriso. Pego a taça só para que ela não se sinta mal e, depois que tomo um gole, me sinto um pouco mais calma.

— Vocês vão ficar para jantar? — ela me pergunta.

Knox não está ouvindo, então balanço a cabeça.

— Não tenho certeza.

— Tem comida para todo mundo.

— Posso ajudar em alguma coisa? — pergunto.

— Ah, não, nós damos conta. Knox costumava cozinhar para nós toda noite, mas, desde que ele começou a treinar com você, Hendrick e eu transformamos essa atividade em uma coisa nossa. É divertido.

Tento imaginar Knox cozinhando, mas não consigo.

Jane vai até o sofá onde Brogan está sentado e empurra a perna dele.

— Vai mais pra lá e deixa a Avery sentar.

Começo a protestar, mas Jane não parece ser alguém acostumada a ouvir "não". Brogan se desloca sem pensar duas vezes, os olhos grudados na TV. Ele e Archer estão jogando videogame.

Eu me sento com meu vinho.

Brogan apoia as costas no sofá. O ombro dele roça no meu. Ele é um cara grande, mais largo que os outros.

— Estou surpreso que não tenhamos visto você no *campus*.

— Vocês estudam na Valley? — Envolvo a taça com as mãos.

— Sim — diz Brogan. — Eu, Archer e Jane.

— Sério?

Ele assente com a cabeça.

— Último ano. E você?

— Segundo.

Algo a respeito de Jane finalmente se encaixa.

— Espera. Jane é...

— Ivy Greene — completa Brogan para mim com um sorriso orgulhoso. — É.

— Knox não me disse nada. — Ivy Greene, ou Jane Greenfield, é um ícone da Valley U. Ela era uma estrela mirim de tv e agora estuda aqui. Nunca a vi no *campus*, então estava quase convencida de que aquela informação não fosse real.

— Algo me diz que Knox não conta muita coisa. A menos que ele seja muito mais tagarela com você do que é conosco.

Brogan cutuca Archer ao lado dele e sinaliza alguma coisa. Archer assente com a cabeça. Knox também nunca mencionou que um dos irmãos era surdo. Ele não mencionou um monte de coisas, acho. Não que eu esperasse que ele abrisse o coração para uma garota que conhece há apenas um mês, mas estar aqui já me faz sentir que o entendo melhor.

Como todos os outros estão ocupados, fico ouvindo Knox conversar com o irmão mais novo. Eles estão falando sobre faculdades, acho. Knox pergunta se ele teve notícias de um técnico em Illinois. Flynn só dá de ombros e balança a cabeça. Ele diz muito pouco, mas Knox continua interagindo com ele até que finalmente desvia os olhos. O olhar dele começa a esquadrinhar a sala como se não soubesse onde estou, então sorri quando me vê sentada ao lado de Brogan com a taça de vinho na mão.

— Desculpa. Não queria ter te atirado aos leões — diz ele, andando até a beirada do sofá na minha frente.

— Nós não mordemos — protesta Brogan. — Somos como leões muito brincalhões, que só querem se divertir.

— Vão se divertir com outra pessoa. — Knox inclina a cabeça e dá um passo para trás.

Sinto cinco pares de olhos em mim enquanto o sigo para fora da sala e por um corredor. Ele para na última porta e a abre, então estende a mão, me convidando a entrar.

— Vou tomar um banho rápido, mas achei que ia querer ficar aqui em vez de se sujeitar aos meus irmãos babando em cima de você. — Ele revira os olhos.

— Eles são legais.

— Eles são uma dor de cabeça. — Ele segura o batente da porta que leva ao que suspeito ser o banheiro, olhando para mim por um instante. — Já volto.

Quando o chuveiro é ligado, passeio pelo cômodo, ávida para explorar cada detalhe do quarto dele. Tem um tamanho muito bom. Grande o bastante para a cama *king-size* que fica centralizada em uma parede. A estrutura é simples, de madeira escura. E tem uma mesa de cabeceira combinando ao lado. Não há nada em cima, exceto um carregador de celular.

Olho na direção da porta do banheiro e então abro a primeira gaveta. Um frasco de lubrificante rola e bate na frente da gaveta, parando ao lado de uma caixa de camisinhas. Estremeço com o barulho e a fecho rápido.

As paredes são de um cinza claro, e as cortinas pretas estão fechadas. Olho de novo para a cama, notando o edredom preto, e dou risada. Pelo menos ele é coerente.

A cômoda, que fica em frente à cama, é da mesma madeira escura que a cama e a mesa de cabeceira. Duas gavetas não estão totalmente fechadas — a de meias e a de cuecas. Não espio as outras. Em cima da cômoda tem uma pilha de roupas limpas dobradas. Eu as cheiro, sentindo o perfume familiar de couro e limão de Knox preenchendo minhas narinas.

Há uma TV instalada em cima da cômoda, e o único outro item

de interesse é o closet. Está entreaberto, então adentro. A maior parte está vazia. Um lado tem roupas penduradas. O outro não tem nada, e no chão há o que presumo ser toda a parafernália de motoqueiro.

Ouço o chuveiro desligar e faço menção de sair do quarto, mas duas fotos penduradas atrás da porta chamam a minha atenção. Elas não estão emolduradas, mas presas com fita adesiva, e Knox deve olhar para elas às vezes. Uma mostra um garoto e uma mulher, e presumo se tratar dele e da mãe, talvez. Knox devia ter uns cinco ou seis anos. Ele ainda tem o mesmo sorriso. Um pouco cauteloso e reservado, mesmo quando dá para ver que está contente. A mulher é linda. Tem o cabelo castanho-claro e grandes olhos castanhos. O sorriso dela é tudo que o de Knox não é. Largo e esbanjando tanta felicidade que praticamente salta da foto.

A outra foto mostra ele com os irmãos. Estão mais velhos nesta. Talvez tenha até sido tirada recentemente. Estão diante do balcão do The Tipsy Rose. Knox está ao lado de Hendrick, que passa os braços por cima dos ombros dele e de Archer. Brogan está deitado sobre o balcão, e Flynn, sentado em um banco.

Saio correndo do closet alguns segundos antes que Knox reapareça. Vestido, mas com o cabelo ainda molhado.

— Você foi rápido — digo, então dou um gole no meu vinho esquecido.

— Desculpa. Te dei tempo suficiente para fuçar por aí?

Dou risada e nem tento fingir que não era isso o que eu estava fazendo.

— Sim, mas infelizmente não encontrei nada interessante. Nada de chicotes, correntes, mordaças.

— Você não procurou direito, então. — A postura dele muda, e a maneira como me olha é muito parecida com o olhar que me lançou antes de reivindicar o beijo da vitória.

— Sério? Me mostre.

Ele balança a cabeça devagar.

— Hã-hã. Ainda não. Estou morrendo de vontade de sentir seu gosto de novo.

Prendo a respiração, e no segundo seguinte a boca dele está cobrindo a minha. Sem interromper o beijo, ele tira o vinho da minha mão. Eu o escuto colocar a taça na mesa de cabeceira enquanto sou conduzida para trás, até que sinto minhas coxas encostarem na beirada da cama.

Tudo acontece tão rápido. De repente, estou deitada de costas, e ele desce pelo meu corpo enchendo-o de beijos. Levanta minha camiseta para poder ganhar acesso a mais pele e depois desabotoa meus shorts jeans. Eu o ajudo a tirá-lo. Ele dá um tapinha nas minhas mãos quando tento fazer a mesma coisa com a calcinha.

— Quero despir você sozinho.

Sinto um frio na barriga enquanto ele desliza o tecido rosa devagar, um centímetro de cada vez. Ele tira minha calcinha e afasta bem as minhas pernas. O olhar dele faz minha pele arder. Os beijos que ele dá no meu ventre e na parte interna das coxas são suaves. Os olhos dele buscam os meus quando ele aproxima a boca dos meus lábios inferiores e dá uma lambida.

— Ah, meu Deus — gemo em voz alta.

Juro que posso ver um sorrisinho nele quando lambe de novo. Minhas pernas estremecem, e empurro o quadril mais para baixo, desesperada por mais. Ele dá um tapinha na minha boceta. Não com força, mas estou tão excitada que dói e depois lateja, provocando uma nova onda de prazer em mim.

— Eu mando aqui, princesa. Seja boazinha e fique parada.

Só obedeço porque ele não me faz esperar. A boca dele me cobre de novo. Desta vez ele faz mais pressão e alterna com chupadas no meu clitóris.

— Knox. Por favor. Não para. — Minhas palavras se intercalam com gritinhos de êxtase. Outros caras já me chuparam antes, mas nunca desse jeito.

Ele desliza um dedo para dentro da minha boceta. Depois acrescenta um segundo.

Então dá uma mordidinha na minha coxa e afasta minhas pernas ainda mais. Estou à mercê dele, nua da cintura para baixo, e ele segue totalmente vestido. Eu me sento, com a pretensão de desabotoar a calça dele, mas Knox não para, e o novo ângulo faz com que ele se concentre totalmente no meu clitóris.

— Olha só para essa bocetinha linda. Tão apertadinha. Tão sedenta por mais. — Ele muda ligeiramente de posição e me arrasta mais para fora da cama, para que possa continuar metendo os dedos em mim enquanto lambe e chupa o meu clitóris.

Eu me desfaço nas mãos dele. Gozo intensamente, meu corpo inteiro se contraindo e depois estremecendo durante o orgasmo que se recusa a terminar. Perco o apoio dos braços e caio de costas na cama. Ele se prolonga tanto que é quase doloroso, mas a dor se transforma em prazer e vou ao encontro dele, me esfregando em seu rosto. Ele me dá outro tapinha leve, seguido de lambidas suaves, até que meu corpo pare de se contorcer.

Assim que os tremores me abandonam, sou preenchida por uma onda de adrenalina. Sem perder tempo, eu me sento na cama e o ajudo a tirar a camiseta, depois a calça jeans e a cueca boxer. Ela também é preta.

Meus olhos disparam para os dele quando seu pau fica livre. É comprido e grosso, liso e duro. Perfeito. Entendo de onde vem tanta arrogância.

Eu me arrasto mais para perto e fecho os dedos em volta do pau dele, então levo os lábios à cabeça do membro e dou um beijo suave.

— Ainda viciado na minha boca?

— Pra caralho. — Ele passa a ponta do polegar pelos meus lábios e então me empurra para o pau grande e grosso dele.

Knox solta um gemido gutural enquanto olha para mim. Ele levanta minha blusa, mas não quero me separar dele para tirá-la.

Surpreendentemente, ele não assume o controle. Só deixa minha boca ir trabalhando, engolindo um pouquinho mais de seu pau a cada vez.

Só quando o levo até o fundo da garganta é que ele pega no meu cabelo e me impele a aumentar o ritmo. Sempre amei fazer boquete. Me sinto poderosa e sexy ao fazer isso, mas ver o prazer no rosto de Knox — um prazer que eu causei — me deixa eufórica. Ele mantém o autocontrole até o último segundo. Então tira o pau da minha boca e se masturba até terminar, gozando nos meus seios e na barra da minha blusa.

Estou fascinada demais para me importar, e ele admira meus peitos como se fossem a melhor coisa que já viu na vida. Sempre tive um pouco de vergonha deles. São um pouco maiores que os da maioria das ginastas, mas, de modo geral, ainda são pequenos. Mas, neste exato momento, não me sinto nem um pouco insegura.

Ele puxa a calça para cima e se cobre, desaparecendo no banheiro. Quando volta, tem uma toalha de rosto na mão.

— É por isso que eu queria tirar sua camiseta. — Ele dá um sorrisinho quando solta a toalha na cama e tira minha blusa.

— Ops.

Ele me limpa e aí leva minha camiseta e a toalha para o banheiro.

— Acho que foi um plano para me manter pelada — digo.

— Fique assim se quiser, princesa. Nunca vou te impedir, mas pode ser que se sinta desconfortável à mesa do jantar com a boceta de fora.

Ele me joga uma camiseta da pilha de roupas em cima da cômoda. Levo um segundo para entender o que ele está dizendo.

— Não posso voltar lá agora. — Ainda consigo ouvir a TV e a voz abafada dos irmãos dele. — Eles vão saber que nós estávamos aqui… você sabe.

— Odeio te decepcionar, princesa, mas eles sabiam por que você veio para cá no segundo em que entrou pela porta.

Tento cobrir o rosto com a camiseta em vez de colocá-la, mas Knox a afasta de mim e passa a gola por cima da minha cabeça. Enfio os braços nas mangas e depois me levanto e coloco a calcinha e o short. Amo usar as camisetas dele. São grandes e macias.

Quando fico em pé, a bainha da camiseta ultrapassa o short. É cem por cento óbvio que estou usando a camiseta dele.

— Acho que vou ficar aqui mesmo.

Ele ri e pega minha mão.

— Vamos lá. Você precisa comer.

CAPÍTULO VINTE E SEIS

Knox

AVERY ESTÁ CORADA E TENTANDO SE ESCONDER ATRÁS DE MIM QUANDO SAÍMOS DO quarto para jantar. Todo mundo já está sentado à mesa da sala. Arqueio uma sobrancelha para Jane, e o sorriso que ela me dá é toda a resposta de que preciso para saber que esse jantar em família é coisa dela. Nós raramente nos sentamos juntos para comer. Nossas rotinas são muito diferentes, e alguém está sempre com pressa para comer antes de ir a algum lugar ou fazer alguma coisa.

Na cozinha, pego dois pratos e entrego um para Avery. Eu a observo se servir de uma pequena porção do fricassê de frango.

Considero nossas opções de lugar com muita cautela. Há espaço em frente a Brogan ou ao lado de Jane. Brogan dá um sorrisinho, como se estivesse morrendo de vontade de dizer alguma coisa que vai me fazer querer enfiar a mão na cara dele, mas Jane parece mais inclinada a fazer Avery se sentir na porra de um interrogatório.

Puxando uma cadeira, indico com a cabeça para que Avery se sente e depois ocupo o lugar diretamente em frente a Brogan, caso precise chutá-lo por baixo da mesa.

— Obrigada pelo jantar. O cheiro está muito bom. — Ela se inclina até o prato e inspira. — Sinto falta de comida caseira. Vivo basicamente de delivery e do bufê de salada da cafeteria.

— A receita é do Knox — diz Jane. Ela mantém os cotovelos apoiados sobre a mesa e o garfo pendurado nos dedos de modo displicente. É visível que está mais interessada na nossa convidada do que em comer.

Avery me olha de soslaio.

— Peguei na internet — falo, dando de ombros.

Os lábios dela se curvam como se achasse divertido pensar em mim cozinhando ou pesquisando receitas. Há um limite para a quantidade de pizzas congeladas que é possível comer, e pedir comida toda noite é caro. Não sou um chef, de modo algum, mas descobri como fazer algumas coisas com a ajuda do Google e um monte de tentativas e erros.

— Então, Avery... — começa Jane. — Há quanto tempo você pratica ginástica?

Contenho um suspiro e lanço à minha futura cunhada um olhar de raiva que intimidaria a maioria das pessoas. Infelizmente, ela não tem medo de mim porque sabe que Hendrick me castraria se eu tocasse num fio de cabelo dela.

— Desde os três anos.

— Compete desde os seis — acrescento, então faço uma pausa. Como diabos eu me lembro disso?

— Isso mesmo. — Avery sorri para mim. — É a única coisa que já fiz bem na vida.

— Posso pensar em pelo menos mais uma coisa — murmuro alto o bastante para que somente ela possa me ouvir.

Ninguém mais está prestando atenção em mim porque Jane se intromete de novo na conversa.

— Eu amo ginástica — diz ela. — Eu te assisti durante as últimas Olimpíadas. Sua série na trave foi tão boa que me deu arrepios. E você tinha o melhor cabelo também.

— O melhor cabelo? — faço com os lábios para Hendrick. Ele dá de ombros, mas o vejo se esforçando para segurar uma risada.

— Obrigada. — Avery parece genuinamente grata pelo elogio quando sorri para Jane. — Eu amo a cor do seu cabelo. É loiro natural?

Eu me recosto na cadeira e observo enquanto as duas garotas tagarelam sobre merdas relacionadas a cabelo. Aqui estava eu pensando que Jane estava tietando Avery, mas parece que a adoração é mútua.

Meus irmãos e eu trocamos um olhar de divertimento.

Assim que há uma pausa na conversa, Brogan pigarreia. Está quieto há tempo demais. Eu deveria saber que estava chegando a hora de ele intervir.

— Ave, você tem algum vídeo do Knox fazendo essas merdas de ginástica?

— O nome dela é Avery — falo devagar para ele, e aponto meu garfo na sua direção. — E não. Ela não vai te entregar imagens minhas fazendo papel de idiota para que você possa me chantagear.

Ele dá um sorriso de canto.

— Eu gosto de Ave. Vou chamá-la assim. Então, você tem?

— Bom, isso depende. Quanto valeria? — pergunta Avery.

Meu queixo despenca, e me viro para ela quando todo mundo na mesa começa a gargalhar.

— Ah, valeria muito — diz Brogan.

Quando olho ao redor, minha família está encarando Avery como se a disposição dela em concordar com um esquema de chantagem contra mim a tornasse mais adorável. Desgraçados. Até Flynn está sorrindo.

É difícil conter o sorriso. Essas pessoas são tudo para mim, e Avery se encaixa perfeitamente ali. É tanto um alívio como uma surpresa. Eu não conseguiria estar com uma garota, mesmo que só estivéssemos ficando, sabendo que ela e meus irmãos não se davam bem.

— Falando em Knox — diz Archer, olhando para Avery —, você sai bastante? Festas? Bares?

Avery alterna o olhar entre nós, mas faz questão de se virar diretamente para Archer antes de responder.

— Não muito. Os treinos e as aulas me mantêm bem ocupada.

— *O que isso tem a ver comigo?* — pergunto, sinalizando para Archer. Os lábios dele se repuxam e se abrem em um sorriso.

— Só estava imaginando se ela sabia que tem um monte de caras mais legais no *campus*. Você não precisa se rebaixar a ficar com ele. — Ele volta a olhar para ela. — Eu poderia te apresentar a alguns colegas de time.

Eu estava preparado para ouvir Brogan falando merda, mas Archer? Faço o sinal para cuzão, de modo que Avery não possa ver.

Ela não hesita, claramente adorando zoar comigo tanto quanto eles.

— Ah, ufa. Pensei que isso fosse o melhor que Valley tivesse a oferecer. Que alívio.

Meus irmãos estão rindo, e Jane os repreende enquanto tenta se manter séria.

Eu me endireito na cadeira e coloco uma mão na coxa de Avery. Meus dedos se espalham por sua pele macia e dão um apertão. Ela se sobressalta com o toque e morde o lábio.

Inclinando meu corpo na direção dela, jogo seu cabelo para um só lado do pescoço e sussurro:

— Cuidado, princesa. Posso querer mostrar para eles exatamente quanto gosta do meu toque.

Meu coração pula no peito quando ela me encara com aqueles grandes olhos azuis.

— Promete? — ela murmura em resposta piscando inocentemente, me provocando.

Cacete, ela me deixa louco. Eu quero mais.

Talvez eu não seja o melhor cara para ela no longo prazo, mas por enquanto isso aqui está bom demais.

Não sei quando decidi que não estava interessado em arranjar uma namorada. Não foi um momento específico. Em teoria, sei que algumas pessoas conseguem, mas evitar entrar em relacionamentos me pareceu a melhor maneira de garantir que houvesse uma coisa a menos em que eu pudesse ser como meu pai. Além disso, já tenho muitas responsabilidades cuidando dos meus irmãos.

Como não é algo que sempre quis, não passei muito tempo imaginando como seria ter alguém na minha vida, como Hendrick tem Jane. Mas não preciso pensar tanto a respeito para saber que Avery é o tipo de pessoa que eu desejaria ter ao meu lado se as coisas fossem diferentes.

CAPÍTULO VINTE E SETE

knox

Avery sorri quando me aproximo com a moto. Ela teve uma folga dos treinos e veio até a pista depois da aula para me ver pilotar. Esta velha pista de terra não é grande coisa. Fica afastada da estrada principal, num lugar onde não há nada além de deserto em todas as direções. É um lugar tranquilo. Mesmo depois de todas as viagens que fiz durante o verão, correndo em pistas por todo o país, esta ainda é minha favorita. Foi aqui que aprendi a pilotar, e isso faz com que me sinta em casa.

Tiro o capacete e me largo ao lado dela na traseira da minha caminhonete.

— O que achou? — pergunto.

— Os vídeos que eu vi fazem parecer tão fácil, mas pessoalmente é muito mais assustador.

Dou risada e empurro o ombro dela com o meu.

— Diz a garota que fica de cabeça para baixo em uma trave de equilíbrio e se joga de uma mesa.

— Não é tão alto. — O sorriso dela se torna zombeteiro. — Você está todo sujo.

Limpo a testa com o dorso da mão.

— A pista de terra faz isso.

— Combina com você.

Reconheço a expressão nos olhos dela. Se não estivesse coberto de suor e terra, ficaria tentado a deixá-la pelada bem aqui. Em vez disso, eu me inclino e roço a boca na dela, mordiscando seu lábio inferior carnudo e desejando ter faltado ao treino hoje e passado o dia na cama com ela.

Quando me afasto, Colter está estacionando ao meu lado. Logo depois, Brooklyn se aproxima. Restam apenas alguns minutos antes que o resto do grupo chegue para o treino.

— Oi — cumprimenta Colter, dirigindo-se a nós dois, seu sorriso se alargando um pouco quando vê Avery. — Eu estava agora mesmo no seu dormitório.

— Eu sei. Eu te ouvi antes de sair. — Ela franze o nariz.

Colter dá uma risada.

— Como foi o treino hoje?

— Bom. — Começo a descer para ajudá-lo a descarregar, mas Brooklyn me dispensa com um aceno e assume a tarefa no meu lugar.

Os dois descarregam as motos, e então Brooklyn vai para a pista se aquecer.

— Então, vocês dois... — Colter balança o dedo para nós. — Estão, tipo, juntos ou o quê?

Puta que pariu. Só o Colter para sentir necessidade de definir meus relacionamentos por mim.

— Só estamos passando o tempo — Avery responde rapidamente e revira os olhos, como se talvez estivesse pensando a mesma coisa que eu.

Ele levanta as mãos de maneira defensiva.

— Foi mal.

— Sempre é — murmuro para que somente ele me escute.

— É a primeira vez que Knox aparece com uma garota em plena luz do dia, e eu que sou o esquisito por pensar que é mais do que uma trepada. — Ele faz uma careta, sobe na moto e vai embora.

Quem está fazendo papel de trouxa é ele, já que não estamos trepando. Dou risada, mas, quando olho para Avery, ela está mordendo os lábios.

— Não liga para ele — digo. Por que todo mundo tem que fazer um escândalo por estarmos passando um tempo juntos?

— Isso é verdade? — pergunta ela. — Você nunca apareceu com uma garota durante o dia antes?

Dou de ombros.

— Não sei.

Talvez?

— Você já teve namorada?

Puta que pariu. Está calor aqui?

— Acho que depende da sua definição de "namorada".

— Vou interpretar isso como um não. — Pelo menos ela está sorrindo e se divertindo. — Tudo bem. Eu gosto de como as coisas estão entre nós. Só estava curiosa. Seus irmãos me deram a impressão de que você nunca tinha levado uma garota para casa.

— Nunca levei. — Nem preciso pensar a respeito desta vez. — Eles são intrometidos pra caralho, e sempre foi mais fácil manter as garotas longe de tudo isso.

Ela assente com a cabeça, pensativa.

— Faz sentido. Sempre preferi ir à casa do meu ex em vez de levá-lo para a minha. Quinn não gostava muito dele. Além do mais, era muito mais confortável lá. Minha cama não é tão grande, como você sabe.

Avery ri de novo e olha para mim como se esperasse que eu me juntasse a ela. Não consigo. Estou fixado na ideia dela transando com outros caras por aí.

Será que existe uma fila de caras que ela pega? Provavelmente. Ela é linda e divertida. Eu só nunca tinha pensado nisso. Nem deveria. Só estamos passando o tempo.

— Vocês ainda *passam tempo juntos*? — Uso nossa expressão de propósito, mas detesto o resultado.

— Sem chance.

Há tensão na voz dela. Acho que é isso que acontece quando se descobre que o namorado está te traindo. Ela deveria se considerar uma garota de sorte. Qualquer cara que a traísse deveria passar por exames mentais.

— E o boneco Ken?

O fragmento de um sorriso retorce seus lábios.

— Não me diga que está com ciúme.

— Não estou. — Não estou, certo?

— Eu te disse que aquilo não ia acontecer de novo. Tristan e eu somos péssimos juntos. — Ela estremece ao pensar naquilo. Eu também.

Ela se vira e passa a perna por cima da minha quando se recupera.

— E você e a Brooklyn?

O brilho enciumado em seus olhos é sexy pra caramba. Mas não minto para ela.

— Nós nunca ficamos. Ela tem namorado.

— Sério?

Assinto com a cabeça.

— Um engravatado. Mais velho, acho. Ela nunca traz ele para cá.

— Hum. Pensei que havia alguma coisa entre vocês. Vocês pareciam próximos na festa da piscina e também naquela noite na pista.

— A única garota de que me lembro nesses dois dias é você, princesa.

— Mentiroso. — Mas o rosto dela se suaviza, e ela enlaça meu pescoço e me beija. — Então, estamos oficialmente *passando o tempo*?

— Hummm. — Seguro o queixo dela e tomo a sua boca.

— Que bom. Não estou pronta para namorar ninguém. — Avery desce da caminhonete e me encara com uma atitude insolente e provocativa. — Muito menos um cara que nem consegue fazer um Double Nac Quatrocentos e Sessenta ou coisa do tipo.

Eu me lanço em sua direção, pulando rápido e passando os braços pela cintura dela antes que consiga fugir. Ela dá um gritinho e ri em resposta.

— É um Nac-Nac Double Backflip.

— Foi isso que eu disse.

Enterro a cabeça no pescoço dela e dou uma mordida brincalhona. Ela se contorce e se vira de frente para mim, retribuindo a mordida no meu peito. Seus olhos ainda reluzem de divertimento.

Não nos separamos quando paramos de rir.

— Não estou passando o tempo com mais ninguém no momento — diz ela, e levo um segundo para registrar o impacto dessas palavras. Ela não está ficando com outras pessoas. Isso é bom pra cacete. — Nem vou enquanto nós estivermos... o que quer que seja isso que estamos fazendo.

— Não, nem eu. — Ignoro a sensação esquisita que me invade ao perceber que nem pensei em ligar para outra garota desde que Avery e eu começamos a sair. Apesar de nunca ter namorado, já fiquei exclusivamente com outras garotas antes. Nada que tenha durado muito, um ou dois meses, até que uma das partes se cansou. Não consigo me imaginar me cansando de Avery, mas isso não significa nada. Nós somos bons juntos, só isso. Além do mais, ela disse que também não quer nada sério.

Os lábios dela se curvam em um sorriso satisfeito.

— Preciso ir. Prometi para a Hope que passaria hoje à noite no ginásio para ajudá-la.

Dou um beijo nos lábios dela.

— Tá bom. É melhor eu ir lá aperfeiçoar meu Double Nac Quatrocentos e Sessenta.

Ela ri, se divertindo.

— Me mande uma mensagem quando voltar ou te vejo segunda à tarde?

— Sim. — Com relutância, eu a solto.

Avery anda até o Ford Bronco, então olha para trás e acena antes de entrar. Fico observando-a até que a poeira dos pneus torna difícil ver o carro quando ele sai da pista e entra na estrada.

CAPÍTULO VINTE E OITO

Avery

—EU NECESSITO SAIR HOJE À NOITE.

Quinn arregala os olhos e os levanta da tela do notebook com uma expressão de confusão no rosto.

— Quem é você e o que fez com a minha melhor amiga?

Eu me sento na cama dela e jogo o travesseiro em sua direção.

— Você tem planos ou não?

— Não, mas ouvi dizer que o time de futebol vai fazer uma festa do pijama.

— Sério? Isso é perfeito! — Os caras mais ricos do time de futebol moram em uma mansão fora do *campus*. Eles só fazem umas duas festas por ano, mas são sempre maravilhosas. No último semestre, fizeram uma festa cujo tema era grafite. Eles cobriram a casa inteira com um pano branco. Todos foram com roupas que podiam ficar sujas e levaram canetas e tintas para decorar tudo, desde o teto até os outros convidados. As pessoas ainda comentam sobre aquela noite.

— Ah, meu Deus. Tenho tantas ideias do que usar. — Vou até o meu quarto para vasculhar minhas opções. Tecnicamente, o conjunto de moletom que estou usando funcionaria, mas a graça dessas festas é entrar realmente no tema.

Estou jogando as opções de look para fora do meu closet quando ouço Quinn entrar.

— Esse desejo repentino de sair tem alguma coisa a ver com Knox estar fora da cidade?

— Não — digo rapidamente, mas o silêncio me força a me virar e encarar Quinn. — Não tem. Bom, não é só isso.

A boca dela se repuxa em um meio-sorriso e ela se senta na cama, prestando atenção em mim.

— Eu gosto dele — admito entre dentes.

— E? — pergunta ela, o sorriso se alargando.

— Cala a boca. É um problema. Estamos saindo e não estamos ficando com outras pessoas, mas nós dois dissemos que não queremos namorar, então que merda estou fazendo?

— Não sei, baby.

Nem eu. Passei a noite e o dia inteiro com ele na cabeça. Estou totalmente obcecada por Knox. Não estava mentindo quando disse que não estava pronta para voltar a namorar, mas não consigo evitar gostar dele. Não sei o que fazer, mas acho que preciso dar uma agitada nas coisas antes de me apegar muito. Manter tudo descompromissado, nos meus termos.

— Agora você sabe por que preciso sair. — Pode não ser o melhor plano, mas é melhor do que ficar plantada esperando que ele mande uma mensagem. — Você vai comigo?

— Sim, claro — diz ela com gentileza. — Quando foi que eu recusei uma festa?

Meia hora depois, eu e Quinn amontoamos tudo que estamos considerando vestir em uma pilha na minha cama. Calças de flanela, regatas, pantufas, máscaras de dormir, tops rendados, itens que são mais lingeries do que pijamas, e até algumas máscaras faciais, que vetamos de imediato.

Quinn opta por uma regata e um short de malha, e pega um robe atoalhado caso fique com frio. Eu decido usar uma calça de seda preta e um top rendado rosa. Com certeza nunca dormi com essa roupa, mas é bonitinha. Quinn complementa o visual com pantufas, e eu coloco a máscara de dormir como faixa na cabeça.

Tiramos uma dezena de fotos antes de sair, posando e sorrindo para a câmera para mostrar nossos looks. Posto uma delas no meu Instagram antes de sairmos de casa e, quando estamos caminhando até o meu Bronco, recebo uma notificação de que Knox a curtiu.

Ele chega hoje mais tarde, e uma parte de mim está morrendo de vontade de vê-lo, mas outra (aquela tentando impedir que meu coração seja partido) acha que eu não deveria estar sempre disponível para ficar com ele.

— Repita comigo: nada de compromisso — murmuro lentamente para mim mesma.

— O que foi? — pergunta Quinn, enquanto se acomoda no banco do passageiro.

— Nada. — Coloco o celular no painel central. — Você falou com o Colter?

— Sim. Trocamos mensagens mais cedo. A última coisa que sei é que estavam presos por causa da chuva.

— Ah. Então acho que eles vão voltar bem mais tarde.

— Eu não ficaria surpresa se eles passassem a noite por lá e voltassem só pela manhã. Especialmente se ainda estiver chovendo. A rodovia fica sempre um caos quando chove.

Uma sensação muito parecida com decepção embrulha meu estômago, mas isso é besteira, afinal já tenho planos para esta noite.

Quando chegamos, a casa de dois andares fora do *campus* já está lotada.

— Eu morri e fui para o céu — murmura Quinn conforme subimos as escadas. Algumas pessoas estão jogando baralho, outras bebem shots na área da cozinha.

Os caras estão de cueca boxer e meias. Alguns usam calças de moletom superbaixas no quadril. A maioria está sem camisa. E todas as garotas estão usando trajes parecidos com os nossos, exceto por uma corajosa, que veste apenas um biquíni *nude* minúsculo. Eu a escuto dizer que dorme pelada, então isso era o mais próximo que poderia chegar. Esperta.

A música do andar de baixo chega até aqui, mas é só quando estamos segurando drinques e começamos a descer a escada estreita que ela fica alta de verdade. Sinto prazer com aquilo e me pego com mais vontade de dançar e beber do que pensei que teria.

Estou com minha melhor amiga, e o namorado dela e o meu... ficante ou o que quer que ele seja, estão passando o fim de semana fora, e eu só quero me divertir. Nós nos sentamos em cadeiras de praia colocadas na extremidade oposta à cabine do DJ e à pista de dança, onde podemos nos ouvir um pouco melhor.

Bebo meu primeiro drinque rápido, então um calouro me oferece um White Claw, que aceito e viro também.

— Vai com calma — diz Quinn.

Meu corpo parece leve, e estou pulsando de felicidade.

— Vamos dançar. — Eu a puxo para perto da cabine do DJ, onde os alto-falantes fazem todo o meu corpo vibrar. Nada mais importa neste momento. Nem o fato de que o grau de dificuldade da minha série diminuiu, de que fui deixada de fora de um ranking idiota, de que Knox pode acabar ficando com outra pessoa esta noite.

O pensamento surge inesperadamente. É isso mesmo que eu acho? Ele disse que não estava ficando com outras pessoas, mas estamos falando de Knox Holland. Não tenho nenhum motivo para não confiar nele, mas... bom, eu não confio muito em mais ninguém depois de Nolan.

Não saímos da pista de dança até Quinn reclamar que está ficando com a cabeça suada e que não quer sujar o cabelo.

Então voltamos ao andar de cima, onde está mais fresco e silencioso. Tristan está na cozinha com Corey, outro cara da equipe. Tristan nos vê antes que eu consiga descobrir uma maneira de evitá-lo.

— Oi, Ollie. Quinn. — Ele acena com a cabeça para nós, tomando um gole do copo. Está usando uma cueca com a bandeira dos Estados Unidos, e não consigo evitar dar risada. É a cara dele. Tão ridículo.

— Você trouxe suas medalhas de ouro também? — pergunto, evitando lhe dar a satisfação de olhar para o seu corpo. Ele é musculoso e definido, e tenho certeza de que há garotas que o acham atraente. Só não sou mais uma delas. Para mim, a personalidade dele estraga tudo.

— Não. Você vai ter que ir até minha casa para vê-las. — O olhar dele desce pelo meu corpo.

Quinn dá uma bufada.

— Que sutileza, Tristan.

Ela me afasta dali, e aceno para ele dando tchau.

— Adivinha? — diz ela depois de uma crise de riso.

— O quê?

— A chuva deu uma trégua. Estão quase chegando em Valley.

Meu coração acelera.

— Você quer ir para a casa do Colter? Ele disse que eles vão ficar por lá.

Tiro o celular do top, onde o coloquei enquanto dançávamos. Essa roupa não tem bolsos. Meu coração palpita ao ver o nome dele na tela. Knox mandou uma mensagem há quinze minutos perguntando o que eu ia fazer hoje à noite. Não, não. Nada de coração bobo palpitando. *Nada de compromisso.*

— Mas só chegamos há uma hora.

A expressão dela é tomada pela confusão.

— Tá, mas Colter e Knox... Pensei que ia preferir ficar lá com eles em vez de continuar aqui.

— Você disse para o Colter onde estávamos?

— Sim. — As sobrancelhas dela se juntam quando ela franze o cenho de um jeito fofo.

Escrevo uma resposta para Knox, lendo em voz alta para Quinn enquanto digito:

— Estou numa festa do pijama. Soube que conseguiram voltar.

Vem para cá se não estiver ocupado. — Acrescento a localização e envio. — Pronto. Eles sabem onde nos encontrar.

Imploro para ela com os olhos. Não posso sair correndo para ficar com ele no mesmo segundo em que volta para a cidade. Isso é definitivamente o oposto de descompromissado.

Dá para ver quando ela cede. Os lábios dela formam um sorriso, e ela guarda o celular.

— Ok. É. Você tem razão. Estou me divertindo com a minha melhor amiga. Colter pode esperar.

— Obrigada. — Pego a mão dela e a aperto.

— De nada. — Ela joga os ombros para trás e analisa a festa. — Agora, como devemos celebrar nossa independência?

Um segundo depois ela começa a cantar "Independent Women", do Destiny's Child. Sorrindo, eu a puxo de novo para o andar de baixo.

Começamos uma partida de *beer pong* com Tristan e Corey. Quinn é fera nos dardos, mas eu sou a atual campeã de *beer pong*.

— Como sua mira pode ter ficado tão ruim? — pergunto a ela quando joga tão longe da mesa que acaba acertando as partes de Tristan, cobertas de vermelho, branco e azul.

— Do que você está falando? — ela pergunta de modo inocente.

— Foi bom pra cacete.

Estou bêbada o bastante para achar que ela é hilária.

— Acertou em cheio — diz Corey, tentando participar, mas eu e Quinn estamos no nosso próprio mundo. Felizes e dando risadinhas, provavelmente insuportáveis para todo mundo ao nosso redor.

Quinn e eu conseguimos ganhar a primeira partida, mas Tristan é competitivo demais para desistir, então começamos uma segunda rodada.

Eu e ele nos revezamos, sem errar nem dar chance aos nossos parceiros. Apenas eu contra ele. Jogo a bola certinho no copo mais perto de Tristan e aí dou um sorriso enorme para ele. Não consigo ouvir seu gemido, mas dá para saber que ele soltou um quando deixa a cabeça pender para trás e olha para o teto. Mais um ponto, e serei a campeã. Quando me viro para Quinn com os braços erguidos acima da cabeça, encontro minha melhor amiga olhando para os arredores, sem nem assistir às minhas habilidades fantásticas.

— Ei, você me deixou na mão — digo a ela. Mas aí sigo seu olhar.

O álcool me mantém aquecida e me deixou sem nenhum filtro. Por sorte, a música está tão alta que encobre o "Puta merda!" que escapa dos meus lábios.

Knox dá um sorrisinho como se tivesse ouvido o que eu falei, enquanto atravessa o local devagar atrás de Colter.

Colter está usando calça de moletom e camiseta. Ele passa despercebido, mas Knox... Knox está usando seu modelito tradicional de calça jeans e camiseta pretas. Se eu não tivesse dormido com ele, poderia ficar tentada a acreditar que ele nunca tira o uniforme preto. Em meio a tanta pele à mostra, ele se destaca como o único a não seguir a sugestão de figurino.

Quinn corre até o namorado e pula nos braços dele. Ele a gira, beijando-a, então a coloca no chão e dá um passo para trás, admirando o look dela.

— Caramba, amor. Você está uma beldade.

— Beldade — repito devagar.

Knox dá um sorriso de canto conforme se aproxima de mim.

— O que há de errado com "beldade"?

— Nada, se você for uma mulher de cinquenta anos. — Fico olhando para ele, ainda em choque por ele estar ali. — Você veio. — Ele não responde, só sorri para mim. — Você não está de pijama — digo, caso ele não tenha notado seu erro. É claro que notou. Definitivamente, estou bêbada.

— Um cara tentou barrá-lo na porta, mas Knox deu aquele olhar assassino para ele — diz Colter, dirigindo um sorriso ao amigo.

— Não queria ficar muito tempo aqui. — Ele dá uma olhada ao redor.

— Você não precisa ficar. — Eu giro rápido demais e recupero o equilíbrio me apoiando na mesa. Tristan observa toda a interação, olhando alternadamente para mim e para Knox. Ele está segurando a bola, esperando por mim.

— Pronto? — pergunto a ele.

— Só te esperando, Ollie. — Ele cerra o maxilar quando deixa o olhar se arrastar na direção de Knox, presumo.

É difícil dizer por que estou decepcionada pelo fato de que Knox não tenha trocado de roupa como Colter. Ou talvez o que me machuca é pensar que ele acha a ideia da festa uma idiotice. Quer dizer, ele veio mesmo sem querer vir. Ele veio para me ver. Ou porque queria me pegar. Mas é isso que nós fazemos: nos pegamos e treinamos. Não vamos a festas temáticas e outras bobagens que os casais fazem.

Tristan enfim joga a bola. Ela acerta a beirada de um copo e quica. Eu demoro a reagir, mas uma mão se estica à frente da minha e pega a bola.

Knox se aproxima da mesa, sem camisa e com a calça desabotoada. Ele segura a bola em uma mão e tira a calça jeans e os sapatos com a outra.

Mordo o lábio para conter meu sorriso enquanto ele tira toda a roupa, menos a cueca boxer preta. Ele olha para mim e arqueia a sobrancelha como se me desafiasse a fazer algum comentário. Não digo nada, mas sinto um aperto no peito.

Knox toma o lugar de Quinn, mas minhas incríveis habilidades no *beer pong* são seriamente prejudicadas pelo homem seminu ao meu lado, e minha mira vai para as cucuias.

Cerrando os dentes, Tristan atira outra bola, e ela afunda em um copo. Eu bebo, descarto o copo e erro de novo.

Knox me pega olhando para ele quando eu deveria estar prestando atenção no jogo. Ele se aproxima de mim, o braço encostando no meu e os dedos roçando na minha coxa.

— Gostou de alguma coisa, princesa?

— Estou gostando de muitas coisas que estou vendo. — Desvio a atenção dele como se estivesse olhando para todos os caras da festa. — Seminus, os caras são todos iguais.

— Mentirosa. — Ele me puxa para perto dele, de modo que minhas costas toquem seu tórax, e passa os braços em volta de mim.

Tristan acerta a bola no último copo, e Knox não me solta enquanto remove a bola e vira o copo. Ele o devolve à mesa e depois passa o nariz pela minha face.

— Outra partida?

— Não, obrigado. — O olhar de Tristan dispara para mim. A boca dele está contraída. Nem acho que ele goste tanto de mim. Só odeia perder.

Quando ele vai embora, eu me viro nos braços de Knox para olhar para ele. Meu estômago se contorce e minha pulsação acelera. A quem estou enganando? Não há realmente nada que eu queira mais do que agarrar Knox agora mesmo. Ele veio aqui só por minha causa. Talvez isso signifique algo. Talvez haja chance de *nós* sermos alguma coisa.

— Festas do pijama são muito mais divertidas com uma cama, não acha?

Os lábios dele se contorcem em um sorrisinho.

— Concordo totalmente.

Knox coloca os sapatos e carrega o resto das roupas na mão enquanto me conduz para fora da festa. Colter e Quinn decidem ficar mais um pouco, mas, pela maneira como estão se beijando na pista de dança, acho que não vão demorar muito a ir embora.

— O Uber chega em cinco minutos — diz ele, olhando para o celular. — Eu sabia que deveria ter vindo de carro em vez de pegar carona com Colter.

— Eu vim com meu Ford Bronco. — Aponto na direção dele, estacionado no meio-fio.

Ele dá um passo na direção do carro e então estaca.

— Acho que não sou capaz de dirigir aquela coisa.

— Por que não?

— É rosa.

— E daí? — Dou risada. Ele inclina a cabeça para o lado. — Você realmente quer esperar mais cinco minutos quando meu carro está bem aqui? — pergunto com as mãos na cintura. Ele pondera, o que me faz rir. — Vamos lá. — Pego na mão dele e o puxo rapidamente até o carro. Eu o destranco e subo no banco do passageiro.

Ele entra, parecendo adorável em seu conflito sobre dirigir meu belo carro. O interior é rosa também — banco rosa, painel rosa, câmbio rosa. Tenho plena consciência de que parece que a Barbie vomitou dentro do meu Ford Bronco. Eu o amo.

— Só por você, princesa — diz ele antes de dar a partida.

Pego no sono no caminho de volta até meu dormitório e acordo quando Knox abre a porta do passageiro e tenta me carregar.

— Eu consigo — digo, e cambaleio alguns passos antes que ele corra até o meu lado e me ajude a ficar em pé. Talvez eu não consiga.

A risada dele é o único som no estacionamento silencioso.

— Você é tão fraca. Ficou desse jeito só com algumas cervejas?

— Não estou tão bêbada! — insisto, mas nós dois sabemos que é mentira.

No meu quarto, caio na cama e fico encarando o teto. O quarto está rodando.

O colchão afunda com o peso dele, que segura um copo d'água na minha frente.

— Beba.

Eu me sento e pego o copo, mas derrubo mais água em mim do que bebo.

Rindo, ele pega o copo e o coloca na mesa de cabeceira, depois desaparece. Espero que não vá embora.

— Só preciso de um minuto, e aí estarei pronta para a pegação — grito.

Ele não responde. Até ficar sentada daquele jeito é esforço demais. Quando percebo, estou sendo puxada novamente. Knox sorri para mim com uma expressão que parece quase carinhosa.

— Mãos para cima.

Obedeço antes de perceber o que ele quer. Knox puxa meu top para cima. O contato me provoca arrepios. Mesmo nesse torpor etílico, meu corpo ganha vida sob o toque dele.

— Todas as suas coisas são rosa? — Ele estende o top ofensor.

— Olha só quem fala, sr. Todo de Preto e Sexy.

Ele sorri enquanto passa uma camiseta por cima da minha cabeça, cobrindo meus seios.

— Por que está me vestindo? — pergunto. — Nós não vamos... — Faço um movimento sugestivo com a sobrancelha.

— Hoje não. — Ele apaga a luz e então sobe na cama ao meu lado. Instintivamente, me viro para o lado e me aconchego nele.

— Obrigada por ter ido até a festa hoje. Desculpa que eu bebi muito.

— Acontece com os melhores de nós. — Ele passa a mão pelo meu cabelo e me puxa para mais perto, de modo que minha cabeça fique em cima do coração dele. O ritmo cadenciado me acalma.

Gosto tanto dele que chega a doer um pouco.

— Senti saudades — falo.

Depois de um instante, ele diz:

— Também senti saudades.

Enterro meu sorriso no peito dele e passo o braço pela sua barriga.

— Ei, Knox?

— Oi?

— Você está de chamego.

CAPÍTULO VINTE E NOVE

Knox

—ESSA FOI A MELHOR MANOBRA QUE TE VI FAZER ATÉ AGORA. — COLTER ESTENDE o punho para mim quando paro a moto ao lado dele. Ele está sorrindo, como de costume. — Você está conseguindo, cara. Mais um mês e vai estar pronto para fazer o show inteiro com a gente. Só precisamos ajustar sua sincronia nas acrobacias em grupo.

É bom ouvir isso. Gosto desses caras e, embora eu estivesse preocupado com a mudança para o freestyle e o impacto que ela poderia ter nas minhas corridas, ela só me fez melhorar. Tenho mais controle corporal e da moto. Por conta disso, o fato de não ter tido notícias de Mike dói um pouco menos.

Pensei que alguém teria me ligado a esta altura. Se não Mike, outra equipe. Estou ansioso para mostrar a todos como melhorei, como estou pronto para a temporada.

— Você já vai treinar com a Avery? — pergunta Colter enquanto sai do banco, ainda segurando o guidão.

— Não. Ela tem um jantar com a equipe esta noite.

Ele sorri.

— Vai vê-la depois?

— Não seja um cuzão enxerido. Já tenho que aguentar bastante disso em casa.

Ele dá risada.

— Gosto de vocês dois juntos.

Lanço a ele um olhar de divertimento e respondo:

— Quem é você e o que fez com meu amigo? Pouco tempo atrás, você era o cara que transava com várias garotas por noite. Comparado a você, eu era um coroinha.

Ele sorri, fazendo uma careta.

— Eu sei. Eu era bem galinha antes de Quinn. Estou mudado.

— Ela parece legal, apesar de meio doida, e fico feliz por você. Mas mudado? Sério mesmo? Você está dizendo que, da próxima vez que estiver solteiro, não vai passar o rodo para compensar o tempo perdido?

— Estou falando sério. — O tom dele é genuíno, mesmo rindo. — Estou bem certo de que ela é a mulher para mim. A mulher da minha vida. Essas coisas.

Solto uma risada brusca, mas a expressão dele não muda.

— Está falando sério?

— Sim. Estou tentando economizar o suficiente para ter meu próprio canto, assim posso chamá-la para morar comigo.

— Rapaz. Eu não fazia ideia.

Ele dá de ombros.

— Pensei que talvez...

— O quê?

— Que talvez você e Avery estivessem indo pelo mesmo caminho. Eu vi o jeito como olha para ela, e você nem chegou a olhar para outra garota no fim de semana. Você gosta dela.

Começo a balançar a cabeça e dizer a ele que, embora eu goste mesmo de Avery, não é nada sério, mas algo chama a minha atenção. Ou melhor, alguém. Não sei se é a postura, as mãos enfiadas no bolso e um pé apontado para fora, ou o familiar boné preto surrado que usa há dez anos, mas sei que é ele em um instante.

— Mas que caralho?

Colter segue meu olhar.

— Aquele é o seu *pai*?

— Ele não é nada meu.

Conduzo a moto até minha caminhonete, onde ele está parado. Não olho para ele quando pergunto:

— O que está fazendo aqui?

— Ouvi dizer que você estava fazendo freestyle, mas não acreditei. — Há desprezo na voz dele. Bastou que uma frase saísse de sua boca, e já estou cerrando os punhos. — Você não está pensando mesmo em desistir das corridas por isso, está? — Ele acena com descaso na direção da pista, onde Colter passa voando sobre a rampa. — Você é melhor que isso. Sei que foi cortado pela Thorne, mas não precisa deles. Você pode ganhar sozinho.

— Me poupe da ceninha de genitor amoroso e me diga por que está aqui, pai. — Pronuncio aquela palavra com todo o desdém que sinto. Não o chamo assim porque ele já agiu como um pai, mas justamente para lembrá-lo de que não o fez.

— Queria ver você e seus irmãos. Sabia que precisaria passar por você primeiro.

Levanto os olhos, medindo a seriedade das palavras. O cabelo em suas têmporas está mais grisalho do que da última vez que o vi, e as linhas ao redor da boca estão mais profundas. Tirando isso, ele não mudou nada. De todos os meus irmãos, sou o mais parecido com ele.

— De jeito nenhum.

O rosto dele fica vermelho, mas ele consegue se controlar, então as palavras saem só um pouquinho tensas:

— Hendrick está em casa e vai casar, pelo que ouvi. Flynn está prestes a se formar. Arch está fazendo coisas maravilhosas no futebol americano. Sei que cometi erros e não estava lá quando precisaram de mim.

— Nunca precisamos de você. Era a mãe que cuidava da gente de verdade. — Meu Deus, o número de vezes que desejei que ele me apoiasse. Corridas, aniversários e feriados perdidos. Aprendi a não precisar dele quando era bem novo, mas demorou muito mais para eu parar de querer que ele estivesse lá. Ainda posso lembrar a primeira vez que venci uma corrida. Estava tão animado para contar a ele, mas, quando ele apareceu, dois meses depois, pareceu uma grande bobagem.

— Você está certo. — A boca dele forma um sorriso triste. — Mas, estou aqui agora. Isso não vale de nada?

— Não para mim.

— Mas talvez valha para os seus irmãos. Flynn ao menos sabe que tentei vê-lo ao longo desses anos?

A raiva faz minha pele formigar. Esta não é a primeira vez que ele aparece alegando que está diferente e que quer ver todo mundo. Por sorte, fui capaz de impedi-lo.

— Não, porque não vou deixar que você foda com a cabeça dele. Não pode aparecer quando quer e fingir que se importa, depois desaparecer da vida dele. Não vou permitir que faça isso. Nem agora, nem nunca.

Flynn não se lembra de tê-lo por perto. Ele não precisou lidar com essa perda, e sou grato por isso. A morte da nossa mãe já foi difícil o bastante para ele.

— Só estou pedindo para vê-lo. Ele deveria ter o direito de escolher se quer ou não falar comigo. — Ele enfia um pedaço de papel sob o limpador do para-brisa. — Meu telefone. Pelo menos pense em compartilhá-lo com seus irmãos.

Carrego a moto o mais rápido possível, ansioso para me afastar dele. Abro a porta da caminhonete.

— Fique longe da gente.

Minha raiva se transformou em um incômodo constante que me impede de ficar parado. Ando de um lado para o outro da sala de estar enquanto conto a Hendrick e Archer sobre o aparecimento do nosso pai na pista. Brogan também está aqui. Flynn ainda está no treino. Vim direto para casa para poder falar com eles sem meu irmãozinho por perto.

— *Eu estava com medo de que isso acontecesse* — diz Hendrick enquanto sinaliza. Não é sempre que sinalizamos conversas inteiras, mas, nos momentos importantes, todos fazemos isso.

— *Faz mais de um ano desde a última vez que ele entrou em contato comigo. Estava esperando que finalmente tivesse entendido a indireta de que não o queremos por perto.* — Não paro de ranger os dentes.

— *O que ele disse?* — pergunta Hendrick.

— *As merdas de sempre. Pediu desculpa e disse que queria nos ver.*

— *Ele tentou entrar em contato diretamente com você?* — pergunta Hendrick a Archer.

Arch assente com a cabeça.

— *Só aquela vez, e Flynn nunca disse nada sobre o pai tentar falar com ele.*

A sala está silenciosa, a não ser pelo volume baixo da TV ao fundo. Estão falando sobre motocross, mas agora nem me importo com isso.

— *Não podemos continuar escondendo isso do Flynn* — diz Hendrick.

As palavras me atingem como um tapa.

— *E por que diabos não?*

— *Ele tem idade suficiente para decidir por si mesmo se quer uma relação com o pai.*

Estou tão perplexo que nem consigo falar. Hendrick odeia nosso pai tanto quanto eu, disso tenho certeza.

— *Odeio dizer isso, mas concordo com ele.* — Brogan é quem fala. — *Não sei se posso opinar, mas garanto que, se fosse o meu pai que estivesse tentando entrar em contato comigo, eu pelo menos gostaria de saber.*

Olho para Arch em busca de apoio. Ele sempre é sensato.

— *Talvez eles tenham razão.* — Ele não parece feliz, mas fica claro de qual lado está.

— *Estão falando sério?* — Alterno o olhar entre eles. — *Vocês estão todos loucos. Nem fodendo eu vou deixá-lo voltar às nossas vidas.*

— *Flynn não se lembra de toda a merda que nós lembramos* — diz Hendrick.

— *Exatamente. Flynn é o único filho que o pai não magoou, e não vou dar a ele a chance de fazer isso agora.*

CAPÍTULO TRINTA

Avery

Estou prestes a me deitar para ver um pouco de TV quando Quinn me chama da área comum do nosso dormitório.

— Oi? — grito de volta.

Ela não responde, mas ouço outra voz. Ela convidou alguém para vir aqui? Levanto e abro a porta do meu quarto. Knox sorri e acena da entrada do nosso dormitório.

Tive que cancelar nosso treino de hoje por causa de um jantar da equipe e estou tão empolgada por vê-lo que demoro um pouco para perceber que há algo de errado com ele. Não parece exatamente chateado, só não totalmente ele mesmo.

Ele dá um passo à frente, letal como uma pantera. Quinn me lança um sorriso quando recuo para deixá-lo entrar no meu quarto e fecho a porta.

— Desculpa por aparecer sem avisar — diz ele, dando uma olhada no meu quarto. Está uma bagunça.

— Não, tudo bem. — Eu tiro o notebook e o caderno de cima da cama e os coloco na escrivaninha, então me viro para ele.

Ele sorri, mas seus olhos estão muito sombrios, e ele está tenso de um jeito que não compreendo, quase me deixando ansiosa.

— Bom. — Ele avança e me levanta em seus braços. A boca dele cobre a minha, bruta e exigente.

Eu me derreto nele e passo as pernas e os braços ao seu redor.

— Sentiu saudade? — Sorrio dentro do beijo.

A resposta dele é sugar meu lábio inferior. Ele me coloca contra a parede. Posso senti-lo já duro. Meu coração saltita quando sua boca deixa a minha e desce pelo meu pescoço. Ele desliza a mão por baixo da minha blusa.

Ele geme quando percebe que estou sem sutiã. Sua mão grande e calejada envolve meu peito e o aperta. Ele se curva para dar beijos molhados no meu pescoço. Os dentes dele roçam meu mamilo, e depois ele passa a língua nele.

Minha cabeça pende para trás.

— Senti falta da sua boca.

— É? — Ele recua e me olha, todo convencido e pretensioso.

Concordo balançando a cabeça, e sinto a pulsação acelerada também entre as minhas pernas.

— Senti falta da sua também. — Ele puxa meu lábio inferior com o polegar. — Essa sua boca vai ser minha perdição.

Então me leva para a cama e me joga em cima dela. Meu short e minha calcinha se foram em um instante, e então a boca dele cobre minha boceta.

Ele aprendeu tão bem como meu corpo funciona nesse curto período em que estamos ficando... Estou tão perto de gozar, e ele, ainda totalmente vestido.

Eu me sento e consigo tirar a camiseta dele.

— Você ainda está muito vestido — protesto. Ele sorri e me ajuda a puxar a calça jeans e a cueca boxer para baixo. Fica de pé apenas o tempo suficiente para tirá-las, depois volta a subir em mim. O corpo dele é uma loucura. Tatuagens e músculos, e o piercing no mamilo. Mas nada disso me excita mais que seu olhar.

Estico os braços para ele, puxando-o para cima o suficiente para que eu possa beijá-lo. Poderia beijá-lo por horas sem nunca me cansar. Meu quadril se ergue instintivamente, desesperado por mais proximidade. A cabeça do pau dele encosta na minha boceta e escorrega um milímetro para dentro. Solto um arquejo. A sensação é tão boa, e é literalmente só a pontinha.

— Droga, desculpa. — Knox muda de posição imediatamente.

Quase quero dizer a ele que tudo bem, que deveríamos simplesmente transar, mas perco a coragem. Confio nele, mas sei que isso vai dificultar as coisas quando tudo acabar.

— Espera — falo, empurrando-o de costas e montando nele. Eu o quero muito e amo a maneira como seu maxilar se tensiona enquanto minha boceta desliza pelo pau dele.

Eu me esfrego devagar nele algumas vezes. Ele engole em seco, e vejo uma veia no pescoço dele latejar. Dá para ver como ele está se esforçando para se segurar, e isso me incentiva a continuar.

— Vou gozar se você continuar com isso — diz ele, a voz grave.

— Eu também. — Eu me esfrego com mais vigor.

— Ah, meu Deus.

Meu corpo estremece e meus braços parecem gelatina, mas ainda consigo me conter. Quando estou prestes a desmontar no peito dele, ele assume. Com as mãos no meu quadril, ele me move por cima dele. Eu me desmancho, gemendo e o chamando enquanto enterro a cabeça nele.

O orgasmo dele é mais silencioso, mas ele me segura de modo implacável enquanto estremece e goza na minha barriga. Nenhum de nós fala nada enquanto recuperamos o fôlego.

Pego meus shorts e me limpo, depois vou atrás de uma toalha para ele. Knox coloca a cueca boxer e a calça jeans, e eu visto meu conjunto de moletom preferido. Então caímos de novo na cama.

Knox se recosta na cabeceira da cama. Ele ainda está com uma expressão estranha, e sei que há outro motivo para ter aparecido aqui hoje. A máscara que está usando, escondendo cuidadosamente as emoções, faz com que se pareça menos com o cara convencido por quem estou me apaixonando e mais com o babaca que pensei que fosse quando o conheci.

— Como foi seu dia? — pergunto, me ajeitando ao seu lado. Até este exato segundo, não tinha me ocorrido que talvez isso seja um adeus. Meu coração acelera, e o pânico toma conta de mim aos poucos.

— Longo. E o seu?

Ignoro o nó na minha garganta.

— Bom. Me desculpa por ter cancelado o treino de hoje.

— Tudo bem. No fim, acabei precisando cuidar de um assunto.

— Está tudo bem? — Não posso passar mais um minuto sem saber. Não acho que ele seja frio a ponto de vir aqui e ficar comigo antes de acabar tudo, mas esse pensamento passa pela minha cabeça.

A princípio, penso que ele vai ignorar a pergunta ou se esquivar, mas ele reflete em silêncio antes de dizer:

— Meu pai apareceu na pista hoje.

— Ah. — Meu alívio só é menor que a minha surpresa, e tenho dificuldade em decidir o que dizer.

— É. — Ele ri com amargura.

— Ele aparece com frequência?

— Não. — Um músculo se tensiona na bochecha dele. — Ele nunca esteve presente de verdade. Meus pais se separaram quando éramos pequenos, e ele ia e vinha quando queria. Aí minha mãe morreu quando eu estava terminando o ensino fundamental. Câncer.

— Você cuida de Flynn desde que estava no ensino fundamental?

Ele balança a cabeça, depois fala:

— Bom, mais ou menos. Logo que ela morreu, ele ficou bastante tempo com a gente. Um ano, mais ou menos. Ele era caminhoneiro, então às vezes tínhamos que nos virar sozinhos enquanto ele estava na estrada. Conforme o tempo foi passando, ele aparecia cada vez menos.

— E mais ninguém sabia que vocês estavam sozinhos?

— Ele aparecia a cada duas semanas. Era o bastante para que ninguém realmente fizesse perguntas, e não íamos falar nada. Não queríamos ser separados ou levados pelo juizado de menores.

Meu estômago se contrai. Meus pais nem me deixavam ficar sozinha em casa até quase treze anos. Eu achava uma idiotice e reclamava que não precisava de babá. Então não, não consigo imaginar.

Ele não devia ter mais do que dezessete anos, com apenas um irmão mais velho para cuidar dele e três mais novos com os quais se preocupar. Sou tomada por um forte instinto de proteção, o que é ridículo, já que Knox não precisa de mim. Ele construiu a vida dele de modo a não precisar de ninguém.

— A gente se virou — ele diz, como se pudesse ler meus pensamentos. — Hendrick conseguiu uma bolsa de estudos integral para jogar futebol americano. Acho que ele não queria nos deixar, mas também queria fugir de tudo, sabe?

Eu não sei. Não consigo nem imaginar, mas assinto.

— Foi aí que nosso pai começou a passar mais e mais tempo longe, até que simplesmente deixou de aparecer.

— Como vocês se mantinham?

— Eu larguei a escola e arrumei um emprego. Arch contribuía, Brogan também. Ele nem é nosso irmão de sangue, mas fez tudo o que podia para nos ajudar.

— Brogan não é seu irmão de verdade? — pergunto.

— Ah, ele é meu irmão de verdade, só não é de sangue. — Knox põe a mão sobre a minha, que repousa no peito dele, e passa o polegar pelos nós dos meus dedos. — Não me lembro de quando ele e Archer não eram grandes amigos. Brogan não tinha vida em casa. Quer dizer, não que nossa família não fosse disfuncional, mas tínhamos uns aos outros, tínhamos a nossa mãe. Ele era filho único, e os pais dele não estavam nem aí. Nossa mãe o acolheu, sempre o deixava dormir lá em casa e o presenteava no Natal e no aniversário dele como se ele fosse um de nós.

Eu passo um braço em volta dele e o aperto com toda a minha força.

— Ela parece ter sido uma mulher incrível.

— É, ela era legal. — Ele encosta a cabeça na minha. — Eu me lembro dela assistindo às Olimpíadas. Ela amava ginástica olímpica. Ficaria superimpressionada com você.

— Ela trabalhava com o quê? — pergunto, querendo saber mais sobre a mãe dele, por quem sem dúvida ele tinha muito amor.

— Ela era proprietária do The Tipsy Rose. Bom, se chamava Rosie's Place na época.

— Sério? — Sorrio. — Eu estava me perguntando sobre o nome.

— É uma homenagem à minha mãe. — Ele confirma minhas suspeitas enquanto deixo o olhar recair sobre o braço esquerdo dele. Isso explica as tatuagens também. Rosas, muitas delas.

Eu me sento e o encaro.

— Estou muito impressionado com você — diz ele, e meu coração estremece. Ele já me elogiou antes, mas isso parece mais importante. Algum dia quero ouvi-lo explicar em detalhes de que formas ele me acha impressionante, mas não neste momento.

— Também estou impressionada com você. Foi uma coisa muito nobre o que você fez, cuidar dos seus irmãos. E ainda cuidar deles.

Ele dá de ombros. Tão Knox.

— Pilotar sempre foi o que você quis fazer? — pergunto a ele.

— Sim. Eu parei por alguns anos, diante de tudo o que estava acontecendo. Não tinha nem dinheiro nem tempo para viajar para as corridas. Achei que minha carreira estava com os dias contados. Eu me conformei com isso, mas aí Hendrick voltou a morar em casa e me encorajou a tentar de novo. Dizia que eu me arrependeria para sempre se não tentasse. — Ele sorri de um jeito que me faz perceber como tudo pelo que passaram criou esse vínculo muito próximo entre eles.

E o transformou nesse homem maravilhoso que desistiria de tudo pelas pessoas que ama. Isso é realmente sexy.

Quero perguntar mais. Especificamente, sobre o pai e o que significa ele aparecer na pista, mas Knox roça os lábios nos meus e sorri, e não quero arrastá-lo de volta para um assunto que sei que é delicado.

— O que você vai fazer no domingo? — pergunta ele.

— Não faço ideia. Por quê?

O sorriso dele adquire um tom malicioso.

— Quero te levar a um lugar.

— Tá bom. — Nem quero saber qual é. Quero estar em qualquer lugar onde ele esteja. Estou completamente viciada em beijá-lo e estou me apaixonando um pouco mais a cada coisinha nova que descubro sobre ele.

CAPÍTULO TRINTA E UM

knox

Q UANDO AVERY CHEGA EM CASA NO DOMINGO, ESTOU CARREGANDO AS MOTOS NA traseira da caminhonete.

Ela sai do carro parecendo cansada, os olhos um pouco turvos, mas linda como sempre. Regata branca, calça jeans, e está usando uma touca preta puxada até as orelhas.

— Sei que você não gosta muito de café, mas não quis aparecer de mãos abanando — diz ela quando se aproxima e estende um para mim.

— Obrigado. — Eu pego o café e dou um beijo nos lábios dela.

Ela olha para as motos na caçamba.

— Que horas você chegou ontem à noite?

— Não muito tarde. — Passava um pouco da meia-noite quando cheguei em casa do evento de freestyle na Califórnia, então teoricamente estou cansado, mas estou tão empolgado com o dia de hoje que nem preciso de uma dose de cafeína.

— Quer ajuda para descarregar? Não sei o que é preciso fazer, mas posso levantar coisas pesadas.

Balanço a cabeça e sorrio diante da suposição dela.

— Você pode ajudar a descarregar quando chegarmos aonde estamos indo.

— Espera. — Os lábios dela formam um sorriso largo. — Nós vamos pilotar?

— Sim. — Termino de prender a segunda moto.

O sorriso dela se transforma em hesitação.

— Eu não sei pilotar.

— Ainda bem que eu sei.

Ela me conta sobre o fim de semana enquanto eu dirijo, e aí caímos em um silêncio confortável. A sensação de estar com Avery é boa. Ela está tão feliz quanto eu olhando pela janela e observando a paisagem. E acho que é porque ela não precisa de mim, ou não espera coisas de mim, como é o caso de tantas outras pessoas na minha vida, que me pego querendo saber mais a respeito dela.

— De que parte do Texas você é?

A janela está aberta, deixando entrar o ar fresco da manhã, que sopra o cabelo dela em volta do rosto. Ela prende uma mecha atrás da orelha quando responde:

— Uma cidadezinha fora de Houston.

— Sente falta de lá?

— Sinto falta da minha família, mas, fora isso, não muito. Mas me sinto um pouco mal. Meu irmão teve que assistir a tantos treinos e campeonatos meus, e não consigo fazer o mesmo por ele.

— Música, certo?

Ela sorri para mim.

— Isso mesmo. Ele começou tocando piano, depois passou para o violão e, na última vez que conversamos, ele estava implorando aos nossos pais que lhe dessem uma bateria. Meus pais o fazem insistir por pelo menos dois meses, para garantir que ele está falando sério mesmo, mas no fim sei que vão ceder. Eles sempre deram muito apoio aos nossos hobbies.

Uma dor preenche meu peito. Como teria sido crescer em uma família assim? Não é o tipo de pensamento que me permito ter com muita frequência. Minha mãe fez tudo o que podia por nós. Querer que as coisas fossem diferentes é como declarar que ela não era suficiente. E ela era. Ela era tudo para mim.

Quando chegamos à trilha e começo a descarregar as motos, a empolgação de Avery se transforma em um nervosismo tímido, quase temeroso.

— Esta é sua — falo dando um tapinha na moto de trilha preta e rosa. — Caso não estivesse óbvio.

Um pouco daquele medo desaparece quando ela dá uma olhada na moto.

— Essa é uma das suas motos? Não posso acreditar que Knox Holland é dono de alguma coisa cor-de-rosa.

— Eu não sou. *Você* é. — Ela se vira para mim, franzindo o cenho. Completo: — Comprei para você — digo, então me remexo desconfortavelmente porque ela parece incrédula.

— Você comprou uma moto para mim?

— Não é nova nem nada. Eu a consegui com Brooklyn e troquei algumas das...

Ela me interrompe com um beijo, e não termino o que ia dizer, nem lembro mais o que era. A boca de Avery é um paraíso.

— Esse é o melhor presente que alguém já me deu — diz ela quando se afasta. — Eu amei, mas não posso aceitar. É muita coisa.

— Você tem que aceitar. É um presente. E não é nada de mais. Eu tinha a maioria das ferramentas e das peças. — Ela ainda parece em dúvida. — Espere até ver o resto do equipamento. — Dou uma piscada.

Pego no banco de trás todas as roupas e equipamentos de proteção. Tudo preto e *rosa*, é claro.

— Knox. Sério, isso é demais.

— Não é não. Apenas o suficiente.

Eu a ajudo a colocar a jaqueta. É preta com um toquezinho de rosa no zíper. A calça faz conjunto. O capacete é um dos meus, mas os óculos de proteção são rosa, assim como as luvas.

— Você gostou? Provavelmente não vai precisar da jaqueta quando o sol subir um pouco, mas é gelado pilotar de manhã cedo.

— Nunca mais vou tirar — diz ela enquanto sobe a calça. Ficou grande, então Avery continua com a calça jeans que estava vestindo, mas todo o resto fica perfeito.

Enquanto ela termina de se arrumar, pego meus próprios acessórios.

Aquele olhar de apreensão volta ao rosto dela quando chega a hora de irmos. Mas ela está tão sexy usando botas pretas, calça jeans, jaqueta de motociclista, capacete e óculos, que é difícil me concentrar em qualquer outra coisa.

— Ainda bem que você está vestindo muitas camadas agora. — Eu me abaixo e dou um beijo na ponta do nariz dela através da abertura do capacete antes de colocar o meu.

— Estou apresentável?

— Não. Está gostosa pra caralho.

Eu me sento na moto dela para lhe mostrar tudo. Ela observa com tanta intensidade que sinto uma pontada de adrenalina.

— Beleza. — Escorrego para trás e dou um tapinha no banco. — Senta aqui, e vamos recapitular.

Ela obedece, encaixando a bunda na minha virilha, e o cabelo dela faz cócegas no meu rosto conforme o vento o assopra. Eu o tiro do caminho segurando-o com uma mão e me inclino sobre um dos ombros dela. Não consigo resistir a beijar seu pescoço. Nunca estive na garupa de uma moto de trilha. Elas não são exatamente feitas para isso, mas tenho o desejo repentino de deixar minha moto aqui mesmo e sair por aí com ela pilotando.

Faço perguntas a ela e me esforço ao máximo para prestar atenção nas respostas, mas estou distraído.

— Acho que você está pronta. Vamos pilotar por aqui até se sentir confortável para pegarmos a trilha.

Ela se ergue para descer da moto, o que deixa a bunda dela bem na minha cara, e minhas mãos acabam ali involuntariamente.

Ela ri e a empina ainda mais. Dou um tapinha em uma das nádegas firmes dela. Vou ficar de pau duro o dia inteiro pelo jeito como ela está gata nessa roupa de motociclista.

E isso não me incomoda nem um pouco.

CAPÍTULO TRINTA E DOIS

Avery

KNOX ME EXPLICA O BÁSICO SOBRE A MOTO, SOBRE TODOS OS CONTROLES E COMO ME sentar no banco, o que não era tão óbvio quanto eu achava. Demoro um pouquinho para memorizar tudo. Ele pilota ao meu lado enquanto conduzo a moto devagar, me concentrando apenas em soltar a embreagem. Depois, levo os pés aos pedais e acelero por distâncias curtas, praticando o uso do freio de pé.

Em seguida, pilotamos lado a lado em uma área aberta e plana. Ele me deixa ditar o ritmo, mas me pego querendo impressioná-lo mais do que nunca, então me concentro muito.

Não tenho certeza de quanto tempo se passa com ele pilotando ao meu lado enquanto me acostumo com a moto, mas, quando enfim ouso desviar os olhos para ele com a moto em movimento, Knox tem um sorriso satisfeito no rosto.

— Você está indo bem. Me segue?

Assinto rapidamente com a cabeça, e meu coração acelera quando ele ganha velocidade e assume a liderança. Ele olha para trás com frequência, ficando só um pouquinho à minha frente, mas é difícil apreciar a vista enquanto tento não cair da moto. Que pena. Knox se sente em casa sobre duas rodas. Cada momento é cheio de experiência e habilidade, e amo o fato de ter me trazido aqui para viver isso com ele.

Ele para no final da estrada. Além dela há uma trilha de cascalho em uma direção e um matagal na outra.

— Vamos voltar pelo mesmo caminho. Mais ou menos no meio dele tem uma saída. A trilha é mais estreita e bem irregular em alguns pontos, mas vamos avançar devagar. Se tiver qualquer problema, pare ou encoste e me espere voltar. Não vou te perder de vista.

Ele espera minha aprovação.

— Tá bom — digo, e dou um sorriso que ele não consegue ver por trás do meu capacete.

Mas consigo sentir o seu sorriso em resposta quando ele fica em pé sobre os pedais e acelera.

— Exibido — murmuro.

Como Knox tinha me avisado, a trilha é mais estreita e mais irregular que a estrada onde pratiquei, mas não é tão ruim, até que começamos a fazer umas curvas que exigem que eu alterne entre frear e acelerar. Knox é paciente e atencioso; fica olhando para trás o tempo todo para ver como estou. Estamos numa descida e, quanto mais avançamos, mais fresco o ar fica.

Suspiro de alívio quando o caminho se alarga e podemos pilotar lado a lado de novo. Dou uma olhada para ele, que acena com a cabeça, indicando que eu olhe para a frente.

Prendo a respiração. A trilha dá para um penhasco, e nele há uma cachoeira. Knox se aproxima um pouco da falésia e então para. Eu paro ao lado dele e levanto os óculos.

— Muito legal, né?

— É deslumbrante. Eu não fazia ideia de que havia isso aqui.

— A maioria das pessoas não sabe. É longe o bastante da universidade para que só trilheiros sérios, pilotos ou pessoas da região se aventurem por aqui. É ainda mais bonito no verão, depois da época de chuvas.

Fico olhando para a linda vista à minha frente por mais alguns segundos e então me viro para ele.

— Obrigada por me trazer aqui.

— De nada. — Ele inclina a cabeça na direção da minha moto. — Que tal ela?

— Ainda inteira — brinco.

— Você tem um talento nato.

— De jeito nenhum, mas é divertido pilotar, mesmo que eu não consiga ir rápido ou fazer acrobacias divertidas como você.

Ele acelera, como se para demonstrar o que eu disse. Se eu tentasse fazer isso, provavelmente perderia o freio e cairia do penhasco.

— Acrobacias divertidas que só consigo fazer por sua causa.

Isso é uma mentira descarada. Ele teria se virado de outro jeito. Não há nada que Knox não consiga fazer. Ele é teimoso demais.

— É sério — diz ele. — Devo muito a você.

— Você pode me pagar com paradas de mão sem camisa.

— Combinado. — Ele dá uma piscada e aí se inclina como se fosse me beijar, mas precisa se contentar em bater o capacete no meu.

Ele desliga a moto e a estaciona, depois gesticula para que eu faça o mesmo. Nós tiramos os capacetes e os óculos de proteção e deixamos tudo para trás. Knox segura firme a minha mão enquanto desce primeiro o declive íngreme de um caminho muito trilhado até o sopé da montanha. A cachoeira dá para um poço cercado por grandes pedras que são difíceis de atravessar.

Subindo em uma das rochas, ele se vira e segura minhas mãos para me puxar para perto dele. Depois se senta e estica as pernas à frente.

— É de tirar o fôlego. — Eu me sento ao lado dele, copiando a pose.

— É um dos meus lugares preferidos em Valley. — Ele fica olhando na direção da cachoeira.

— Knox Holland gosta de cachoeiras. Quem poderia adivinhar?

— Cachoeiras são incríveis. — O rosto dele está sujo, e o cabelo, bagunçado. Ele é uma mistura bastante sensual de brincalhão e fofo e motoqueiro durão.

— Quais são os outros? — pergunto, passando uma mão pelo cabelo. Acabo de perceber que provavelmente estou tão descabelada e suja quanto ele.

— Outros o quê?

— Lugares preferidos.

— Ah. — Ele se inclina para trás e deixa a cabeça cair para o lado para me olhar. — A pista de treinamento, o The Tipsy Rose... acho que meus outros lugares favoritos em Valley não são tão empolgantes.

— E fora de Valley? Sei que viajou muito para correr.

— Todas as pistas começam a ficar parecidas. Não importa muito onde eu esteja, desde que tenha a minha moto.

Coloco uma mão para trás e me apoio nela. As pontinhas dos nossos dedos se tocam.

— Eu tenho uma trave preferida.

Ele arqueia uma das sobrancelhas escuras em questionamento.

— No meu antigo ginásio, no clube da minha cidade. Era perfeita. A posição no ginásio, a sensação que ela me dava. Eu costumava me deitar nela só para pensar ou visualizar minhas séries.

— Eu meio que pensei que eram todas iguais.

Arquejo, fingindo indignação.

— Todas as motos são iguais?

— Tem razão. — Ele se arrasta para a frente e então pula da rocha onde estamos sentados, sumindo de vista.

— Você é louco? — grito, me aproximando com cuidado da borda para me certificar de que ele não morreu. Ele está lá embaixo, na água, que chega nos tornozelos, sorrindo para mim.

— Provavelmente. — Esta é a resposta que me dá. Ele abaixa as mãos em concha na água. Na água congelante. Sei que está gelada porque, depois de passar um pouco dela no rosto e no cabelo, ele começa a espirrá-la em mim.

Dou um gritinho e me afasto um pouco.

Ele parece totalmente satisfeito quando ouso espiar de novo lá embaixo. Knox me oferece uma mão.

— Você vai espirrar água em mim? — pergunto antes de aceitar.

— Vou. Mas aqui embaixo você pode revidar.

Seus dedos estão frios como pedras de gelo conforme deslizo a mão na dele. Quando meus pés estão pendurados na beirada, ele levanta a outra mão até minha cintura e me puxa pela queda de pouco mais de um metro até a água.

Imediatamente chuto água nele. Fazemos isso algumas vezes, rindo e gritando enquanto nos encharcamos com a água gelada, até que Knox passa um braço pela minha cintura e me puxa contra seu peitoral firme. A boca dele é quente quando cobre a minha. Esqueço completamente o frio e todo o resto; percebo apenas sua presença. Mesmo se estivéssemos mergulhados em lava, eu provavelmente queimaria feliz só para poder beijar Knox por mais um segundo. Tem algo de especial nele. Não consigo me cansar.

— Pronta para voltar? — pergunta ele quando finalmente nos separamos.

— Acho que sim. — Gosto de estar aqui só com ele, longe de tudo. Não quero que acabe.

Ele sorri como se talvez saiba exatamente o que estou sentindo.

Subimos de volta até as motos. Desta vez, me sinto mais à vontade ao sentar na minha. E, quando subimos a colina, consigo acompanhar o ritmo de Knox sem que ele precise pisar muito no freio.

Parecia que tínhamos ido muito mais longe do que fomos, e estamos de volta à caminhonete antes que eu esteja pronta para ir embora.

Ele carrega minha moto primeiro e a prende na caçamba.

— O dia foi muito divertido — digo a ele enquanto tiro a jaqueta. Está muito mais quente fora da água e da sombra.

— Então por que você parece tão chateada? — pergunta ele quando se vira para pegar a própria moto.

— Porque acabou. — Ele joga a cabeça para trás e ri. — Você vai me trazer de novo algum dia?

— Quando quiser. — Em vez de carregar a moto dele na caçamba, ele sobe nela e dá a partida. — Sobe aqui — diz ele, colocando o capacete e depois entregando o meu. Minha hesitação dura pouco, e subo sem questionar. Ele olha para mim, no meu look de calça jeans, regata e capacete, e sorri. — Segura firme, princesa.

Knox sai acelerando rápido quando abraço seu torso. Ele permanece na trilha mais larga e plana, mas é eletrizante me segurar nele enquanto pilota a moto com tanta habilidade.

Meu rosto dói de tanto sorrir. Então ele para e coloca os pés no chão. Com um braço musculoso, Knox envolve minha cintura e me puxa para a frente, de modo que estou virada para ele, mas ainda montada na moto (e agora nele).

Se não estivéssemos de capacete, eu o beijaria pra cacete. Pela maneira intensa como me encara, acho que estamos em sintonia. Ele acelera o motor e instintivamente me enrolo nele para não cair. Knox dirige daquele jeito, comigo virada para trás, o peito encostado no dele. Meu coração flutua e me sinto tão leve e livre… mas também segura, de alguma forma.

Ele acelera e aí empina a moto, me fazendo dar um gritinho. Tenho certeza de que sinto o peito dele reverberar contra o meu quando ele ri de mim.

Quando Knox e eu voltamos para a casa dele, os vários veículos que geralmente estão estacionados lá fora desapareceram. Tudo está quieto, pelo menos de lá de fora. O silêncio é um contraste dramático com o clima barulhento e vibrante da última vez em que estive aqui.

— Onde está todo mundo? — pergunto, segurando minha nova jaqueta junto à barriga.

— Flynn tinha treino, Hendrick provavelmente está no bar, e não sei bem onde Arch e Brogan possam estar. — Ele passa uma mão pelo cabelo. — Um raro momento de paz e silêncio por aqui.

Ele dá a volta na caminhonete e passa os dedos pelo meu rosto. Eu me deixo levar e fico vermelha.

— Estou um desastre. — Estou coberta de terra. O pior de tudo é a calça jeans, mas dei uma boa conferida em mim mesma no espelho da caminhonete e sei que meu rosto e meu cabelo não escaparam ilesos. — Acho que vou ao dormitório tomar um banho.

— Você pode tomar banho aqui.

— Eu não trouxe nenhuma troca de roupa.

— Pegue o que quiser. Minhas camisetas estão na gaveta de cima. Shorts e moletons na última da direita. Embora você provavelmente se lembre, já que ficou xeretando.

— Humm... — Levo a mão ao queixo e estreito os olhos como se estivesse pensativa. — O que eu escolho? A camiseta preta ou a outra camiseta preta?

Ele sorri, achando minha provocação divertida, sem nenhum pingo de irritação. Então me beija e dá um passo para trás.

— Pode ir tomar banho primeiro. Vou descarregar as motos.

Começo a me dirigir à porta.

— Acho que sua cueca não vai servir.

Ele não hesita.

— Acho que você vai ter que ficar sem nada.

O silêncio na casa é quase sinistro. Mas as evidências dos cinco irmãos que moram aqui estão em todo lugar. Copos vazios de *shake* de proteína no balcão da cozinha e itens esportivos variados. E sapatos — muitos pares diferentes de tênis.

Pego uma camiseta e uma calça de moletom limpas no quarto de Knox, então as levo até o banheiro da suíte.

Quando olho no espelho em cima da pia, meu reflexo me faz rir. As pontas do meu rabo de cavalo não estão mais loiras, mas marrons. E há faixas de sujeira no meu rosto ao redor dos olhos e no pescoço.

Tirar a calça jeans é um desafio. A sujeira endureceu, e o tecido se gruda como cola à minha pele.

Eu a dobro e coloco em cima da pia, depois fico ali parada, me olhando no espelho, meus pensamentos erráticos como uma bola de *pinball*.

Hoje foi o melhor dia de que consigo me lembrar desde... sempre. Pilotar a moto de trilha foi divertido, mas essa nem foi a melhor parte.

Knox.

Inesperadamente doce, leal, pra lá de teimoso, e a pessoa menos egoísta que já conheci. Ele me deu uma moto. Uma moto rosa. Mesmo que não tenha sido cara e ele já tivesse a maioria das peças... Knox fez isso porque queria me ver feliz. Acho que ninguém nunca me deu um presente tão significativo.

Sinto meu estômago se agitar quando lavo rapidamente o rosto e o pescoço. Pego o que preciso na mesa de cabeceira e então volto para a garagem.

Knox tirou a camiseta. Minha moto já está na garagem, e ele está de pé na caçamba da caminhonete, prestes a soltar as cordas da dele. A calça de motociclista cai solta no quadril, e os músculos das costas dele se ondulam enquanto trabalha.

Ele olha por cima do ombro quando ouve meus passos. Aqueles olhos cor de mel cintilam quando olha para mim e vê que estou usando a regata branca e a calcinha preta.

— Lembra quando fomos até a pista e eu te vi correr?

— Sim. — Ele abandona a moto e desce da caminhonete.

Ando até a outra moto dele, que está estacionada junto a uma das paredes da garagem, e passo a mão pelo banco.

— Eu disse: "você pode ter o que quiser". — Não olho para ele, mas posso sentir seu olhar ardente em mim. — E você respondeu algo como: "Isso é uma coisa perigosa de me dizer. Eu...".

— ... te deitaria na minha moto tão rápido que você não ia nem saber onde estava — conclui ele.

Ao me virar, me recosto no couro frio e mostro a camisinha que roubei da mesa de cabeceira dele.

— Ainda é isso que você quer?

Meu coração bate descompassado enquanto ele se move na minha direção em um ritmo muito mais lento e controlado. Só o olhar faminto no rosto dele o entrega.

Quando finalmente chega até mim, Knox pega a camisinha da minha mão e a coloca no bolso.

— Acho que já decidimos que eu não preciso de uma camisinha para te fazer perder a cabeça.

Ele agarra meu quadril usando uma das mãos, e sua boca toma a minha no mesmo instante, mordiscando meu lábio inferior de uma maneira que faz borboletas se agitarem no meu estômago. Tudo que estou sentindo é tão grande, tão difícil de mensurar... mas coloco esse sentimento no meu beijo e na maneira como me agarro a ele, tentando me aproximar ainda mais do que é possível. Quero mais. Mais, mais, mais.

Knox me vira de modo que eu fique de costas para ele e depois me empurra até que minha barriga encoste no banco e minha bunda esteja empinada.

Todos os meus motivos para não transar com ele meio que perderam a importância. Depois que Nolan me traiu, eu não queria confiar em ninguém. Estava com medo e queria proteger meu coração. Pensei que fosse culpa minha. Não a traição, mas o fato de não ter chegado a conhecê-lo direito, a conhecer bem seu caráter.

Talvez eu não tenha mesmo, ou talvez só tenha me permitido ver o que eu queria, mas Knox nunca tentou esconder quem ele é. Sempre foi sincero comigo, mesmo quando acabei não gostando da resposta.

Eu confio nele. Ele foi me ganhando mais a cada dia, me mostrando seu lado bom e seu lado ruim.

Os dedos dele roçam de leve minha coluna, e então sua boca desce até o meu ombro. O gemido que escapa dele ressoa pela minha pele sensível. Os lábios dele se movem até o meu pescoço. Beijando, chupando, depois mordiscando até que eu esteja ofegante e empinando a bunda contra ele.

Posso sentir como ele está duro através do tecido da calça.

— Eu te quero. — As palavras saem baixas e entrecortadas.

Ele engancha o dedo no elástico da minha calcinha e a desliza pelas minhas pernas, agachando atrás de mim para removê-la. Sinto uma onda repentina de tensão. A caminhonete dele nos esconde da rua, mas, se os irmãos dele chegassem, ou alguém se aproximasse, me veriam pelada da cintura para baixo, com a bunda empinada.

Paro de me importar no segundo em que Knox afasta minhas pernas, soltando um gemido.

— Você é perfeita pra caralho. — Os lábios dele roçam minha nádega, e aí ele coloca uma das minhas pernas sobre seu ombro.

A nova posição aumenta a ansiedade dentro de mim. Dedos compridos e calejados deslizam pelo meu clitóris e pela minha boceta, alternando-se entre os dois, lentos e provocativos.

— Vou fazer você gozar, princesa. Não se preocupe. Fiquei pensando nessa boceta o dia inteiro.

Meu corpo incendeia, e solto um gemido quando ele enfia um dedo em mim.

— Knox... — começo a dizer, então arquejo quando ele enfia outros dois dedos. O prazer me faz estremecer. É difícil pensar em alguma coisa ou formular frases.

Quando a boca dele me cobre, desisto de tentar falar algo e deixo as sensações me dominarem. Ele mantém o ritmo com os dedos e alterna entre chupões e mordidas. Cavalgo no rosto dele, perseguindo o orgasmo descaradamente. Mas hoje não é o bastante.

— Eu te quero — falo, com a voz rouca. — Você inteiro. Me faça perder a cabeça.

Knox faz uma pausa, e eu me arqueio e viro para encará-lo atrás de mim.

— Tem certeza?

— Tenho. — Ele não se mexe, e me pergunto se o fiz esperar tanto que ele não quer mais, então acrescento: — Se você ainda quiser.

As sobrancelhas dele se arqueiam de modo quase cômico.

— Princesa, estou sonhando em te comer desde a primeira vez que te vi usando aquele vestidinho rosa cheio de fru-frus com tênis branco.

— Sério?

Ele me olha nos olhos, e não há sequer um traço de provocação ou blefe quando diz:

— Sério, Avery. Pensei isso naquele dia, e em todos os dias desde então.

Meu estômago congela diante dessa confissão. Num segundo estou curvada na moto dele, e no seguinte ele me tem nos braços, me beijando com mais intensidade do que nunca. As sensações estão em todo lugar. Minhas mãos passeiam pelo peitoral e pela barriga dele, descendo depois para abrir a calça e empurrá-la para baixo.

Ele solta um gemido baixo quando fecho os dedos ao redor da base do pau dele, então me vira de novo e me empurra sobre a moto como se não pudesse esperar nem mais um segundo.

Meu coração acelera enquanto aguardo. Escuto a embalagem sendo rasgada ao som de nossa respiração ofegante. Minha excitação é tanta que quase me mata.

Prendo a respiração quando a cabeça do pau dele roça em mim.

— Segura firme, princesa. — Ele me penetra, e meus olhos se reviram conforme meu corpo cria espaço para acomodá-lo. Ele está uns cinco centímetros dentro de mim, mas me sinto tão bem... tão cheia, tão completa.

— Tão apertadinha. — As palavras saem entrecortadas enquanto ele me puxa mais para ele. Quando finalmente ele está todo dentro de mim, nós dois ficamos imóveis.

— Tão grande — retruco.

Ele tira e enfia algumas vezes até que isso se torne fácil. Nossos movimentos ainda são lentos e controlados, mas sinto que logo vou chegar ao orgasmo. Knox se inclina sobre mim e, usando a mão, vira meu rosto o bastante para poder me beijar profundamente enquanto está dentro de mim. É tão sensual e reconfortante que sinto meus olhos lacrimejarem.

Knox afasta a boca dos meus lábios e morde o ponto onde meu pescoço e meu ombro se conectam. Os movimentos dele ficam mais rápidos, metendo com mais força em mim.

Não consigo acreditar que esperei tanto tempo. Poderíamos estar fazendo isso há semanas. A sensação é ainda mais incrível do que imaginei.

Quando começo a arquejar e gemer o nome dele, Knox aperta minhas nádegas dos dois lados, me fixando ainda mais em volta dele.

— Você vai gozar no meu pau, princesa?

— Estou quase, mas você é tão gostoso que não quero que termine.

— Não se preocupe. Não vou parar até você perder as contas de quantas vezes gozou. — Com isso, ele começa a meter mais rápido, até que estou gritando e apertando-o com tanta força que é difícil para ele continuar.

Mal tenho tempo de recuperar o fôlego antes de sentir mais uma onda de prazer.

— Avery. — Knox me chama num tom grave e gutural. Vejo flashes de luz, e ele fica imóvel quando enfim gozamos juntos. Minhas pernas estão tremendo, e agradeço por ter em que me segurar.

Ficamos parados um tempinho, recuperando o fôlego. As mãos dele envolvem minha cintura e sua testa despenca nas minhas costas. Parece que ele dá um beijo suave na minha coluna.

Quando ele finalmente sai de mim e vai se livrar da camisinha, tento recuperar o controle das pernas.

— Pronta, princesa? — pergunta ele, voltando para perto de mim. Ainda está com a calça de motoqueiro, mas desabotoada.

— Para?

Ele dá um sorrisinho e me pega no colo.

— Ainda não terminei com você, nem de longe.

CAPÍTULO TRINTA E TRÊS

Knox

—Você está me ouvindo? — pergunta Avery, e levanto o olhar das pernas dela para o seu rosto.
— É claro.

As mãos dela vão parar na cintura.

— Barriga para dentro, devagar e com controle etc. etc. — Não sei se foi isso mesmo que ela disse, mas aposto que foi algo assim.

Avery ri, e Hope se intromete.

— Vocês estão apaixonadinhos um pelo outro — comenta a garota em um tom que é um misto de irritação e admiração.

Avery nos ignora.

— Preciso treinar minha série na trave, então quero que vocês dois se comportem sozinhos.

Admiro a bunda dela enquanto ela se afasta, então volto a treinar nas argolas. Hope está na mesa, mas, entre um salto e outro, ela se senta em um colchão grande ao lado das argolas e conversa comigo. Fala sem parar, por isso quase não preciso abrir a boca. Estou tão acostumado com o silêncio de Flynn que essa é uma boa mudança de ares.

Ela me fala sobre ginástica, sobre o menino de quem gosta, sobre como os pais dela estão preocupados com que esteja passando tempo demais treinando ginástica sem dar uma chance a outras atividades. E então, de alguma forma, bloqueia todo o resto quando sai correndo e atinge o trampolim, girando o corpinho sobre a mesa e aterrissando nos dois pés. É impressionante.

Faço uma pausa e observo Avery fazer a rotina dela na trave. Hope se aproxima e se larga no colchão ao meu lado.

— Ela está preocupada — diz Hope.

— Quem? Avery?

— É. A primeira competição dela é no próximo fim de semana.

— Ela me parece bem pronta — falo, e lanço um olhar questionador a Hope. Não quero ser indiscreto, mas não tenho certeza de que entendo por que Avery está preocupada. Ela é demais. Eu a vi fazer essa série algumas dezenas de vezes, e ela sempre acerta na mosca.

— Ela está — repete Hope, mas o tom dela me diz que há mais coisas que não está dizendo.

Perto do fim do meu treino, vou até Avery, que ainda está praticando na trave.

— Já está na hora? — pergunta ela quando me vê.

— Praticamente. Pensei em ver uma especialista em ação antes de ir embora.

Ela abaixa e se senta na trave. O sorriso dela não é tão diferente de muitos que já me deu, mas as palavras de Hope me fizeram questionar se isso não é um mecanismo de defesa para que ninguém perceba que não está feliz de verdade.

— Hope disse que sua primeira competição está chegando...

— Sábado — diz ela com um suspiro.

Vou até lá e repouso as mãos na trave próximo de onde ela está sentada.

— Aquele misto de empolgação e nervosismo da primeira corrida da temporada?

— Mais nervosismo — admite ela.

— Por quê?

— Não participo de uma competição há nove meses. Desde que machuquei o joelho.

— Mas ele está aguentando bem, né?

Ela assente distraidamente com a cabeça.

— É. Sinto que está bom.

— Você está pronta. Tenho observado você.

— Quer dizer que tem olhado para a minha bunda e os meus peitos enquanto eu treino?

Dou risada.

— Não vou mentir, olhei muito para eles também.

As pernas dela estão dependuradas de um lado da trave, e ela chuta o ar à sua frente.

— A sensação ainda não é a mesma de antes. Estou hesitando antes da saída e oscilando às vezes nos meus giros.

Eu me movo até ficar entre as pernas dela, repousando as mãos nas suas coxas à mostra.

— Às vezes é preciso aquela adrenalina da competição para aperfeiçoar esses detalhes.

Ela balança a cabeça como se considerasse minhas palavras.

— Talvez você esteja certo. Eu nunca ficava tão estressada antes.

— É claro que estou certo. Estou sempre certo.

Ela revira os olhos.

— É só que…

— Com o que está preocupada de verdade? — pergunto quando ela parece travar, tentando descobrir como expressar sua preocupação.

— E se eu nunca mais me sentir daquele jeito de novo? E se as Olimpíadas foram um golpe de sorte e eu nunca mais conseguir voltar àquele nível? Não sei se eu conseguiria seguir em frente. Amo a ginástica, mas preferiria abandonar tudo agora mesmo a me apresentar como uma versão piorada da ginasta que eu era. — Ela suspira, e os seus olhos azuis estão arregalados de preocupação.

Pego sua mão e entrelaço meus dedos nos dela.

— Não foi um golpe de sorte. Seu sucesso não foi por acaso, você trabalhou duro e tem talento de sobra. Eu vi você treinar pesado, dia após dia. Você *vai* chegar lá.

Ela assente outra vez, mas ainda não parece convencida.

— Vamos — sugiro.

— Aonde?

— Preciso passar em casa rapidinho, depois vamos aonde você quiser.

Ela parece querer ficar neste ginásio para sempre ou até que a série fique exatamente do jeito que quer, mas eu a ergo da trave antes que possa protestar.

— Se você quiser mesmo treinar mais depois que eu te alimentar, vou te trazer de volta e fazer mais paradas de mão ou qualquer outra coisa até você terminar. — Os lábios dela formam um sorriso abatido. — Até tiro a camisa para dar uma motivação extra.

Um sorriso de verdade enfim se espalha pelo rosto dela. Eu faria praticamente qualquer coisa para mantê-lo ali.

Em casa, começo a preparar o jantar enquanto Flynn está sentado à mesa fazendo a lição. Hendrick está no bar. Archer e Brogan ainda não chegaram do treino de futebol americano, mas não devem demorar.

Avery lava as mãos e pergunta:

— Como posso ajudar?

— Eu dou conta. Pode relaxar, princesa.

— Cala a boca. Não vou ficar aqui sentada enquanto você cozinha para mim.

— Hã, tá bom. Quer picar aquela cebola?

Ela pega a tábua de corte e escolhe uma faca, então começa a trabalhar enquanto Flynn e eu conversamos sobre o dia dele. As visitas de recrutamento para as universidades estão próximas, e preciso conversar com Colter para garantir que nenhuma delas seja nos dias de evento da turnê.

— Qual universidade você prefere? — indaga Avery ao meu irmão, levantando os olhos da cebola.

— Houston — diz Flynn imediatamente.

— Sério? — pergunto. Eu não sabia que ele tinha uma preferida. Toda vez que conversamos sobre isso, ele diz que gostaria de ir para qualquer lugar onde possa jogar.

Ele assente com a cabeça, então fica corado.

— Eu cresci perto de lá. Vários dos meus colegas do ensino médio foram para lá. Tenho uma amiga que estuda lá também. Bom, amiga pode ser exagero. Treinei com ela antes das Olimpíadas.

Flynn e eu compartilhamos um olhar de divertimento.

— O quê? — diz Avery, a voz ficando mais aguda de insegurança enquanto alterna o olhar entre mim e meu irmão. — Estou me intrometendo em um assunto de família?

— O quê? Não. — Isso me faz rir, o que a deixa ainda mais confusa.

— Por que você está rindo? — pergunta ela, levando uma mão até a cintura.

— Não é nada. É só o jeito que você disse "treinei com ela antes das Olimpíadas", como se fosse uma coisa supernormal.

— Ah. — Ela parece mais envergonhada do que estaria se eu tivesse dito "sim, você se intrometeu em um assunto de família muito particular". Não que eu fosse ser capaz de manter uma expressão séria.

Ainda rindo, me aproximo para lhe dar um beijo nos lábios.

— Você é foda. Acredite nisso, princesa.

Ela se suaviza imediatamente ao meu toque, e preciso de força para me afastar antes que eu me esqueça do jantar e coloque fogo na casa. O que me lembra que Flynn está por perto.

Lanço um olhar para Flynn quando me endireito e, como suspeitei, ele está com uma expressão curiosa no rosto. Pigarreio e aceno com o queixo para Avery.

— Pode deixar que eu termino.

— Tem certeza?

— Tenho — asseguro a ela.

Ela passa para o outro lado do balcão da cozinha e se senta ao lado de Flynn.

— Então, por que Houston?

Espero que dê de ombros ou diga: "Não sei". Em vez disso, ele fala:

— Eles acabaram de contratar um técnico de arremesso chamado Luka Champe. Ele era o arremessador reserva do Diamondbacks no começo dos anos 2000, mas acabou machucando o ombro e só jogou durante poucas temporadas. Ele se aposentou e desapareceu por um tempo, mas aí, uns cinco anos atrás, começou a trabalhar como treinador de uma faculdade comunitária e, em dois anos, levou um time que tinha muitos problemas até o campeonato nacional. Eu faria de tudo para treinar com ele.

— Luka Champe — repito o nome devagar. — Acho que me lembro dele. Você tinha um *card* dele emoldurado na sua escrivaninha.

Flynn parece envergonhado por eu me lembrar, mas assente com a cabeça.

— Você vai até lá visitar a universidade? — Avery pergunta a ele.

— Não... É longe demais. — Flynn balança a cabeça e brinca com uma caneta no balcão à sua frente.

— Provavelmente conseguiríamos ir até lá em um fim de semana — digo enquanto repasso minha agenda. Não há muitos finais de semana livres até o começo da temporada de motocross.

Flynn já deve ter percebido a mesma coisa, porque não insiste.

— Onde mais está pensando em ir? — indaga Avery. — Eu amava visitar universidades. Fui a tantas diferentes que meus pais já estavam me implorando para escolher.

Ela e Flynn ficam conversando sobre universidades enquanto preparo o jantar. Ele deve estar encantado com ela, ou só gosta muito de conversar sobre o assunto, mas uma coisa é certa: nunca o vi tão falante.

Brogan e Archer chegam em casa no momento em que estou tirando as *enchiladas* do forno. Avery volta para a cozinha e pergunta onde ficam os pratos e talheres. Ela arruma a mesa de jantar, e ninguém tem coragem de dizer que raramente comemos à mesa, então nós cinco jantamos juntos enquanto Avery conduz a conversa.

Eu me transformei em Flynn e mal falo enquanto observo como ela interage com meus irmãos. Mesmo num dia bom, somos um osso duro de roer, mas ela parece perfeitamente à vontade enquanto Flynn se empanturra e Archer se levanta para pegar um segundo saco de *tortillas* depois que o primeiro acaba. Ele o arremessa como uma bola de futebol americano para Brogan, que está do outro lado da sala. Avery não se incomoda nem um pouco, ou consegue disfarçar muito bem caso esteja apreensiva com o caos ao redor.

Todo mundo desaparece quando acaba de comer, e Avery e eu somos os últimos a entrar na cozinha para colocar os pratos no lava-louças.

Sem dizer nada, ela passa um pano no balcão enquanto eu guardo as sobras para Hendrick.

É só quando terminamos que consigo ver um pouquinho daquela preocupação de antes retornando. Ela sorri, mas, quando acha que não estou olhando, rói a unha do polegar e fica com uma expressão distante e contemplativa.

— Obrigado pela ajuda. — Passo os braços em volta da cintura dela. Não odiei ter a ajuda dela, e sempre odeio quando as pessoas ajudam.

— Obrigada por me alimentar. Você cozinha bem.

Meu peito estremece com uma risada breve.

— Eu me viro.

— Não me diga que o convencido Knox Holland é humilde em relação a suas habilidades culinárias? — ela zomba, levando a mão ao peito dramaticamente, fingindo surpresa.

Eu a beijo do jeito que passei a noite inteira querendo fazer. Ela passa os braços ao redor do meu pescoço e cola o corpo ao meu. Não há nada que eu queira mais do que levá-la para o meu quarto e ficar lá o resto da noite.

— Ei — digo, recuando e baixando os olhos para o rosto corado e os lábios carnudos dela. — Quer voltar ao ginásio?

Os olhos dela se acendem, mas ela logo disfarça.

— Por quê?

— Estava pensando que eu poderia treinar um pouco mais. Estava um pouco distraído antes.

— Quer dizer que estava muito ocupado olhando para a minha bunda para conseguir se concentrar?

— É exatamente isso que quero dizer.

Ela ri.

— Não precisa fazer isso. Vou dar um jeito, como você disse. Tenho certeza de que estou me preocupando à toa.

— Mas ela está preocupada.

— Isso já aconteceu comigo muitas vezes. Se eu tivesse uma corrida neste fim de semana, ia querer ficar na garagem mexendo na minha moto ou na pista treinando.

Ela morde o lábio inferior.

— Você não precisa ir comigo, mas obrigada por entender. Te mando mensagem depois?

— Sim. Ótimo. Acho que vou aproveitar para passar um tempo com Flynn. Ver se consigo planejar quando levá-lo a Houston.

— Você é um baita irmão. — Ela dá um beijo que me faz querer implorar para que fique, mas são as palavras dela que permanecem comigo por toda a noite.

CAPÍTULO TRINTA E QUATRO

Avery

NO SÁBADO, VIAJAMOS ATÉ A LAKESHORE COLLEGE PARA O CAMPEONATO. O LUGAR FICA a menos de duas horas, então alugamos um ônibus, chegando cedo para nos aquecermos e nos prepararmos.

Quase todos os campeonatos acontecem na quadra de basquete do time da faculdade anfitriã. Colchões e o tablado necessário para esse tipo de evento são colocados sobre o piso, e o equipamento é posicionado nos quatro cantos do ginásio.

O tamanho e a configuração são sempre tão parecidos que eu deveria me sentir mais em casa, mas tudo está diferente. O tablado é verde em vez de azul e parece mais duro do que estou acostumada, e sinto a trave fria e estranha quando passo a mão por ela antes do aquecimento.

Sou uma ginasta generalista, e geralmente participo da competição em todos os aparelhos pela Valley U, mas hoje a sra. Weaver me escalou somente para a trave. Tento não deixar isso me afetar. Sei que ela está me dando a oportunidade de voltar ao ritmo sem me sobrecarregar em um campeonato que não importa para a classificação geral da temporada, mas sinto aquela preocupação constante de que nunca vou conseguir voltar ao ponto em que estava antes da lesão.

Enquanto eu e minhas companheiras de equipe nos alongamos, ignoro tudo ao meu entorno e visualizo a série, me imaginando executando todos os movimentos com perfeição.

A trave é a última rotação do dia, então torço pelas minhas colegas no salto, no solo e nas barras assimétricas. Uma música animada sai dos alto-falantes, e há uma energia vibrante no ar. Mesmo quando as coisas estão difíceis e meu futuro é incerto, não consigo me imaginar abrindo mão disso.

Uma onda renovada de nervosismo me atravessa quando finalmente chegamos à trave. Tiro o agasalho e fico esperando na lateral. Sou a última, por isso tenho um tempinho antes da minha vez. *Mais tempo*. Sinto como se estivesse esperando há uma eternidade.

Pego o celular na bolsa e reabro a mensagem que Knox me mandou.

> **KNOX**
> **Boa sorte hoje, apesar de não precisar.**
> **Você consegue. Me mande mensagem depois.**
> **bjo**

Aquele "bjo" faz meu coração palpitar. Knox não é exatamente o tipo de cara que manda beijos e abraços. Ele deixou bem claro o que quer: passar o tempo e dar uns pegas. Mas estamos ficando tanto tempo juntos que a situação está se complicando. Sei que sou mais do que uma simples ficante para ele, mas pode ser apenas uma boa amizade colorida. É possível que esteja se apaixonando por mim, assim como estou por ele?

A equipe dos rapazes não vai competir hoje, mas alguns deles vieram nos assistir. Tristan chega vestindo a calça de aquecimento azul da Valley e uma camiseta cinza.

— Está pronta, Ollie?

— Se eu não estiver, você vai fazer um discurso encorajador? — pergunto secamente.

— Você ouviria se eu fizesse? — Ele dá um sorriso de canto, e sinto um pouco da tensão nos meus ombros desaparecer.

Tristan se afastou desde a noite da festa do pijama, e não tenho certeza de se é porque enfim percebeu que não vou ficar com ele de novo ou se finalmente estou treinando duro o bastante para que ele decidisse parar de me criticar.

— Não, provavelmente não.

Tristan estende o punho, e bato os nós dos dedos contra os dele.

— Arrase, Ollie.

Quando por fim é a minha vez, ando até a trave, como fiz um milhão de vezes. Ergo as mãos e sorrio para os árbitros, então me viro e monto na trave. Sentada nela com uma perna pendurada de cada lado, me arqueio para trás e deixo a cabeça tocar na trave antes de me sentar e me levantar. Abaixo as mãos e então, na ponta dos pés, ando até o meio da trave e faço meu primeiro giro completo.

Como trocamos o nível de dificuldade da minha saída, o valor de partida da minha série na trave é de apenas 9,9. Isso significa que preciso mesmo arrasar.

Minhas mãos se movem graciosamente enquanto me dirijo à outra extremidade, ficando de lado e olhando para os árbitros com um sorriso, como se tudo aquilo não fosse nada de mais. E essa é a sensação que tenho. Neste momento, sou invencível. É um sentimento efêmero. Tão fugaz que quase não o reconheço.

Um meio giro na ponta me coloca de novo em posição para minha primeira combinação de elementos. Aerial lateral e layout step-out. Meu coração sai voando de empolgação e orgulho, mas ainda não reconheço isso. Reprimo o sentimento com todos os outros e me concentro nos próximos quarenta segundos da minha série.

Meus únicos pensamentos são a respeito da execução. Não só das habilidades técnicas, mas também dos elementos coreográficos. Graciosidade ensaiada aliada a precisão é a meta. Acerto a última estrela e depois a saída com o mortal Gainer com o peito estufado.

Um alívio que nunca senti antes me inunda enquanto o mundo ao meu redor volta a entrar em foco. Levanto as mãos para posar para os árbitros e depois vou correndo até a sra. Weaver, que está sorridente. Ela é exigente nos treinos, mas nos dias de competição é nossa maior torcedora.

— Fantástico, Avery. Sua combinação final foi uma perfeição.

— Eu oscilei um pouco no meio giro.

Ela balança a cabeça como se não importasse, mas vai importar na minha nota final.

— Hoje você provou que está de volta e pronta para dominar a trave como estava destinada a fazer.

Ela me solta quando minhas companheiras de equipe chegam para me parabenizar. Abraços e toques de mão. Tristan não se aproxima, mas acena a cabeça para mim.

Minha nota final é 9.825. Tento não ficar decepcionada. Sei que foi uma boa primeira série da temporada, mas já estou querendo subir lá e treinar meus giros e trocar minha saída.

Também estou morrendo de vontade de enviar mensagens para Knox e minha família, mas sei que preciso comemorar com a equipe, então espero até estarmos no ônibus a caminho de Valley.

EU
Sua garota está voltando para casa carregando um peso extra. 🏅

Acabo me arrependendo de ter usado "sua garota" e espero que ele leia com o tom de brincadeira que era a minha intenção. A resposta dele é quase instantânea.

KNOX
Parabéns! Sabia que ia conseguir.

EU
Obrigada. Como estão as coisas em Flagstaff?

KNOX

Nada mal. Mas parece que vamos passar a noite por aqui, então só vou poder te dar parabéns pessoalmente amanhã.

EU

Droga, acho que vou ter que me entreter sozinha.

KNOX

Só até amanhã. Preciso fazer alguns ajustes na moto para hoje à noite. Vá comemorar com Quinn. Certeza que ela está morrendo de vontade de te levar a alguma festa.

Isso é mesmo a cara de Quinn.

EU

Tá bom. Boa sorte com seu Double Nac Quatrocentos e Sessenta 😉

Então escrevo para Quinn...

EU

Estamos voltando. Fiquei em terceiro lugar na trave!

QUINN

Minha melhor amiga é foda! Parabéns. Que horas você vai chegar? Colter e Knox só vão voltar amanhã.

EU

Vou chegar em mais ou menos duas horas.

QUINN

Já estou com a roupa de sair!

EU

Sobre isso... o que acha de comemorarmos em Flagstaff?

Não tenho trabalho nenhum em convencer Quinn a surpreender os rapazes indo até Flagstaff.

Ligamos o rádio do meu Ford Bronco no último volume e cantamos sem parar pelas três horas que levamos no trajeto. Chegamos um pouco depois de o evento ter começado. Quinn compra ingressos para nós, e eu atravesso a multidão, tentando chegar o mais perto possível dos bastidores para ver se encontro Knox.

Como o vi praticar e o ouvi conversando com Colter sobre o show, sei que Knox não participa da primeira metade. Os outros pilotos fazem uma série de saltos mais técnicos, e ele ajuda nos bastidores até que seja a hora de entrar na pista.

Consigo ver os pilotos desaparecendo por um portão lateral quando a vez deles chega ao fim, então me encaminho para aquela direção. Para minha sorte, não há ninguém para me impedir. Acho que não estão preocupados com superfãs aparecendo por aqui, mas, pela maneira como algumas das garotas estão arrumadas para este evento, acho que seria uma preocupação válida. Sinto uma pontada de ciúme com a ideia de uma delas dando em cima de Knox.

Meu sorriso se alarga quando vejo quem estou procurando. Ele está sentado na moto, assistindo ao evento fora do campo de visão do público, e olha na minha direção quando chego à última cerca que nos separa. Ele não me reconhece logo de cara, mas então um largo sorriso se espalha por seu rosto.

Meu coração salta do peito quando ele desce da moto e vem na minha direção.

— O que está fazendo aqui? — pergunta, entrelaçando os dedos nos meus através da cerca.

— Não queria esperar até amanhã para comemorar com você.

O meio-sorriso dele é sexy. Ele desvia o olhar do meu e procura até achar uma parte em que a cerca é mais baixa, então vai até lá e salta para o meu lado. Ele está todo paramentado com os equipamentos de proteção: jaqueta preta, calça preta, botas pretas. Ninguém deveria ser capaz de ficar tão bem usando uma única cor.

Os braços de Knox envolvem imediatamente meu quadril e ele me levanta no ar. Eu me agarro a ele e o beijo. Ou devo dizer, na verdade, que faço o que posso para retribuir o beijo. Ele está no controle; só estou ali de carona.

As mãos dele sobem deslizando pela minha camiseta e aí ele entrelaça os dedos no meu cabelo.

— Senti saudades dessa boca — diz ele com a voz rouca.

As palavras dele me fazem sentir quase tão encorajada como quando acertei minha série na trave.

Meus lábios estão sensíveis quando ele finalmente recua, me dando uma última mordidinha no lábio inferior.

— É melhor eu voltar, antes que eu perca meu sinal.

— Tá bom. Boa sorte.

Ele balança a cabeça conforme se afasta.

— Não preciso dela agora que você está aqui.

CAPÍTULO TRINTA E CINCO

Knox

FICO OBSERVANDO AVERY VOLTAR PARA A ARQUIBANCADA DO ESTÁDIO E SUBIR ATÉ MAIS OU menos a metade da seção do meio. Colter se aproxima com a moto e sorri para mim.

— Pronto para dar um show?

Bate o nervosismo. Hoje à noite, vou fazer o Superman Seat Grab pela primeira vez em público. É uma manobra divertida, com um monte de variações para torná-la mais difícil ou mais estilosa. Acertei dezenas de vezes durante os treinos, mas sempre é diferente na frente da plateia.

— Você consegue. Moleza.

Assinto com a cabeça, então aceno com o queixo para a plateia.

— Sua mina está aqui.

— Quinn está aqui? — As sobrancelhas dele se unem como se estivesse tentando entender minhas palavras.

— É, Avery e ela pegaram a estrada até aqui.

O sorriso dele se alarga.

— Então não me envergonhe na frente da minha garota, Holland.

Com uma risada, dou a partida na moto.

— Vou fazer o meu melhor.

Dou a volta na pista algumas vezes, empinando a moto e fazendo burnouts na frente do público. A plateia ama, e a energia deles me alimenta; quanto mais eles se agitam, mais eu fico motivado.

Meu olhar encontra Avery toda vez que ouso olhar para a plateia. Juro que posso vê-la sorrindo, mesmo que seja impossível identificar com nitidez os traços dela a esta distância.

Acelero pela rampa e salto sob os gritos do público, depois dou uma volta, entrando na rampa mais rápido do que antes. Não existe sensação melhor do que a de chegar ao fim da rampa. Tudo fica em silêncio, como numa inspiração coletiva. Somos só eu e minha moto pendurados no ar.

Deixo as pernas se levantarem atrás de mim, agarro o banco com uma mão enquanto mantenho a outra no guidão, aí cruzo as pernas para um gostinho extra. Todo o trabalho que fiz no ginásio não foi em vão. Meu *core* se contrai para manter minha postura no lugar e a força nos membros superiores me ajuda a me segurar no lugar. Um movimento em falso, e minha vida estaria em risco.

Por alguns segundos, permaneço suspenso no ar acima da moto. Estou voando, sem peso e livre. Posso ouvir a música e os gritos, mas tudo é um ruído de fundo, como quando estou correndo.

Acontece muito rápido, e então estou me contorcendo para voltar ao banco antes de aterrissar. Como todos os melhores momentos na vida, este acaba antes que eu consiga captar a sensação.

A multidão está mais barulhenta do que antes quando faço a volta e paro em frente à arquibancada. Fico de pé sobre os pedais enquanto aceno. Não é minha imaginação desta vez quando olho para Avery lá em cima. Sei que ela está sorrindo.

Ela está me esperando depois do show. Quinn corre até Colter no instante em que aparecemos lá fora. Avery fica para trás, um pouco mais reservada que a amiga. Fico imaginando como seria se ela corresse até mim e pulasse nos meus braços, tão empolgada que não pudesse esperar nem mais um segundo para me ver. Não sei quando isso aconteceu, mas passei a imaginá-la por perto em situações em que nunca pensei muito antes.

Ela não se lança na minha direção, mas me contento com o sorriso enorme em seu rosto quando me aproximo.

— Eu me curvo ao rei do Nac Quatrocentos e Sessenta.

— Ah, você com certeza vai se curvar mais tarde, princesa.

Seus olhos azuis queimam como brasa quando pego o queixo dela entre o polegar e o indicador, dando um beijo naquela boca perfeita. Só consigo pensar em ficar sozinho com ela para mostrar exatamente como estou feliz que ela tenha vindo me ver.

— Parabéns. Sério, aquilo foi inspirador. A plateia te ama. Pensei que ia ter que brigar com duas mulheres que falavam sobre o que gostariam de fazer com você.

Meus lábios se contorcem de divertimento diante da ideia de Avery com ciúmes de umas minas que nem conheço e para as quais eu não dou a mínima.

— Melhor me tirar daqui antes que elas tentem me roubar de você — falo brincando e dou uma piscada para ela.

— Elas vão ter que passar por cima de mim. — Tem algo tão adorável em sua disposição para brigar pela manutenção da sua conquista.

— Sem chance. Quero tirar sua roupa desde que você apareceu. — Com o campeonato dela e o evento de freestyle, faz dias que não temos tempo para nós dois.

Um calor sobe pelo rosto dela.

— Quinn quer sair em galera antes, depois sou toda sua.

Eu preferiria passar a noite inteira mostrando a ela exatamente como estou feliz por ter vindo até aqui me ver, mas acho que posso dividir a companhia dela com os amigos por algumas horas.

— Tudo bem. Preciso ajudar a carregar o caminhão primeiro. — Colter ainda está com a boca colada à de Quinn. É possível que tenhamos que fazer isso sem ele.

— Eu vou com você — oferece Avery.

Gosto do fato de ela querer me acompanhar. Já notei que ela não tem medo de pôr a mão na massa e ajudar. Antes, eu nem sabia que isso era importante para mim. Evitei a tanto custo que alguém se aproximasse de mim ou me oferecesse ajuda... mas gosto que ela seja assim sem fazer um estardalhaço a respeito.

Também fico feliz que esteja ao meu lado, porque me dá uma desculpa para beijá-la enquanto atravessamos a multidão, que ainda está reunida depois do evento.

Pego a mão dela para que não nos separemos. Avery fica junto às minhas costas, e sinto uma dose de orgulho andando a seu lado. Os caras a notam por onde passa, mas nesse momento veem que ela está comigo quando a olham.

Chegamos no limite da multidão, e solto a mão dela para passar um braço em volta dos seus ombros. Avery se acopla ao meu lado.

Um homem entra no meu campo de visão, mas levo alguns passos para reconhecê-lo. Desacelero, e Avery continua andando antes de parar para me esperar.

— Mike — digo quando estou na frente dele. — O que está fazendo aqui?

Ele sorri e ergue ligeiramente as sobrancelhas.

— Você me convidou.

Convidei mesmo. Eu o convidei para cada um dos eventos, mas ele nunca apareceu.

— Estava visitando uns parentes aqui perto e pensei em conferir. Aquilo foi impressionante.

— Obrigado. — Meu coração acelera com a visão do dono da minha antiga equipe. O olhar de Mike passa para Avery.

— Olá — diz ele.

— Oi. — Avery acena e sorri educadamente.

— Esta é a Avery — digo a ele, depois olho para ela. — Mike é o dono da minha antiga equipe de corrida, a Thorne.

— Ah. — O tom dela sugere que compreendeu. — Prazer em conhecê-lo.

— Igualmente. — Ele retorna a atenção para mim. Uma expressão séria que me deixa ansioso e animado. — Podemos conversar?

— Quinn e Colter não estão muito atrás de nós. — Ela sorri para Mike de novo. — Foi um prazer.

Ambos a observamos se afastar. Conforme os segundos passam, fico mais curioso. Ele não é de aparecer sem avisar. Todas as vezes que imaginei que ele viria atrás de mim depois de ver que posso fazer parte de uma equipe são como sonhos bobos de criança. Por que se importaria com o fato de que consigo fazer freestyle? O negócio dele é corrida.

— Quando você me contou que estava fazendo freestyle, pensei que estivesse brincando.

— Colter e eu somos velhos amigos — digo como forma de me explicar. — Ele precisava de ajuda, e eu estava disponível.

Ele assente com a cabeça, pensativo.

— Pensando em trocar definitivamente?

Ele quer saber se planejo correr na próxima temporada. Está na ponta da minha língua dizer que não é mais da conta dele. Sempre gostei de Mike, mas ainda estou bravo por ele ter me cortado. Por fim, decido que ser um cuzão não vai me ajudar em nada.

— Não. Isso era só alguma coisa para me distrair enquanto decido os próximos passos da minha carreira. Correr ainda é o meu sonho.

— Aquela foi uma apresentação e tanto para ser só um bico.

— A equipe é ótima. Me deixam treinar com eles, e eu só apareço e faço algumas manobras.

De novo, ele assente pensativamente.

— A humildade te cai bem. Espero não parecer condescendente demais quando digo que estou orgulhoso de você.

As palavras dele rodopiam na minha cabeça. Se eu mudei, é porque vi como é ter uma equipe ao meu redor que quer ver o meu sucesso. Colter, Brooklyn, todos os outros caras. Acima de tudo, Avery.

— Obrigado, Mike. — Pigarreio. — Como está a equipe?

— Bem. As coisas vão bem. A equipe toda vai voltar para a sede na semana que vem.

— Que ótimo.

A risadinha dele me diz que sabe que estou mentindo. Um pouco da minha raiva se dissipou, mas ainda não me sinto totalmente preparado para fingir que fico feliz por eles todos estarem em uma situação fantástica enquanto eu não tenho uma equipe.

Ele não diz mais nada e, de alguma forma, agora sei que nunca mais vai me chamar para voltar.

Aperto o maxilar enquanto vejo meus sonhos de voltar à equipe virarem fumaça. Não existe um plano B.

— Bom, é melhor eu ir. Obrigado por vir, Mike.

Começo a andar, ansioso para me afastar dele e mergulhar na minha decepção. Queria que ele me visse tendo sucesso em uma equipe de freestyle, e ele viu. Só não teve o resultado que eu esperava.

Mike estende a mão para impedir que eu me afaste.

— Na verdade, tem mais uma coisa sobre a qual quero falar.

CAPÍTULO TRINTA E SEIS

Avery

—PARABÉNS! — À MESA, COLTER LEVANTA O COPO E SORRI PARA KNOX. — SABIA que ia dar a volta por cima.

— Não se esqueça da Avery. — Quinn levanta a água dela na minha direção. — Terceiro lugar no primeiro campeonato da temporada não é brincadeira. Você teria pegado o primeiro se tivesse feito sua saída original.

Knox e eu aceitamos os parabéns, e nós quatro brindamos. O dono da antiga equipe de Knox não ofereceu sua vaga de volta, mas a segunda melhor opção. Ele encontrou outra pessoa interessada. Colter diz que a Neon Punch é uma versão nova e melhorada da Thorne. Ele está eufórico.

Knox está... bom, ele é mais difícil de decifrar.

— Você está bem? — pergunto quando Quinn e Colter nos deixam para ir até o balcão.

— Acho que ainda estou surpreso. — Ele balança a cabeça. — Realmente pensei que era o fim.

— Sem chance. Você é talentoso demais para não ser escolhido por outra equipe.

Os lábios dele estremecem, e depois ele dá um ligeiro sorriso de canto.

— Então, o que isso significa? Presumo que vá precisar se encontrar com eles ou fazer uma entrevista ou algo assim?

— Preciso ligar amanhã, mas Mike acha que eles vão me querer no Novo México no final da semana que vem.

— Semana que vem? — Não tenho tempo de esconder a surpresa no meu tom.

Novo México é onde fica a sede deles. Acho que poderia ser pior. É uma distância que dá para fazer de carro.

— A maioria das equipes já está treinando ou começa a treinar na semana que vem. Um intervalo curto, e logo a temporada tem início novamente.

— Sim — respondo. — Eu entendo.

Tiro alguns dias de folga de vez em quando, às vezes uma semana logo no fim da temporada, mas eu treinaria o ano inteiro com a minha equipe se as regras da Associação Atlética Universitária Nacional permitissem.

— Acho que isso significa que não vamos mais conseguir treinar juntos.

— Não finja que está triste por não ter mais minha companhia no seu ginásio, princesa. Você está contando os dias para isso desde que apareci.

— Antes talvez, mas não mais. Nosso treino é a melhor parte de todos os dias.

Ele sorri e coloca uma mão na minha coxa. Passo a perna por cima da dele e chego um pouco mais perto.

— Parabéns. Sério. Você se propôs a fazer uma coisa e fez. Estou maravilhada com você.

— E eu com você, princesa.

O resto do grupo aparece, e juntamos mesas para criar espaço. Há um monte de shots e, como não tenho idade para participar, me divirto assistindo aos amigos dele empurrarem um número um pouco excessivo de drinques na direção de Knox.

A cada shot, ele fica um pouco mais solto nas carícias. Estou sentada no colo dele agora enquanto ele conversa com Brooklyn. Ele repousa a mão no meu colo, traçando círculos distraidamente.

Knox tenta me incluir nas conversas, mas minha mente viaja. Ele vai embora na semana que vem, e aí o quê? Ainda vamos conversar ou nos ver?

Uma música antiga começa a tocar na jukebox do bar, e Knox aperta minha cintura.

— Dança comigo?

— Aqui?

— Não, lá fora no estacionamento. — O sarcasmo dele é pontuado por um sorrisinho.

Ele poderia muito bem estar falando sério, mas desço do colo dele e ele me abraça de costas.

Ele segura minha mão enquanto me conduz para uma pequena área no bar que mal pode ser chamada de pista de dança. Um senhor de barba grisalha acena com a cerveja para nós quando passamos.

Knox se enrosca em meu corpo como se precisasse de mim para se manter em pé. O que sinceramente pode ser o caso agora.

— Está se sentindo bem? — pergunto a ele.

— Agora que conseguimos ficar a sós, estou. — Ele nos embala devagar, no ritmo da música.

— Pensei que ia querer celebrar com seus amigos. — Prometi a Quinn que ficaria só por uma hora, mas Knox não falou em ir embora e não quero tirá-lo daqui.

— Eu quero, mas, se houver a opção de estar sozinho com você, garanto que sempre vai ser essa que vou escolher. — As palavras dele me causam um aperto no peito.

— Você tem muita lábia, Knox Holland.

— Joel — diz ele.

— O quê?

— Meu segundo nome é Joel.

Ele está com as pálpebras pesadas e falando enrolado. Levo a mão até o rosto dele.

— Knox Joel Holland. Eu gosto.

— O nome do meu pai é Joel. Sempre odiei ela ter me dado o nome dele. Não quero ter nada em comum com meu pai.

— Acho que você já provou como é diferente. O que você fez, largar a escola para cuidar dos seus irmãos, não é pouca coisa. — Dá para ver que ele quer mudar de assunto. — Você tem um bom coração, e isso é só um nome. O meu é Sarah. Por nenhum motivo. Minha mãe só gostava desse nome.

O sorriso dele retorna.

— Avery Sarah Oliver.

Ele me aperta mais forte, e ficamos em silêncio enquanto dançamos nos olhando nos olhos.

— Você está feliz? — pergunto, então acrescento: — Por causa da Neon Punch. Não dá para saber. Está muito difícil de te decifrar esta noite.

— Sim, é só que... — Ele franze o cenho. — Acho que ainda não caiu a ficha.

— Você vai se mudar para lá ou ficar indo e voltando para poder estar em Valley nos finais de semana e tal? — pergunto. Só consigo pensar nisso desde que ele falou que estava indo embora.

— Você é linda.

Uma risada de surpresa escapa de mim.

— Isso foi uma resposta?

— Posso não ter prestado atenção à pergunta porque estava olhando para a sua boca. Sou obcecado pela sua boca. — Ele se inclina e me beija enquanto continuo dando risada.

Cambaleamos de volta até o hotel. Bom, Knox cambaleia, e eu o mantenho de pé.

— Acho que você deveria tirar toda a roupa — ele diz quando chegamos no quarto, então tira as botas e se joga de costas na cama.

— Que ótima ideia — digo na minha melhor voz de surpresa enquanto puxo a blusa por cima da cabeça.

O sorriso dele é preguiçoso e despreocupado.

— Eu tenho muitas boas ideias.

— Ah, é? — Atravesso o quarto até ele enquanto desabotoo a calça jeans. — Tipo o quê?

Ele estende a mão e mexe os dedos para indicar que eu me aproxime.

Engatinho por cima dele, ainda de calça jeans, a blusa já jogada para o lado. Os braços dele me envolvem, e ele me aperta contra o seu peitoral.

Dou gritinhos como se estivesse protestando, mas não há nenhum outro lugar onde eu preferiria estar. Dou uma lambida no rosto dele, e aí ele mordisca meu seio. Estamos nos atacando alternadamente, mas sorrindo e rolando pela cama grande.

Minha próxima retaliação é lamber o piercing no mamilo dele, então ele segura meu rosto com as duas mãos e me beija até que eu perca o fôlego.

A partir daí, há uma grande confusão de mãos para despir um ao outro. Ele abre o pacote da camisinha sem perder tempo e a coloca enquanto eu me agarro a ele como se pudesse mantê-lo aqui a qualquer custo. Quando ele está dentro de mim, ambos ficamos imóveis.

— Não consigo me cansar de você — diz ele, os olhos tão intensos e sérios que me pergunto se já tinha pensado em dizer isso antes, mas só conseguiu agora porque está bêbado.

Minha garganta queima com a necessidade de dizer: *Bom, sinceramente, também não consigo me cansar de você. Na verdade, estou apaixonada e me perguntando se haveria a possibilidade de você reconsiderar toda aquela coisa de "eu não namoro".*

É claro que não digo nada disso. Nem agora, e talvez nunca.

Acordo com os braços de Knox ainda me segurando com firmeza. Quando caímos no sono, estávamos pelados e ele ainda duro, e parece que é assim que vamos acordar também. Para alguém que afirma não ficar de chamego, Knox Holland é esplêndido nisso.

Volto a me aconchegar nele sem abrir os olhos. Só dormimos

juntos umas duas outras vezes, e geralmente terminou com ele precisando voltar rápido para casa na manhã seguinte.

— Bom dia, princesa.

Murmuro minha resposta com um bocejo.

A risada dele faz cócegas na minha orelha.

— Parece até que foi você quem bebeu demais ontem à noite.

— Fui eu que garanti que você chegasse inteiro no quarto.

— Não é assim que eu lembro que você passou a noite. — Ele encosta os lábios no meu pescoço, logo abaixo da orelha, e sussurra as próximas palavras: — A menos que eu tenha sonhado com você de joelhos e essa porra dessa boca em volta do meu pau.

Minhas entranhas se transformam em líquido.

— Você não sonhou isso.

— Não nessa noite, mas sonhei muitas e muitas vezes.

Eu me viro nos braços dele. Com seu sorriso de canto emoldurado pela barba por fazer e pelo cabelo bagunçado, fica ainda mais lindo.

— Estou tão feliz por você.

— Obrigado. — As sobrancelhas dele se unem. — É, eu fico esquecendo. Que dia louco.

— Quando você acha que vai para o Novo México?

A pegada dele se afrouxa, e ele recosta a cabeça no travesseiro.

— Preciso ver com meus irmãos, mas provavelmente vou pegar a estrada na quinta de manhã. Flynn tem um jogo na quarta, então, se der, eu vou ficar para ver.

Só mais três dias. Sinto um aperto no peito.

— Uau. Que rápido. Aposto que vai ter um monte de coisas para fazer nesses dias.

Ele se senta na cama.

— Na verdade, não. Tenho tempo o bastante para te levar para tomar café da manhã.

Quando Knox se levanta e começa a se vestir, me pego incapaz de me mexer. Como se tudo fosse dar totalmente certo caso eu apenas ficasse aqui, nesta cama. Quem precisa de comida ou do resto do mundo?

— Com que frequência você vai conseguir voltar? — pergunto, ainda plantada no mesmo lugar, com o cheiro dele persistindo nos lençóis ao meu redor. Ele não respondeu nada quando tentei ter uma ideia de como seria a agenda dele.

— Nos finais de semana que puder antes do início da temporada. Durante a temporada, aí depende. Com Flynn se formando em maio e indo para a faculdade, não haverá tanta pressa para voltar para casa.

Engulo todo o meu orgulho e reúno cada gota de coragem enquanto me cubro com o lençol e me sento apoiada na cabeceira da cama.

— E quanto a nós?

Não sei por que escolhi nos chamar de "nós" pela primeira vez agora. Não somos um "nós". Não de fato. Talvez seja porque é assim que tenho pensado em mim e Knox nas últimas semanas. Nós. Juntos. Juntos de verdade.

Ele coloca a camiseta preta devagar, encontrando meu olhar. A expressão dele faz meu estômago contorcer de pavor.

Mas não posso voltar atrás, então decido abrir o meu coração para ele.

— Sei que era para estarmos só passando o tempo, mas gosto muito de você. Estamos nos divertindo tanto, e não quero que isso acabe.

— Também gosto de você.

— Mas? — pergunto, porque antecipo o "porém" no rosto dele.

— Ainda podemos fazer alguma coisa quando eu estiver na cidade, mas não quero fazer promessas sendo que talvez fiquemos sem nos ver por semanas ou meses. — Uma pontada de vulnerabilidade puxa os cantos da boca dele para baixo. — Você também vai estar ocupada com a temporada de competições.

Eu vou, mas ainda assim quero fazer dar certo, e acredito que seja possível. Só que não, porque não é o que ele quer.

O sorriso dele se transforma naquele tranquilo e brincalhão com o qual fiquei tão acostumada. Ele vem até a cama e pega minhas mãos, me puxando para cima até os seus braços.

— Confie em mim. Sei como é ter alguém com quem você se

importa entrando e saindo da sua vida. Sempre esperando, sempre torcendo por coisas que não acontecem, sempre se decepcionando. Não quero isso para você, e nunca me permitiria fazer isso com outra pessoa. — Aperto os lábios para impedi-los de tremer. — O Novo México não é tão longe. Talvez você possa me visitar num fim de semana — diz ele, tão casualmente como se falasse para um velho amigo que esperava vê-lo por aí algum dia.

— É. Talvez. — Surpreendentemente, minha voz sai muito mais estável do que as batidas do meu coração partido.

Knox dá um beijo nos meus lábios e sorri.

— Vamos lá, me deixe alimentá-la e então podemos voltar para Valley. Temos alguns dias antes de eu ir embora, e sei exatamente como quero passá-los.

CAPÍTULO TRINTA E SETE

Knox

OS PRÓXIMOS DIAS PASSAM MUITO RÁPIDO. CONVERSO COM BURT, O DONO DA EQUIPE Neon Punch, e gosto dele logo de cara. Ele foi piloto quando era mais jovem, antes de decidir que queria ser advogado. Fez isso por quinze anos e aí, nas palavras dele, decidiu que estava cansado de ficar sentado atrás de uma mesa.

A equipe é nova, mas eles já têm patrocinadores de peso, e um deles foi roubado da Thorne. Estou animado.

Mas há uma emoção subjacente que vem me incomodando durante toda a semana. Meus irmãos ficaram eufóricos por mim, e todos garantiram que estava tudo bem, que era para isso que eu estava trabalhando. Já estive longe antes, então desta vez não deveria parecer diferente. Talvez seja porque Flynn está quase acabando a escola e os dias dele estão preenchidos por atividades escolares anunciadas como "últimas" ou "finais". É engraçado, na verdade, já que eu não me importava com essas coisas quando estava no meu último ano.

E aí tem a Avery. Não consigo tirá-la da cabeça. Ficamos o máximo possível juntos, mas não sobram muitas horas entre as aulas e os treinos dela e o tempo que passo com meus irmãos e me preparando para partir.

As coisas estão estranhas entre nós. Ela não disse mais nada sobre querer continuar ficando comigo, mas dá para sentir a decepção dela. Também estou chateado porque não vamos mais conseguir nos ver com tanta frequência, mas não poderia prometer que as coisas serão como antes.

Vi como era para minha mãe e nossa família quando meu pai ia e vinha de acordo com a conveniência da agenda dele. Eu não faria isso com alguém, muito menos com Avery.

Hoje é minha última noite em Valley. O treino de Avery foi mais tarde hoje, mas ela vai me encontrar depois do jogo de basquete de Flynn. Pode ser um grande jogo para ele. Olheiros de duas das primeiras opções de faculdade dele vão comparecer. Ele ainda não tem certeza de que quer jogar basquete na faculdade, além do beisebol, mas é ótimo ter opções.

Enquanto o time aquece, repasso meus compromissos para o resto da semana. Esse primeiro encontro com a equipe deve durar só alguns dias, então provavelmente consigo voltar no meio da semana que vem. Estou perdido em pensamentos, imaginando quando serei capaz de encontrar um tempo para vê-la, no momento em que Brogan e Archer assumem seus lugares habituais na fileira da frente, à esquerda. Brogan me entrega um saco de m&m's.

— Obrigado. — Estico um pé na arquibancada à minha frente.

Hendrick se senta no banco ao meu lado, Jane do outro lado dele.

— A gangue toda está aqui — digo, me inclinando à frente para acenar para a noiva do meu irmão. — Oi, Hollywood.

— Oi, Knox. — O sorriso dela é tenso.

— Preciso te falar uma coisa — murmura Hendrick, inclinando o queixo na minha direção e falando baixinho.

— O que foi? — Estou distraído com o sinal e os jogadores correndo aos seus respectivos bancos.

— O pai está aqui.

— O quê? — pergunto em voz alta, desviando a atenção para ele. Eu não devo ter ouvido direito.

Ele acena a cabeça na direção da porta, e eu me viro bem quando nosso pai está entrando.

Mas que caralho.

Faço menção de me levantar para mandá-lo embora, mas Hendrick estica um braço para me manter no assento.

— Espera — diz ele. — Olha o Flynn.

Tensionando o maxilar, faço o que ele pede. Não somos os únicos que vimos o babaca do nosso pai. Flynn também o viu e tem um sorriso hesitante no rosto. Meu sangue está fervendo.

Meu pai observa o ginásio como se estivesse absorvendo tudo pela primeira vez em anos, o que acho que é o caso. Com dez anos de atraso. Ele deve sentir a fúria no nosso olhar, porque o dele nos encontra e os passos dele desaceleram.

— Oi, meninos. — Ele balança a cabeça em cumprimento.

Nenhum de nós diz nada, e ele segue em frente, sentando-se na primeira fileira, quase no meio da quadra.

Os jogadores do time adversário estão sendo anunciados, mas não ouço mais nada. Não consigo acreditar que ele apareceu aqui.

— Preciso fazer alguma coisa. — Eu me levanto, e os três irmãos sentados comigo entram na minha frente.

— Não acho que seja uma boa ideia — diz Hendrick.

Brogan balança a cabeça em concordância.

Archer parece dividido. Como se ele mesmo quisesse ir até lá e expulsar nosso pai, mas sem fazer um barraco.

Tenho zero problema em fazer qualquer uma das duas coisas. Tudo o que quero é que ele vá embora.

— Vamos esperar até o intervalo — sugere Hendrick. — E, se ele fizer qualquer coisa antes disso, vou lá com você e te ajudo a mandá-lo embora.

Volto a olhar para Flynn. O sorriso esperançoso no rosto dele está mais largo agora, e isso me parte o coração. Já tive o mesmo exato sorriso no rosto quando meu pai aparece. Ele só sumia quando meu pai voltava a pisar na bola comigo.

O jogo começa, e faço meu melhor para focar apenas no meu irmãozinho, mas, quando meu pai se levanta e grita depois que Flynn faz uma cesta de três pontos, eu perco a cabeça. Ele não tem direito nenhum de ficar ali fingindo que é o pai do ano, orgulhoso e presente.

Estou ciente de Brogan gritando meu nome e dos olhares que recebo quando fico cara a cara com meu pai, mas sou impelido por uma força singular a tirá-lo da minha vida, e da do meu irmão também. Ele não tem o direito de simplesmente aparecer e agir como se estivesse tudo às mil maravilhas.

— Não quero nenhum problema, Knox — diz ele quando me vê.

— Então não deveria ter aparecido aqui.

— Flynn parece feliz em me ver. Ele deveria ter o pai por perto.

— É, deveria — concordo. — Se o pai dele não fosse um merda.

Uma mulher pigarreia na fileira de cima.

— O que você está fazendo? — pergunta Flynn, me pegando desprevenido. Ele passa correndo devagar pela lateral, observando nosso pai e eu. A expressão no rosto dele é uma mistura de vergonha e raiva. Meu estômago revira. Aquele olhar não é dirigido ao meu pai, mas a mim.

— Está tudo bem. Só estamos conversando. Volte lá e mostre ao outro time do que você é capaz, hein? — meu pai lhe assegura, e, depois de um momento de hesitação, Flynn sai correndo de volta para a quadra.

A voz de Hendrick ressoa atrás de mim.

— Vamos, Knox. Ele não vale a pena.

O maxilar do meu pai se contrai quando seu olhar passa de mim para o meu irmão mais velho.

Quando não me mexo, Hendrick coloca uma mão no meu ombro. Sei que é para ser reconfortante, mas minha pele formiga. O único toque que quero sentir é o do meu punho no queixo do meu pai.

Eu me viro, cerrando as mãos junto ao corpo.

Passo o resto da primeira metade do jogo ansioso e contando os segundos até poder ir lá fora. Archer sugeriu que fôssemos, mas não há a menor chance de eu deixar meu pai me tirar daqui ou me obrigar a fazer exatamente aquilo pelo que ele é conhecido. O único que se machucaria com isso seria Flynn.

— O que vamos fazer? — pergunto, olhando para Hendrick, porque não consigo pensar racionalmente. E não consigo parar de ver aquela expressão no rosto de Flynn. Ele está chateado porque estávamos fazendo um barraco ou porque de fato quer o pai aqui?

— Não sei. Não podemos forçá-lo a sair — diz ele.

— Infelizmente — acrescenta Archer.

Nosso pai vem gingando até nós antes de decidirmos.

— É bom vê-los, meninos.

O homem é corajoso, isso eu admito. Hendrick é o único que dá atenção à sua chegada, resmungando algo como "por que está aqui?". Ele entra parcialmente na frente de Jane, como se quisesse protegê-la daquele ser humano de merda posando de bom pai.

Ninguém fala mais nada. Cerro tanto o maxilar que não ficaria surpreso se quebrasse um dente.

Ele não entende a indireta para cair fora.

— Flynn é bom. Provavelmente o melhor do time. Ele está planejando ir para a faculdade?

Não tenho certeza de qual parte me deixa mais puto. O fato de só agora estar percebendo como Flynn é talentoso ou o de pensar que tem algum direito de perguntar sobre os planos que o filho tem para o futuro, sendo que ficou anos sem aparecer. Ele já deveria saber tudo isso e muito mais. E deveria cobrar Flynn em relação às notas, ajudá-lo a pesquisar faculdades e a preencher formulários de inscrição e ajuda de custo.

Hendrick teve a sorte de conseguir uma bolsa de estudos integral por causa do futebol americano. Archer e Brogan ficaram em Valley para fazer faculdade, em parte porque era mais barato, mas também porque sentiram que não podiam me deixar sozinho com Flynn.

Mas quero que meu irmãozinho vá para qualquer lugar que deseje. Ele merece isso; não teve uma infância fácil e, ainda assim, de alguma maneira, reúne todas as nossas melhores qualidades.

— Por que está aqui? — pergunto entre dentes.

— Acho que pelo mesmo motivo que vocês.

— Não. — Balanço a cabeça com veemência. — Estamos aqui para dar apoio ao Flynn. Você está aqui para quê? Para provar que ainda pode aparecer quando quiser e enganar a gente?

Um lampejo de vergonha passa pelo rosto dele tão rápido que não tenho certeza de que o vi. Ele deveria estar envergonhado. Que tipo de homem abandona os filhos sem ao menos mandar um cartão no aniversário deles? Meu Deus, eu ficava tão arrasado quando ele prometia que estaria conosco e sempre acabava quebrando essa promessa... Não posso ficar parado sem fazer nada enquanto faz isso com Flynn.

Ele é um bom garoto, que merece o melhor. Quero que ele tenha muito mais.

— Eu só queria ver meu filho jogar. Só isso — diz ele, mas tudo que consigo ouvir é: "Eu não assisti você ou Hendrick ou Archer, mas cá estou. Consegui encontrar o caminho de uma porra de um jogo em dezessete anos. Não sou ótimo?".

— *Se é só isso, então depois do jogo você vai embora de novo, e não te veremos mais aqui?* — Archer sinaliza a pergunta sem dizer as palavras, como faz normalmente.

Quase dei risada. Nosso pai nunca aprendeu a sinalizar para Archer, e duvido que tenha adotado a língua de sinais como hobby desde a última vez que o vimos. Onde ele arrumaria tempo para isso, não é mesmo, trabalhando tanto e sendo o cuzão que é?

Nosso pai prejudicou todos nós, cada um de uma maneira diferente. Hendrick tentou escapar de tudo indo embora e se tornando alguém, o que ele fez antes de decidir que não era o que queria. Acho que meu modo de lidar com isso foi deixar o ódio me levar a ser diferente dele de todas as formas possíveis. Mas Archer nunca fugiu ou se rebelou. Acho que ele considera que, ao menos em parte, o truque de desaparecimento do nosso pai é culpa do seu acidente, aquele que causou a perda de audição. Eu me lembro bem o bastante para saber que meu pai já não passava tanto tempo conosco antes disso, mas ele não está errado em achar que, depois do acidente, os períodos de ausência se tornaram maiores. Então, para Arch, acho que ser ele mesmo sempre pareceu o foda-se definitivo.

— *Ele não vai voltar depois desta noite* — respondo por ele, então lanço um olhar ameaçador para o meu pai. — Certo?

O rosto dele fica vermelho, e ele abre a boca como se fosse falar alguma coisa, mas aí reconsidera. O time da Valley High volta correndo para a quadra. Flynn nos observa enquanto pega uma bola e começa a quicá-la na direção da cesta em que os seus companheiros de time começaram a fazer lançamentos.

Nosso pai vai embora sem dizer mais nada. Sei que é demais esperar que tenha deixado o prédio, mas respiramos aliviados mesmo assim.

Os olhos de Brogan estão arregalados de um modo cômico quando ele solta um enorme suspiro.

— Nossa, isso foi constrangedor. Vocês estão bem?

Arch dá de ombros.

— Eu estou.

Hendrick não parece tão calmo, mas assente com a cabeça e passa um braço ao redor de Jane.

— Vou dar uma caminhada — digo.

— Não interaja com ele — exige Hendrick.

— Não vou. — Embora eu queira. Saio andando na direção dos vestiários. Tem uma porta ali perto que dá para o estacionamento e, o mais importante, fica na direção oposta da que o meu pai foi.

Pego o celular sem pensar muito. Começo a escrever uma mensagem para Avery: **Adivinha quem apareceu no jogo?** 😒😒, mas aí a deleto. Ela tem as próprias coisas com que se preocupar, e tenho certeza de que está cansada de ouvir a historinha triste do meu pai.

> **EU**
> Como está o treino? Já está com saudade de me ver fazendo parada de mão?

Fico andando de um lado para o outro enquanto espero a resposta dela. Meu coração dá um salto com o apito da mensagem. É uma selfie dela na trave.

AVERY
> Se o que você quer saber é se estou com saudade de te ver sem camisa, então a resposta é sim.

Uma risada breve me escapa, e, apesar de tudo de ruim que aconteceu durante a noite, sorrio.

Quando volto ao ginásio, a segunda metade do jogo acabou de começar. Fico parado junto a uma parede assistindo à jogada. Flynn rouba a bola e sai correndo na velocidade da luz em direção ao outro lado. Os outros jogadores aceleram para alcançá-lo, mas ele chega na cesta primeiro, pulando alto e enterrando.

O que acontece a seguir parece se desenrolar em câmera lenta. Um dos jogadores do outro time faz uma última tentativa desesperada de impedi-lo. Ele pula, mas Flynn já está descendo e eles colidem no ar. As pernas do meu irmão são empurradas para baixo, e ele cai sobre o braço direito.

Já estou avançando em direção à quadra antes mesmo que ele sofra o impacto. Flynn solta um berro gutural, e o ginásio cai num silêncio sombrio.

CAPÍTULO TRINTA E OITO

knox

BROGAN ME OFERECE UM DAQUELES CAFÉS HORRÍVEIS DE CANTINA.
— Não, obrigado. — Balanço a cabeça e continuo perambulando pela sala de espera, sem fazer contato visual com ninguém.

Os lugares estão ocupados pelos colegas de time de Flynn e pelos pais que os trouxeram. O técnico também está aqui. E todos nós. Hendrick e Jane estão sentados em silêncio, Archer e Brogan mantêm a máquina de vendas ocupada, e nosso pai está sentado o mais longe possível de mim. Escolha sábia.

Não me lembro de muita coisa dos momentos que se seguiram após Flynn se machucar. Vê-lo sendo escoltado para fora da quadra pareceu um pesadelo. Bastava um olhar para o cotovelo dele para saber que estava quebrado. Eu o trouxe para o hospital, e ele foi levado imediatamente. A única atualização que tivemos foi que a lesão precisava de uma cirurgia de emergência. Cirurgia. Engulo o nó na minha garganta.

Um murmúrio baixo soa pela sala de espera enquanto todos nós tentamos matar o tempo. Estou contando as lajotas do chão ao pisar em cada uma delas. Treze, catorze, quinze.

As portas automáticas se abrem com aquele zumbido eletrônico, seguido por buzinas e o tilintar cadenciado da chuva atingindo o asfalto. Ela para na entrada. O olhar preocupado de Avery investiga a sala até me encontrar, e então ela corre na minha direção. Não consigo me mexer, mas, quando os braços dela me envolvem, me derreto no seu abraço.

Entrelaçando os dedos nos meus, ela me puxa para uma cadeira e senta-se ao meu lado.

— Tiveram alguma notícia? — pergunta.

— Ainda não.

— Eu sinto muito mesmo. — Ela aperta minha mão. — Flynn é forte. Ele vai ficar bem.

Bem, sim; mas será que vai conseguir voltar a jogar? Ninguém trouxe o assunto à tona, mas sei que todos estão pensando a mesma coisa. Ele quebrou o cotovelo direito. O braço com que arremessa. Não sei a implicação disso para ele agora ou no futuro, mas parece que todas as coisas boas na minha vida estão escorrendo pelos meus dedos, e não posso fazer porra nenhuma para impedir que isso aconteça.

O técnico de Flynn se levanta, pega um copo do café de merda da sala de espera e depois se aproxima do meu pai. O médico fez a mesma coisa, presumindo que ele fosse o responsável por Flynn. Que piada do caralho.

— Me sinto tão impotente — digo a ela. Minha perna se agita com uma energia frenética que precisa ser dissipada. — Queria que fosse eu lá dentro.

— Eu sei — diz ela.

Finalmente olho para Avery. Olho para ela de verdade. Calça de agasalho preta jogada por cima do collant rosa, tênis, o cabelo puxado num rabo de cavalo bagunçado.

— Você não precisava sair mais cedo do treino para vir aqui.

— Eu não saí — ela se apressa em dizer, então me oferece um sorriso hesitante. — Tá bom, eu saí. Mas vou ter tempo suficiente para me concentrar apenas na minha série amanhã.

Ficamos sentados de mãos dadas na sala pouco iluminada, em

cadeiras baratas de plástico, com cheiro de café requentado no ar. Passa pela minha mente o vago pensamento de que ela é a única coisa que me mantém inteiro neste momento.

O médico reaparece, e a família se reúne ao redor dele para ouvir as notícias. Meu pai se junta a nós, mas Avery também, e ela aperta minha mão com força.

Ele explica em termos médicos complicados o que foi quebrado e como ele o consertou. Em circunstâncias normais, eu estaria absorvendo cada palavra e pedindo esclarecimentos para entender exatamente o que aconteceu, mas estou consumido pela necessidade de chegar até Flynn e ver com meus próprios olhos que ele está bem.

— Podemos vê-lo? — pergunto enfim, quando o médico para de falar.

— Podem, mas sejam rápidos. Ele está grogue e precisa descansar. A dor dele está sob controle agora, mas ele vai sentir muito desconforto nas próximas vinte e quatro horas. Quero mantê-lo aqui pelo menos esta noite. Se tudo estiver bem de manhã, vocês poderão levá-lo para casa.

— Vou contar aos outros — diz Brogan, apontando para os colegas de Flynn e o técnico, que nos observam com ansiedade.

O resto de nós acompanha uma enfermeira até a sala de recuperação. Bom, quase todo mundo. Meu pai desaparece em algum ponto no meio do caminho. Provavelmente está com medo de que a conta do hospital sobre para ele.

Flynn está chapado por causa dos remédios. Ele sorri e faz uma piada sobre não ser capaz de dar autógrafos por alguns meses.

Um por vez, nós o abraçamos e oferecemos palavras de estímulo vazias. Ele mal consegue manter os olhos abertos quando chega a minha vez.

Minha garganta arde quando digo:

— Vou correr até em casa e pegar roupas limpas para você. Quer mais alguma coisa?

Ele fecha os olhos e balança a cabeça.

No estacionamento, Avery anda ao meu lado de braços cruzados.

— Quer que eu vá com você?

Quero dizer sim, mas sei que não há nada que ela possa fazer, e sei que não sou uma boa companhia neste momento. Flynn precisa de mim. É só nisso que consigo pensar.

— Não, tudo bem. Só vou pegar as coisas dele e voltar para passar a noite. Sinto muito por ter que cancelar nossos planos.

— Não, imagina. Você deve ficar com ele. — Nós paramos junto ao Bronco dela.

— Ele vai conseguir arremessar de novo? — pergunto a ela. A resposta dela é a única em que confio. Ela passou por isso. Não exatamente por isso, mas teve uma lesão traumática e se recuperou. Se disser que Flynn também consegue, vou acreditar nela.

— Não sei — diz ela, e um pouco daquela esperança se desvanece. Ela pega minha mão e aí entrelaça nossos dedinhos. — Mas, se ele for tão teimoso quanto o irmão mais velho, então acho que há grandes chances.

Meus pulmões se estufam para inspirar profundamente, mas meu peito ainda parece apertado.

— Ei — ela diz, balançando nossas mãos unidas —, não tenho nenhum compromisso pelo resto da noite. Poderia pegar alguma coisa para comermos e te encontrar aqui depois, te fazer companhia.

Meus lábios formam um sorriso de canto. Ela nem imagina o quanto a ideia parece boa, mas ficar sentada no hospital enquanto cuido do meu irmãozinho não é exatamente a noite que planejamos.

— Tudo bem. Provavelmente não sou a melhor companhia neste exato momento, e sei que você tem aula amanhã.

Há um instante de hesitação antes que ela responda:

— Se mudar de ideia ou precisar de alguma coisa, não vou estar longe.

Eu assinto, e ela se vira para abrir a porta do carro.

— Avery. — Minha voz é baixa, mas ela para e olha para mim por cima do ombro. — Obrigado por ter vindo.

CAPÍTULO TRINTA E NOVE

Avery

KNOX ME MANDA UMA MENSAGEM NA QUINTA, ME AGRADECENDO DE NOVO POR TER APAREcido na noite anterior e avisando que Flynn estava em casa. Ele não me pediu que fosse até lá nem mencionou como estava prestes a ir embora. Eu me ofereci para levar comida ou ajudar no papel de enfermeira, mas ele só me disse que eles tinham tudo sob controle. E foi isso.

Sei que ele está lidando com muitas coisas ao mesmo tempo, mas quero estar ao lado dele. Quero que ele permita que eu me aproxime, para que possa tirar um pouco do peso que ele carrega.

Mas chegar sem avisar também não parece certo, então mando mais uma mensagem reforçando que estou disponível para qualquer coisa de que ele precise, caso mude de ideia.

Não posso forçá-lo a deixar que eu me aproxime ou a precisar de mim. E não posso fazê-lo sentir minha falta tanto quanto sinto a dele. Ele ainda nem foi embora, e já sinto que o perdi.

É claro, nós nos vimos esta semana, mas ele esteve distante desde o momento em que abri minha bocona e disse que queria mais que uma mera ficada quando calhasse de estarmos na mesma cidade.

Já tive minha resposta, mesmo que ele não tenha sido explícito. Sugerir que talvez consigamos nos ver ocasionalmente depois de passar quase todos os dias juntos seria tortura. Já é uma tortura. Eu me apaixonei de verdade por ele. O bruto e irascível Knox Holland ganhou meu coração, ainda que esteja tentando me devolvê-lo diariamente.

Eu já sofri idealizando algumas pessoas antes. Ex-namorados e casinhos, tias-avós que morreram e que eu mal conheci. Mas o modo como meu peito dói só de pensar que nunca mais verei Knox de novo é algo totalmente desconhecido para mim.

Nos filmes, há sempre uma cena em que a mocinha está de coração partido ou no fundo do poço. Ela devora potes de sorvete e se tranca no quarto, repetindo a mesma calça de moletom dia após dia.

Sou uma especialista em autopiedade, mas, com tudo que aconteceu com Flynn e Knox, não vejo como sentir muita pena de mim mesma. Estou saudável. Meus pais me amam, e ainda posso fazer a coisa que mais amo no mundo, mesmo depois de uma lesão que poderia ter me impedido de continuar.

Então, não choro nem como quantidades generosas de açúcar, não releio cada mensagem que Knox e eu já trocamos nem relembro cada momento que passamos juntos. Tá, talvez eu tenha feito os últimos dois itens dessa lista, mas é o máximo que me permito. Depois, me jogo de cabeça no treino.

Ou pelo menos tento. Estou deitada na trave, olhando para o teto. Sempre foi meu lugar preferido, mas hoje não está me deixando calma.

Balanço a cabeça para clarear os pensamentos e fico de pé. Tenho uma saída novinha em folha para treinar e outro campeonato em duas semanas. Se estava procurando a distração perfeita, eu a ganhei da sra. Weaver.

— Está parecendo um pouco sonolenta esta manhã, Ollie — diz Tristan quando passa por mim.

Minha pele coça de irritação, e juro que vejo um sorriso no rosto dele quando começo a fazer o primeiro elemento da minha série.

A dor de cotovelo ainda estará lá mais tarde, mas agora estou pronta para me jogar no treino.

CAPÍTULO QUARENTA

knox

—FLYNN. — BATO À PORTA DO QUARTO DELE ENQUANTO O CHAMO.
— Ele não saiu desde que chegamos da aula, há uma hora — Brogan comenta do sofá. Ele e Archer parecem estar dando um descanso aos videogames e de fato fazendo lição de casa.

— Ele não saiu o dia inteiro — digo, afundando em uma poltrona na sala de estar. Sei disso porque estou tentando fazê-lo sair desde o café da manhã.

— O lado bom é que não dá para ele se meter em muita confusão lá dentro — diz Brogan.

Meu celular toca no bolso, eu o pego e aperto o botão para ignorar a chamada. Archer está me observando quando viro a tela para baixo e repouso o aparelho na perna.

— Quando você vai para o Novo México? — pergunta ele.
— Não sei.

Archer e Brogan se entreolham, mas não falam nada, porque, no mesmo instante, Hendrick entra pela garagem.

Ele nos vê e aí olha imediatamente para o quarto de Flynn.

— Como ele está?

— Na mesma — dizemos em uníssono.

Hendrick volta a atenção para mim.

— Pensei que a caminhonete estaria carregada. Que horas você vai sair?

Dou de ombros.

— Disse a eles que precisava de mais tempo.

Eu liguei no dia seguinte ao acidente de Flynn para avisar à minha nova equipe que só conseguiria chegar lá na sexta. Isso foi há cinco dias.

Eu pretendia mesmo ir, mas, embora o cotovelo de Flynn esteja melhor a cada dia, ele está muito cabisbaixo. Ainda não recebeu nenhuma resposta em relação ao seu futuro, e, enquanto o resto do time continua no campeonato — um dos garotos até assinou um contrato para jogar basquete em uma das universidades em que Flynn gostaria de entrar —, meu irmão está deprimido no quarto.

Burt ligou duas vezes hoje para saber das coisas, mas ainda não sei o que dizer a ele, então o estou ignorando até saber. Nada mais importa.

— Nós damos conta por aqui — diz Hendrick, com as mãos no quadril. — O bar está sob controle. Posso ficar em casa com Flynn e levá-lo às consultas.

— Eu não vou embora. Vai ficar tudo bem. Posso continuar treinando aqui e encontrar a equipe em um ou dois meses.

Apesar de fazer quase uma semana que não apareço na pista, é verdade que eu poderia retomar a minha rotina por aqui.

— Knox. — É Archer que fala. — Você precisa ir. Hen tem razão. Nós damos conta de tudo.

Balanço a cabeça, mas não sei o que dizer para fazê-los compreender.

— Eu agradeço, mas eu devo ficar. Sempre fui eu.

Archer franze o cenho.

— Por que tem que ser você?

— Hendrick tem o bar e a Jane, vocês dois têm o futebol americano e as aulas. Flynn e as corridas são tudo o que tenho. — A verdade dessas palavras arranha minha garganta. Um vislumbre rápido de Avery passa pela minha mente, mas não tenho certeza de que ainda a tenho. Mal nos falamos desde o acidente de Flynn. Sei que a culpa disso é minha, mas o peso da minha responsabilidade me lembrou do motivo de nunca ter me envolvido assim com ninguém.

— E você ainda vai ter as duas coisas, mas está arriscando muito ao ficar aqui — diz Arch, e os outros concordam.

— Eu não me importo.

Geralmente Arch desiste com muita facilidade, mas não desta vez.

— Sei que você faria qualquer coisa por Flynn. Provou isso inúmeras vezes. Todos deveríamos ter ajudado mais antes, mas podemos ajudar agora. Você só precisa nos deixar.

— Não me importo com nada disso — digo, sendo sincero. — Não tenho nenhum ressentimento em relação a vocês. Mas não posso abandoná-lo agora. Não quando ele realmente precisa de mim.

— Você não está abandonando Flynn. — A expressão de Hendrick se torna triste, e um buraco enorme se forma em meu peito. — Você acha que deixá-lo aqui conosco vai te tornar igual ao pai.

Um zumbido preenche meus ouvidos com esses medos sendo ditos em voz alta. Parece tolice. Talvez seja. Mas Flynn deveria ter alguém sempre ao seu lado, mesmo que não seja o pai dele.

— Você largou a escola, arrumou um emprego, pagou as contas, aprendeu a cozinhar e a lavar a porra da roupa. Você levou e buscou Flynn na escola, comprou as roupas dele e tantas outras coisas que provavelmente nem sabemos. *Você* garantiu que ele tivesse tudo de que precisava... — A voz do meu irmão mais velho vai perdendo a força.

— E daí?

— Você não é o pai. Nunca vai ser ele.

Ainda não, mas quantas vezes dá para abandonar alguém antes que ela desista de você?

Abro a boca para protestar, mas a voz de Flynn atravessa a sala.

— Ele está certo.

Eu me levanto e viro para ele. Seu cabelo castanho-avermelhado está todo despenteado, e acho que ele não troca de roupa há vários dias. A tipoia mantém o braço direito junto ao corpo. Ao longo do último ano, ele começou a encorpar, e agora parece uma estranha combinação de homem e menino. Por um lado, é um alívio que vai se formar e se tornar maior de idade, mas, por outro, fico triste e ansioso pelo fato de que ele vai passar a tomar as próprias decisões e não precisar mais de mim.

— Você fez tanto por mim, e sempre serei grato por isso, mas ficar aqui não vai fazer o meu cotovelo melhorar. Nós te atrasamos por muito tempo. Por favor, não me faça ser a razão pela qual perdeu outra equipe.

— Seu cotovelo vai melhorar — respondo, porque posso ver aquela pontada de incerteza em seus olhos. — E quero estar aqui ao seu lado. Não é um fardo. *Você* não é um fardo.

Ele arrasta os pés e evita me olhar diretamente nos olhos, então me aproximo e baixo a cabeça para que ele não possa se esquivar.

— Está me ouvindo? Você não é a porra de um fardo.

— Mas você teria ido embora de Valley anos atrás se não fosse por mim.

Há um traço de choro adolescente na voz dele.

— Talvez sim, mas você é minha família. Eu faria qualquer coisa por você.

— Então faça isso por mim — diz Flynn com a voz aguda. — Não consigo suportar a ideia de você perder essa oportunidade. Você nasceu para isso. Ninguém merece isso *mais* que você.

Eu o ouço. Ouço todos eles, mas ainda não me sinto confortável em ir embora.

— É o que todos nós queremos — diz Archer. Ele anda até nosso irmão mais novo e coloca um braço em volta do seu pescoço com cuidado, evitando empurrar o braço machucado. — Vamos mandar atualizações de hora em hora sobre Flynn se você quiser.

Brogan esfrega as mãos como se bolasse um plano.

— Amo quando o grupo está bombando. Novo nome do grupo: Atualizações do Bebê Holland.

Hendrick ri e balança a cabeça. A tensão na sala se dissipa.

Eles todos me olham com expectativa. Uma energia de ansiedade e empolgação começa a circular sob a minha pele.

— Vocês têm certeza? — pergunto a eles. — Posso adiar minha ida por mais uma semana, talvez duas, ou posso ver se dá para fazer o treinamento em Valley em tempo integral. — Outros caras fizeram isso. Eu poderia contratar alguém para me ajudar nos treinos e me reunir virtualmente com a equipe. Se eles aceitarem. Isso significaria não passar tanto tempo com os técnicos e meus companheiros de equipe, mas eu daria um jeito.

— Certeza — diz Hendrick.

Archer e Brogan assentem com a cabeça. Olho de novo para Flynn.

— Certeza — ecoa ele.

— Se acontecer alguma coisa ou você mudar de ideia... Se precisar de qualquer coisa...

— Nós te avisamos — me interrompe Archer.

— Central de Emergência dos Irmãos Holland. — Brogan dá outra ideia de nome para o grupo com um sorriso.

— Pode contar com a gente. Vai lá e acaba com eles. — Hendrick percorre a distância entre nós e me abraça.

Brogan se junta a nós um segundo depois.

— Abraços & Beijos dos Irmãos Holland.

Ouço Archer soltar uma risada enquanto chega pelo meu outro lado.

— Se você me beijar, vou te dar um chute no saco — murmura Hendrick para ele.

E então Flynn passa o braço bom pelas minhas costas sem dizer nada.

Chego ao Novo México na terça à tarde. Passei toda a viagem, de cinco horas de duração, me perguntando se estou tomando a decisão certa e fiquei tentado a dar meia-volta. A única coisa que me impediu foi a voz de Flynn na minha cabeça dizendo que eu nasci para isso. Espero que ele esteja certo.

Preciso correr atrás do tempo perdido, e minha nova equipe não hesita. Os dias viram um borrão de treinos e ajustes na minha moto. Burt montou um ótimo grupo. Nós nos entrosamos e pensamos igual em relação a muitas coisas. Isso me dá bastante esperança para a temporada.

À noite, quando finalmente tenho a chance de me sentar e ficar parado por um momento, ligo para Flynn para ver como estão as coisas em Valley.

— Ficar sentado no banco é tão frustrante — diz ele na sexta à noite. Meus olhos queimam de exaustão. — Eu só queria estar lá na quadra. Nós perdemos por dois pontos. Dois!

A temporada está terminando, e ele não vai voltar a tempo de ajudar o time. Sei como isso é difícil.

— Mas a temporada de beisebol vai começar logo.

— É. — Ele assente com a cabeça. — Como estão as coisas por aí?

— Bem — respondo rapidamente. Então acrescento: — Cansativas.

— É a primeira semana. Aceita que dói menos. — Meu irmãozinho sorri para mim.

Dou risada baixinho e passo uma mão pelo cabelo embaraçado.

— É. Sem dúvida. Preciso tomar um banho e dormir.

— Que horas são aí?

— O mesmo horário de Valley.

Ele arqueia as sobrancelhas.

— Está cedo.

— Não quando você está acordado desde as cinco.

— Vou te liberar, seu velho. Eu vou encontrar alguns amigos para comemorar com a Charlene. Ela entrou em Stanford.

— Hendrick vai te levar?

— Não, eles vão passar aqui para me pegar. — Ele já está se movendo pelo quarto como se estivesse se arrumando.

— Divirta-se. Tome cuidado. Eu ligo amanhã.

Assim que desligamos, confiro as mensagens não lidas. Nosso

grupo, atualmente intitulado Brogan, Pare de Trocar o Nome do Grupo, tem várias novas mensagens.

ARCHER
> Grande atualização do Flynn: ele tomou banho!

BROGAN
> Acho que senti um traço de perfume também.

HENDRICK
> Um traço? Dá pra sentir aqui fora na garagem.

Sorrio enquanto digito uma resposta.

EU
> Fala para eles irem se f*, irmãozinho.

FLYNN
> 🖕 Vocês só estão bravos porque são velhos.

BROGAN
> Uau. Não, ele não acabou de me chamar de velho.

Há outras mensagens. De Colter, Oak, e até de Brooklyn. Eles estão no Texas este fim de semana, e é estranho não estar com eles. Com a minha programação atual, duvido que eu consiga continuar treinando freestyle.

Depois de enviar algumas respostas, meu olhar é atraído para o contato de Avery. Ela estava ao meu lado quando precisei dela, e isso foi mais importante do que eu poderia traduzir em palavras. Não sou muito bom em aceitar ajuda, mas só de saber que ela estava disposta eu senti que o peso era mais leve.

Perdi a conta das vezes em que pensei em mandar uma mensagem para ela.

Fui embora sem dizer tchau, e ainda sinto o peso disso. Mas dizer tchau pareceu definitivo demais.

Gostaria que as coisas fossem diferentes e que eu pudesse estar em dois lugares ao mesmo tempo. É claro que eu queria continuar saindo com Avery, mas ela merece mais que migalhas do meu tempo e da minha energia. Ela acha que daria conta, mas eu sei quanto dói ser a pessoa que ficou para trás. Talvez ela pudesse aguentar por um tempo, mas no fim se magoaria.

E, nesse meio-tempo, eu me odiaria por não tê-la protegido disso. Mas talvez ainda possamos nos encontrar quando eu estiver em Valley. Planejo voltar na maioria dos finais de semana antes do início da temporada. Se tudo der certo, poderemos nos ver. Vai ser tudo como antes.

Com esse pensamento, sou tomado por uma pontinha de entusiasmo.

Estarei em casa no próximo fim de semana. Vou ver como estão meus irmãos e aí mandarei uma mensagem para saber se ela está livre.

Eu me deito na cama, me sentindo instantaneamente mais calmo com esse plano. Só preciso sobreviver sem vê-la por mais sete dias.

CAPÍTULO QUARENTA E UM

Avery

NA SEXTA, QUINN ME CONVENCE A SAIR E IR ATÉ A PISTA PARA ENCONTRAR COLTER E OS amigos dele. Eles tiveram o último grande evento no fim de semana passado e vão ficar algumas semanas de folga antes de realizarem eventos menores e os shows de Supercross.

Alguns pilotos estão fazendo acrobacias, outros estão sentados nas motos conversando em grupos. Colter está sentado comigo e com Quinn na caçamba da caminhonete dele. Oak trocou a moto de trilha por um skate e está andando nele à nossa frente enquanto ele e Colter pensam em novas manobras coletivas.

— Colter disse que Knox está gostando muito da nova equipe — diz Quinn, me dando uma cotovelada de leve.

— Isso é bom. — Meu estômago se contorce à menção dele, mas mantenho os sentimentos cuidadosamente guardados. Não que eu esteja enganando alguém, muito menos Quinn.

— Ele também disse… — ela continua, mas estico a mão e aperto o braço dela quando o assunto da nossa conversa aparece.

Meu coração para. Meu Deus, como senti saudades dele.

Está usando seu uniforme, composto de calça jeans e camiseta preta sob a jaqueta de couro. Não o vejo há quantos dias? Não sei, mas parece um milhão.

— Knox! — Colter salta para o chão para cumprimentá-lo, e outros pilotos se reúnem em volta dele.

Ele levanta os olhos do grupo e encontra os meus enquanto continua a conversa. As borboletas no meu estômago se agitam.

— Você sabia que ele estava de volta? — pergunta Quinn.

— Não. Nós não conversamos — respondo, me forçando a desviar o olhar dele. Machuca o fato de ele ter voltado sem ter nem mandado uma mensagem para me avisar. Quase tanto quanto machucou ele não ter me avisado quando foi embora de Valley.

— Você não vai falar oi? — pergunta Quinn com um grande sorriso no rosto. — Ele fica olhando para cá.

Antes que eu possa responder, ele dá um tapinha no ombro de um cara e começa a vir na minha direção.

— Ah, acho que essa é minha deixa para cair fora — murmura minha melhor amiga antes de pular da caçamba. Ela passa por Knox em fuga, acenando os dedos para ele e cantarolando "olá" enquanto segue em frente.

Eu desço da caminhonete quando ele para na minha frente.

— Oi.

— Oi, princesa. — Há uma provocação amigável na voz dele que amolece meu coração.

Nós nos aproximamos um do outro. Eu me contenho quando estou prestes a abraçá-lo, mas aí ele passa os braços em volta de mim. Couro, sabonete e um traço de perfume.

— O que está fazendo aqui? — pergunto, um pouco ofegante e nervosa quando recuo e cruzo os braços.

— Colter disse que o pessoal vinha para cá e que você estava aqui.

Olho na direção de Quinn. Ela nos observa com um sorriso hesitante. O namorado dela agora está na minha lista de inimizades. Ele não podia ter me avisado?

— Aqui em Valley, é o que eu quero dizer. Pensei que estivesse no Novo México.

— Eu estava. — Ele assente com a cabeça. — Só vim passar o fim de semana. O último jogo do time de Flynn vai ser amanhã à noite. Obviamente ele não vai jogar, mas mesmo assim não queria deixar de vê-lo entrar na quadra pela última vez.

— Tenho certeza de que ele ficou muito feliz de você ter vindo. Como está o cotovelo dele?

— Melhor. Os médicos dizem que o quadro está progredindo bem. Talvez ele consiga arremessar mais adiante na temporada.

— Fico muito feliz em ouvir isso.

— Obrigado pela recomendação de fisioterapeuta. Flynn disse que você ligou em nome dele.

— Ah, não tem de quê. John me ajudou um pouco com o meu joelho.

— Flynn ficou muito agradecido, e eu também.

— Disponham. — Há um instante de silêncio desconfortável, e o barulho à nossa volta se infiltra em nosso mundinho. Começo a me dirigir à pista, onde um dos pilotos faz uma manobra que vi Knox praticando não muito tempo atrás. — Já está com saudade de tudo isso?

— Na verdade, estou — diz ele. — E de você também.

Meus pulmões ficam ser ar. As palavras dele são um alívio, mas ainda assim causam dor. Ignoro o desconforto e sorrio. Este é Knox. Não importa como ficaram as coisas entre nós, espero que possamos ser amigos. Ou pelo menos amigáveis um com o outro.

— É, também sinto saudades de você, mas ouvi falar que está gostando muito da nova equipe.

— Eu estou, sim. — Ele assente com a cabeça de novo.

Brooklyn e outro piloto, que estavam na pista quando Knox chegou, se juntam a nós. Eles o cumprimentam e imediatamente começam a inundá-lo de perguntas. Logo, quase todo mundo se amontoa ao redor dele.

Quinn chega ao meu lado e pega minha mão, apertando-a de leve. Ela sussurra:

— Você está bem?

— Estou — respondo.

Pelas próximas duas horas, Knox permanece acompanhado por pessoas que querem falar com ele. Fico com Quinn até umas onze horas, quando a maioria das pessoas já parou de pilotar. A maior parte do grupo agora está abrindo cervejas.

— Acho que vou indo — digo a ela.

— Não... Já? — pergunta ela enquanto me abraça.

— É. Preciso acordar cedo. — Eu lhe dou meu melhor sorriso de indiferença, que ela com certeza interpreta como: sim, estou fugindo de Knox porque estou apaixonada por ele.

— Me mande uma mensagem para eu saber que chegou bem.

— Tá bom.

Aceno para Colter. Ninguém mais nota de fato minha partida. Todos são simpáticos, mas para a maioria das pessoas ainda sou basicamente a amiga da namorada do Colter. Knox está de costas para mim, conversando com Brooklyn. Fico na dúvida sobre se devo ou não dar tchau, mas acabo decidindo que é melhor do que sair à francesa. Quero realmente que possamos conviver e conversar sem que fique um clima estranho. Hoje não foi assim, mas quem sabe um dia.

— Ei — digo, entrando no campo de visão dele. Brooklyn me oferece um sorriso educado, depois se afasta com a desculpa de que precisa pegar outra bebida.

— Ei. — O sorriso de Knox está maior do que antes, quase esperançoso, quando ele se vira na minha direção.

— Estou indo embora, mas queria dizer tchau.

O sorriso dele murcha.

— Você já vai?

— Vou. Mas foi bom te ver. Fico muito feliz que tudo esteja indo bem. A gente se vê por aí. — Eu me afasto rapidamente. Posso sentir as lágrimas se formando, e não quero chorar aqui.

— Espera. — Ele corre para se colocar à minha frente. — Aonde você vai?

— Para casa.

— Quer companhia? — Ele dá um sorrisinho. — Nem conseguimos conversar direito. Pensei em você o tempo todo desde que fui embora.

Meu coração dá um salto e dispara.

— Preciso acordar cedo. Temos uma competição no domingo, então vou treinar pela manhã para repassar as séries.

— Certo. É em Valley?

— É. É nossa estreia em casa. — O convite está na ponta da minha língua, mas sei que ele precisa voltar para o Novo México.

— E amanhã à tarde? Está livre depois do treino?

Seria tão fácil dizer que sim e nos deixar cair na mesma dinâmica de antes, mas aí ele vai embora, e vou ficar mais uma vez de coração partido.

— Não acho que seja uma boa ideia — digo a ele, abaixando os olhos. — Também senti sua falta, e é claro que quero passar um tempo com você, mas e depois?

— Não sei — admite ele. — Ainda não tenho tudo resolvido, mas sei que quero te ver sempre que der. Estarei de volta na maioria dos finais de semana. As coisas não precisam mudar.

Ele estica o braço e entrelaça o dedinho no meu.

— Mas esse é o problema. Não quero só continuar fazendo alguma coisa quando nossas agendas baterem. Ou melhor, quero, mas não só isso. Eu quero mais. Quero você o tempo todo, mesmo nos momentos em que não estamos juntos.

— Você acha que quer, mas o que acontece se você se cansar de ter um namorado por perto só a cada quinze dias? Seria muita pressão para nós dois. Isso que temos é bom. Por que estragar?

Respiro fundo e encaro seus lindos olhos cor de mel.

— Porque estou apaixonada por você, Knox.

O pânico no rosto dele é imediato. Ele está mesmo tão surpreso?

— Eu... — Ele faz menção de falar, mas desiste. Cerra o maxilar e engole em seco.

— Você não precisa responder. Sei que não sente o mesmo por mim nem quer um relacionamento. Uma das coisas que mais admiro em você é o jeito como sempre foi sincero comigo. Mas, se é para *ser sincera*, não posso continuar ficando com você, fingindo que é isso que quero. Sei que eu disse que não queria um relacionamento, e era verdade na época. Mas em algum momento acabei me apaixonando profundamente por você.

— Avery. — A voz dele falha ao dizer meu nome.

— Está tudo bem — falo, cortando-o. Saber que ele não sente o mesmo é uma coisa, mas ouvir isso partiria meu coração. — Preciso ir.

Dou um passo para trás e então paro e olho para ele. Ele está de cenho franzido e parece... perdido.

— Foi bom ver você, de verdade. Boa sorte no Novo México.

CAPÍTULO QUARENTA E DOIS

Knox

O GINÁSIO DA ESCOLA DE ENSINO MÉDIO DE VALLEY ESTÁ CHEIO. HENDRICK E EU TROCAMOS olhares conforme entramos e nos dirigimos aos nossos assentos de sempre. Eles estão ocupados, mas Archer e Brogan acenam da seção seguinte.

— Você sabia? — me pergunta Hendrick.

Balanço a cabeça. É a Noite dos Pais, o que explica por que há quase o dobro do público. Os pais de todos os jogadores se esforçaram para estar aqui e demonstrar seu apoio.

Toda a premissa da noite me incomoda, mas percebo que provavelmente só estou chateado porque, ao contrário dos companheiros de time, Flynn não tem pais para virem aqui apoiá-lo.

Ele não mencionou nada sobre esta noite, mas todo ano é a mesma coisa. Sempre tem alguma camiseta, placa ou alguma outra identificação para que todos os pais se destaquem entre a multidão. Este ano parecem ser bótons. Broches grandes e redondos estampados com a foto do time. Meu Deus.

— Owwwn. Você vai ficar tão ridículo com um desses preso no

peito em dezoito anos por causa do pequeno Hollywood. Promete que vai mandar fotos?

Hendrick me lança um olhar irritado, mas há uma centelha de entusiasmo que ele não consegue esconder muito bem.

Nós nos sentamos sem dizer nada. Flynn está embaixo da cesta devolvendo bolas com uma mão enquanto o time dele aquece. Ele tem um sorriso hesitante no rosto quando olha para cá. Tento interpretá-lo. Ele está se sentindo excluído no meio de tudo isso? Sentindo mais saudade da nossa mãe do que de costume? Parece um golpe duro que este seja o último jogo dele. Ou talvez ele esteja grato por não ter que suportar mais nada disso.

— *Algum sinal do pai?* — sinaliza Archer para mim e Hendrick.

— Não. — Hendrick cerra o maxilar. Nosso pai não apareceu de novo desde o hospital. Ele ficou enquanto Flynn estava em cirurgia, mas depois nem se incomodou em aparecer para vê-lo quando tudo acabou. Eu gostaria de me surpreender.

— *Que desgraçado* — diz Brogan baixinho, sinalizando para Arch. Estamos todos de acordo quanto a isso.

— Se fosse para aparecer em qualquer noite, ele poderia no mínimo vir na Noite dos Pais e fazer alguma coisa de útil — diz Hendrick. — Eu odiava pra caralho essas noites.

— Eu também — dizem Archer e Brogan ao mesmo tempo.

— Ele não merece ser reconhecido como pai — digo.

— Não tem a ver com isso — fala Archer. — Tem a ver com Flynn. Ele só quer ser um garoto normal com uma família normal em noites como esta. É isso que todos nós queríamos.

Meu estômago se contorce. Nunca pensei por esse lado. Volto a olhar para Flynn. Caralho.

— Vou tomar um ar.

Saio sem dizer mais nada. Pego o celular quando chego na cafeteria. O cheiro de pipoca queimada me deixa enjoado. Ou talvez o que me deixa assim é encarar o contato do meu pai na tela do celular. Desbloqueio o número e ligo sem me permitir pensar demais a respeito.

Ele atende no segundo toque. Vou até um canto mais afastado, mas ainda assim barulhento.

— É a Noite dos Pais — digo, pulando todos os cumprimentos.

— Tá bom.

Aperto os dentes antes de continuar.

— Você consegue vir ao jogo ou não?

— Já estou aqui — diz ele, e desta vez sua voz soa mais perto e percebo que não o ouço só pelo celular. Eu me viro e dou de cara com ele. Ele tira o celular do ouvido mais devagar que eu. Se quer que eu demonstre felicidade ou surpresa por ele estar aqui, não vai conseguir isso de mim.

— Flynn ligou ontem à noite para me avisar sobre o jogo — diz ele.

Tantas perguntas se acumulam na ponta da minha língua, mas nem fodendo vou questioná-lo ou lhe dar outra oportunidade de mentir para mim.

O sinal toca, e eu me viro para voltar ao ginásio. Meu pai me segue. Quando chegamos ao lado dos meus irmãos, faço uma pausa, e ele também. Aceno indicando que ele deveria se sentar conosco. As sobrancelhas dele se arqueiam ligeiramente, mas ele se senta sem comentar.

— *Que porra é essa?* — Archer sinaliza e articula com os lábios quando nosso pai se senta conosco pela primeira vez em... muito tempo.

— Isso não muda nada entre nós — digo ao meu pai, apontando para o espaço que há entre mim e ele. — Flynn é um bom garoto. Reúne as nossas melhores qualidades. Não entendo por que ele queria que você viesse, mas sei que, quando partir o coração dele, vai ser um alívio. Finalmente poderei esquecer que você existe.

Eu me sento sem dizer mais nada. Hendrick assente como se concordasse com tudo que fiz ou falei. Jane chegou desde que saí e me faz um sinal de joia. A aprovação dela me faz sorrir.

Meu coração martela no peito, mas não tenho muito tempo para me acalmar antes que Flynn venha até aqui. Ele está com o agasalho vermelho da escola, pronto para se sentar no banco. E nas mãos dele há dois bótons com a foto do time.

Nós todos o cumprimentamos como se os últimos instantes anteriores não tivessem sido tensos.

— Eles, hã, me deram isso. — Ele mostra os bótons com um sorriso envergonhado. Então estende um na direção do meu pai. Eu odeio cada segundo, mesmo entendendo que tem mais a ver com fazer parte do ritual do que com declará-lo o pai do ano. Aí Flynn entrega o outro para mim. O rosto dele está vermelho. Um nó de emoção se forma em minha garganta enquanto o pego. Eu levanto o bóton como forma de agradecimento, e ele recua, então se vira para voltar ao banco.

Meus dedos se atrapalham enquanto passo o bóton pela camiseta e o prendo. Quando olho para cima, Hendrick tem um sorriso largo.

— Quem está ridículo agora?

Eu coço a lateral do nariz com o dedo do meio e coloco toda a minha atenção à frente quando começam a anunciar os jogadores que vão iniciar a partida.

Depois do jogo, ficamos todos lá esperando por Flynn. Nosso pai também, mas ele mantém distância. Nosso irmãozinho sai rápido, uma vez que não jogou. Ele vai até o pai primeiro. Não consigo ouvir o que eles dizem, mas Flynn parece feliz.

— Ele vai ficar bem — diz Brogan, como se lesse minha mente.

— Cem por cento de chance de o nosso pai decepcioná-lo.

— E, quando isso acontecer, Flynn vai ficar bem. Vocês três sobreviveram, e ele também vai conseguir. Além disso, ele tem a gente. E a gente compensa o pai inútil que tivemos. — Ele me cutuca com o cotovelo enquanto dá um sorriso presunçoso.

Espero que ele esteja certo.

Quando Flynn chega até nós, meu pai vai embora. Ninguém diz nada sobre ele ou sobre o fato de Flynn tê-lo convidado para vir.

— Quer parar em algum lugar para jantar? — pergunto a ele.

— Sim. Seria legal.

Vamos ao The Hideout, porque Hendrick quer passar no bar depois e esse é o restaurante mais perto de lá. Assim que nos acomodamos, Archer e Brogan veem alguns amigos sentados no balcão e nos deixam para ir cumprimentá-los.

Flynn está no celular, nos ignorando.

— Você viu a Avery desde que chegou? — pergunta Hendrick. Jane se aproxima de repente, obviamente ansiosa para ouvir a resposta.

— Vi. Encontrei com ela ontem à noite.

— E? — incita Jane.

— Ela está bem. Tem um campeonato amanhã.

— Você vai?

— Não — digo devagar. — Não fui convidado, e acho que ela não ficaria muito animada em me ver.

— Por que não? — Flynn levanta os olhos do celular, o cenho franzido.

Archer volta sem Brogan.

Eu lanço a ele uma expressão que grita *me salve*, mas ele a ignora e pergunta:

— O quê?

— *Ele está prestes a nos contar como estragou tudo com a Avery* — diz e sinaliza Hendrick.

Há muito barulho, e, embora Archer seja bom em leitura labial, às vezes não consegue acompanhar uma conversa em grupo.

— *Ela queria mais, ou nada.*

— Mais? — pergunta Hendrick, arqueando a sobrancelha.

— *Algo mais sério* — admito, depois pigarreio. — Mas amanhã vou embora de novo e só vou voltar em finais de semana esporádicos até o fim da temporada.

— Então você simplesmente a rejeitou? — indaga Jane. A descrença faz com que seus grandes olhos verdes se arregalem e que ela fique boquiaberta.

Merda, está quente aqui. Dou um gole na minha água.

— *É a melhor opção agora. Não posso estar com ela sendo que não estarei por perto.* — Ela merece alguém com quem possa passar o tempo, que a leve para jantar e assista às competições dela. Alguém que também esteja ao seu lado para ouvir cada detalhe dos dias chatos, porque esses são os momentos que mais importam. Muito da vida acontece nos dias que não estão marcados no calendário.

Ficamos em silêncio por alguns longos segundos, e aí Archer concorda com a cabeça.

— É. Relacionamentos a distância são difíceis — diz. — Tenho vários amigos que tentaram, e quase nenhum durou mais que um semestre.

Hendrick demora para escolher as palavras, mas também assente em concordância.

— *Não faz tanto tempo que vocês estão juntos, então talvez seja melhor manter as coisas assim. A distância e o tempo podem te ajudar a descobrir como se sente em relação a ela.*

— *Com certeza* — digo, mas realmente não preciso de nenhuma das duas coisas. Sei como me sinto em relação a ela. Só que, de alguma maneira, isso só torna mais importante que eu faça a coisa certa.

Pensei que meu peito ia se partir em dois enquanto ela me dizia que estava apaixonada.

— O que você acha, Hollywood? — pergunto.

Jane dá de ombros devagar.

— Gosto muito da Avery, mas, se você não sabe o que sente por ela, então acho que tomou a decisão certa.

Não é exatamente o que eu esperava, mas pelo menos ela não disse que sou um idiota.

— *Eu gostava dela também* — diz Flynn. — *E gostava de como você era com ela. Mas acho que nunca te vi com uma garota antes, então talvez essa seja apenas sua cara quando está transando regularmente.*

Lanço para ele um olhar tão intenso que o faz corar e ficar quieto.

— Espero que você não fale desse jeito com as garotas na escola.

Seu sorriso tímido se alarga.

Brogan se joga na cadeira vazia.

— O que eu perdi?

— *Knox rejeitou a Avery. Eles terminaram.* — A maneira como Archer sinaliza as palavras enquanto as fala faz com que pareçam especialmente brutais. Não gosto de vê-las nem de ouvi-las.

Brogan se vira para mim. A expressão geralmente amigável e brincalhona dele desapareceu.

— Seu idiota.

Archer o cutuca, ainda sinalizando ao falar:

— *Ele está tentando fazer a coisa certa e poupar os dois da dor de cabeça dessa merda de relacionamento a distância.*

O olhar de Brogan, que diz *você é um idiota*, não se ameniza.

— O que ela disse exatamente? — pergunta Jane. — Talvez não seja tão ruim quanto você fez parecer.

— *Que estava apaixonada por mim e queria ser minha o tempo todo, não só quando nossas agendas batessem para uma ficada.* — Eu bebo mais água, mas isso não ajuda a aplacar o inferno flamejante dentro de mim.

— *Ela disse que estava apaixonada por você?* — pergunta Hendrick.

— *É.*

— *Isso é uma grande coisa.*

— *Imensa* — diz Brogan. — *Vocês sabem que esse cara não facilitou que ela se aproximasse nem que se apaixonasse por ele.*

Ai. Sei que provavelmente é verdade.

— Mas isso não importa se ele não sente o mesmo por ela — fala Jane.

— *Ele sente.* — Brogan gesticula para mim, ainda parecendo irritado. — *Olha para ele. Está com o mesmo olhar infeliz que Henny tinha quando fingia não gostar da Jane.*

Jane se aconchega mais no meu irmão mais velho e coloca a cabeça no ombro dele.

— *Eu estou um caco* — admito. — *Me sinto cada vez pior desde que esta conversa começou.*

Eu encaro todos eles, e fica claro que todos enxergam a minha idiotice. Brogan arqueia a sobrancelha como se me desafiasse a discordar dele.

— É claro que eu amo a Avery, porra — falo um pouco mais alto do que pretendia. Dizer aquilo em voz alta faz com que uma nova forma de pânico me invada. Acho que estou sentindo isso há um tempo, mas não percebia o que era essa sensação incômoda e terrível que me acompanhava desde que fui embora até ela se declarar para mim.

Brogan acena fazendo uma expressão de "dã".

Mas isso realmente importa? Eu ainda sou o mesmo.

— *E daí se eu a amo? Isso não muda a situação. Eu vi como a mãe se sentia com as idas e vindas do pai. Jamais quero fazer alguém se sentir assim.* — Não vou cometer os mesmos erros que ele. Jurei isso anos atrás e continuo mantendo minha palavra.

— O pai era um babaca com ela mesmo quando estava por perto — diz Hendrick. — *Não tinha nada a ver com onde ele estava.*

— *Relacionamentos a distância podem ser uma merda, mas você vai mesmo virar as costas quando a pessoa que ama está dizendo que sente a mesma coisa por você?* — pergunta Archer, incrédulo e arqueando a sobrancelha.

Não preciso responder a eles para saber que não é isso que quero. Mas mesmo assim...

— *E se eu acabar machucando a Avery ou se fizer merda?*

— Você com certeza vai fazer merda — diz Jane, rindo de leve. — Todo mundo faz, e você tem ainda menos experiência que a maioria. É como age depois de ter feito a merda que define quem você é.

— Caralho — murmuro de novo. — *Preciso vê-la.*

Archer coloca a mão no meu ombro para me impedir de levantar.

— Você não pode ir agora. Ela tem o campeonato amanhã, e provavelmente já está dormindo.

— *Eu vou embora amanhã* — digo.

— *Não, você só vai depois do campeonato dela.* — Brogan sorri e brinda com o meu copo. — *Agora vamos decidir que raios você vai falar para se redimir por ser um idiota tão burro.*

CAPÍTULO QUARENTA E TRÊS

Knox

— Essa foi uma má ideia — digo quando Brogan e eu entramos no ginásio. Meu estômago está revirado, e sinto suor na palma das mãos.

Atrás de mim, ele coloca as mãos nos meus ombros, como se quisesse me impedir de dar meia-volta e ir embora. Essa ideia passou pela minha cabeça. Que raios estou fazendo aqui? Ela está se preparando para competir. A última coisa de que precisa agora é uma distração. Que é exatamente como me sinto. O tonto que apareceu sem ser convidado. Talvez ela nem queira me ver.

— Apenas siga o plano, Casanova — diz ele. — É um ótimo plano.

— Só está dizendo isso porque foi você que o elaborou.

Ele sorri com orgulho.

Eu queria ter ido falar com ela ontem à noite, não aparecer sem avisar no campeonato como se fosse um *stalker*. Não consigo acreditar que acabei sendo convencido a concordar com isso.

Encolho os ombros para me livrar dele e me sento. O ginásio tem arquibancadas em um dos lados. É um público pequeno, mas os eventos estão acontecendo a uma distância suficiente para que eu me sinta confiante de que ela não vai me ver logo de cara.

Esquadrinho o espaço até encontrar Avery. Ela está no canto mais afastado do ginásio, se aquecendo ao lado da mesa. Meu coração dispara.

E se ela mudou de ideia? Eu a magoei. Deu para ver no rosto dela. Avery é durona. E forte. Pode já ter decidido que não sou o tipo de cara em quem ela quer investir energia.

— Você não precisava vir junto — digo enquanto sacudo a perna.

— Sem chance de eu perder isso — responde Brogan. — Você abrindo seu coração para uma garota? Essas serão memórias únicas na vida, com as quais poderei te provocar até o fim dos tempos. — Eu o olho com raiva, mas ele não está prestando nenhuma atenção em mim. Seu olhar está intensamente fixado no tablado. — Além disso, ginastas são gostosas.

O primeiro aparelho são as barras assimétricas. Avery não está entre as seis atletas que vão competir pela equipe da Valley. Ela fica torcendo durante as duas primeiras séries, depois tira o agasalho e vai para um espaço na lateral. Dá pulos no lugar, eleva os joelhos e corre ao longo do espaço, parando cada vez que uma das colegas termina nas barras para cumprimentá-la.

No fim da rotação, quando a Valley assume a liderança, a expressão dela muda. Posso ver a concentração em seu rosto e quase sentir seu nervosismo.

— Knox! — alguém grita meu nome.

Baixo os olhos e vejo Hope sorrindo e acenando para mim. Ela diz alguma coisa para a mulher logo atrás dela, e as duas começam a subir a arquibancada na nossa direção.

— Hope. — Meu sorriso vem fácil. — Oi. Bom te ver.

— Bom te ver também.

A mulher se aproxima. Ela tem a mesma cor de cabelo e o mesmo nariz reto de Hope.

— Esta é minha mãe — Hope me diz, então se volta para a mulher: — Este é o namorado da Avery, Knox.

Brogan ri baixinho e murmura:

— Bem que ele gostaria.

— É um prazer conhecê-la. — Aceno com a cabeça para a mãe de Hope. As duas se sentam ao meu lado.

Hope se inclina para mim.

— É mais fácil do que explicar para ela o que você é de fato. Que atualmente é o quê? — Há um tom gélido na voz dela que indica claramente que ela está do lado de Avery.

Brogan se inclina na nossa direção.

— Gosto de você, garota. Sou o irmão do Knox, Brogan.

Hope acena para ele e enrubesce. Parece que talvez agora eu seja o segundo Holland preferido dela.

— É a primeira vez que ela compete no salto sobre mesa desde a temporada passada — diz Hope enquanto observa Avery, que ainda está se aquecendo.

— Legal — diz Brogan, aplaudindo com a plateia. — Ela consegue.

Não tiro os olhos de Avery quando a primeira garota da equipe dela começa a rotação do salto. Ela deve acertar em cheio, porque todos ao nosso redor comemoram animados.

Uma mulher que presumo ser a técnica fala com ela enquanto elas esperam os árbitros. Estou suando mais do que antes das minhas próprias corridas.

Avery é a terceira a saltar. Quanto mais perto da vez dela, mais confiante ela aparenta estar. Sinto que vou vomitar. Quando ela assume a posição no fim da pista, inclina a cabeça para um lado e para o outro, o olhar fixo à frente. Ela dobra os dedos do pé e depois os estica. Quando está pronta, levanta os braços e sorri para os árbitros. Os ombros dela se encolhem e despencam enquanto ela respira fundo, e aí ela sai correndo. Levanta os braços, faz um rodante e um flick antes de se impulsionar na mesa e rodopiar no ar em cima dela. Ou ao menos é o que parece. Tudo acontece tão rápido que é difícil distinguir os elementos individuais.

Solto um suspiro de alívio quando Avery crava a aterrissagem, mas ele não dura muito, porque quase imediatamente percebo que há algo errado. O sorriso é forçado e a postura dela ao levantar as mãos para os árbitros está simplesmente... errada.

Abro a boca para perguntar a Hope quando Avery despenca no colchão.

— O que aconteceu? — O salto pareceu perfeito, mas alguma coisa deve ter saído errado.

— Não sei. Talvez o joelho.

Meu coração dispara no peito e meu estômago se revira. Não, não, não. Ela trabalhou duro demais para ter esse tipo de complicação. O ginásio fica em silêncio até que Tristan e outro cara a ajudam a levantar. Aplausos preocupados a seguem enquanto eles a tiram da área principal por uma porta do outro lado do ginásio.

— Eu vou... — começo a falar para Brogan.

— Vai — diz ele.

Não me ocorre que talvez ela não fique feliz em me ver, especialmente em um momento como aquele, até que estou junto à porta.

Avery está deitada em uma maca improvisada enquanto um cara de camisa polo azul e calça cáqui examina o joelho dela. Ao vê-la, meus pulmões enfim permitem a entrada de um pouco de ar. Não consigo ver o rosto dela. Ela cobre os olhos com ambas as mãos.

Meu coração está saindo pela boca quando ela deixa a cabeça cair para o lado e olha diretamente para mim. Ela pisca para afastar as lágrimas.

— Knox?

CAPÍTULO QUARENTA E QUATRO

Avery

ELE FICA PARADO JUNTO À PORTA ENQUANTO A SRA. WEAVER E OUTRO TREINADOR examinam meu tornozelo.

— Eu estou bem — digo a eles enquanto me sento. — Acho que só torci. — O susto foi maior que a dor. Assim que aterrissei errado, entrei em pânico, mais do que consciente de como qualquer lesão pode me fazer perder meses ou anos de treinamento, ou até acabar com tudo de vez.

Estou com os nervos à flor da pele e não consigo impedir minhas mãos de tremerem, mas acho que não me machuquei. O tornozelo está doendo, mas não parece quebrado. Graças a Deus.

A adrenalina ainda me atravessa enquanto tento relaxar e deixá-los me examinarem. Estendo a mão para Knox, e ele avança como se estivesse esperando algum sinal meu para se aproximar.

— Oi — digo baixinho quando os dedos dele envolvem os meus.

— Oi, princesa. — A voz grave dele e aquele apelido familiar me acalmam. — Você me deu um susto do cacete.

— O que está fazendo aqui? — pergunto a ele.

Antes que ele possa responder, o treinador se intromete. Como pensei, não quebrei nada, mas ele e a sra. Weaver acham que seria melhor eu ficar de fora do resto da competição.

— Não. — Balanço a cabeça, fazendo menção de me levantar.

Todo mundo se move na minha direção de uma só vez, como se achassem que vou cair. Eu me apoio com cuidado no tornozelo esquerdo, testando-o. Está sensível e um pouco dolorido, mas consigo apoiar o peso nele.

— A trave é nossa última rotação. Vou estar bem até lá.

As sobrancelhas da sra. Weaver se unem, e ela me estuda com atenção. O que quer que tenha visto deve tê-la convencido de que estou falando a verdade, porque assente com a cabeça.

— Depois que estiver enfaixado, teste como se sente com alguns aquecimentos leves, e daí decidiremos.

Dou um sorriso, sabendo que ela vai concordar comigo. Não vou me forçar se achar que poderia ficar piorar, mas preciso voltar à competição, ainda que não consiga explicar por quê.

Knox segura minha mão, apertando firme enquanto o dedão acaricia os nós dos meus dedos durante todo o tempo em que o treinador trabalha no meu tornozelo.

Quando estou pronta, Knox me ajuda a levantar, e caminhamos de volta para o tablado. Algumas das minhas companheiras de equipe me lançam olhares questionadores, mas fico com Knox mais um pouco.

— Pensei que já estaria de volta ao Novo México — digo.

— Eu também. — Ele me encara, me olhando fixamente nos olhos. — Mas precisava te ver antes de ir.

Meu coração quer se estilhaçar aos pés dele. Ele está aqui para dizer adeus. Nunca chegamos a fazer isso de fato antes da sua última partida. Sei que vai doer vê-lo ir embora, mas pelo menos disse a ele como me sinto. Não tenho nenhum arrependimento. Faria tudo de novo, mesmo sabendo o resultado.

— Obrigada por estar aqui. — Engulo o nó na minha garganta. — É melhor eu testar essas faixas.

— Sim, certo. É claro. — Ele pigarreia. Parece que algo o incomoda, mas talvez essa seja apenas a estranheza que estará presente entre nós agora.

— Você vai ficar até o fim?

— Sim. Estarei aqui. Espero que possamos conversar.

Meu coração acelera.

— Sobre o quê?

— Eu, hã... depois seria melhor. Acho.

— Me fala agora. — Não posso esperar mais uma hora para ouvir o que ele tem a dizer. Isso me deixaria louca.

— Não é nada de mais. Concentre-se apenas em arrasar. — Ele tenta sorrir, mas não é nem um pouco convincente.

— Knox?

Seus lábios se apertam e seu maxilar se contrai. Se ele está preocupado em me magoar mais do que já fez, não acho que isso seja possível.

— Avery. — A sra. Weaver me chama. Estamos prestes a passar para a terceira rotação, e preciso mesmo me juntar à equipe novamente.

— Só me fala, Knox. Está tudo bem. O que quer que seja. Vou ficar bem.

— Eu te amo — diz ele abruptamente, então fecha os olhos bem apertados. — Merda. Espera. Não. Isso não está certo.

Tudo ao meu redor parece se mover mais devagar enquanto meu cérebro processa o que ele disse e a adorável expressão de frustração em seu rosto.

— Então você não me ama?

— Não, eu amo. É que... Merda. Estou estragando tudo. Preparei todo um discurso.

Meu coração martela no peito, e tento reprimir um sorriso.

— Sinto muito por ser um covarde. Eu deveria ter dito como me sentia antes, mas achei que não importava. Talvez não importe mais. Eu não te culparia se fosse tarde demais, mas não conseguiria viver sem te dizer isso. Eu te amo, Avery. Você é a pessoa mais impressionante que já conheci. Você é linda, inteligente, tão talentosa. Você se esforça mais do que qualquer pessoa que eu conheço, vai atrás dos seus sonhos, e ainda assim sempre tem tempo para ajudar as outras pessoas a correrem atrás dos delas. Não há nada que você não faria pelas pessoas com as quais se importa. Quinn, Colter, Hope, Flynn, eu... — Ele dá um sorriso de canto. — Faz muito tempo que não deixo ninguém se aproximar, mas você não me deu escolha. Apenas sendo você mesma, insistente e enxerida, você forçou o caminho para o meu coração, e aí já era. Talvez não tenha feito um ótimo trabalho ao mostrar que eu já era totalmente seu, mas eu era. Ainda sou. E quero que seja minha. Não só quando estivermos no mesmo lugar, mas o tempo todo.

Ele fica olhando para mim, esperando uma resposta. A adrenalina me atravessa, e meu coração parece que vai sair pela boca.

O locutor anuncia as atletas do próximo evento, e sei que preciso ir. Há tantas coisas que quero dizer, mas tudo o que consigo fazer é abraçá-lo rapidamente, como quis fazer a semana inteira. Meus olhos ardem de lágrimas, e as deixo cair enquanto sorrio para ele e dou um passo para trás, na direção da minha equipe.

— Preciso ir. Eu te encontro assim que acabar.

Uma pontada de preocupação e dúvida franze a testa dele, e ele assente com a cabeça. Fico encarando-o enquanto assumo meu lugar no tablado, e ele se senta na arquibancada com Brogan e Hope. Ela acena para mim, claramente animada ao ver que não estou fora do campeonato, e faz um sinal de joia questionador, como se para confirmar que estou bem. Eu retribuo o gesto, fazendo o sorriso dela se alargar.

Torço pelas minhas colegas durante o solo com um entusiasmo renovado. Tento não olhar para Knox com muita frequência, mas, sempre que faço isso, eu o encontro olhando para mim. E, por mais que tente afastar todas as preocupações, continuo ouvindo as palavras dele de novo e de novo. Ele me ama. Knox Holland me ama. Acho que eu já sabia disso, mas nunca pensei que o ouviria admitir.

Quando chegamos na trave, estou um poço de ansiedade e entusiasmo. Sinto como se estivesse esperando para fazer esta série há anos. Hoje sou a última, então preciso esperar e ver todo mundo se apresentar na minha frente.

A outra equipe está no salto, e elas acabam antes de nós, portanto, quando saúdo os árbitros, todos estão olhando para mim.

Fecho os olhos brevemente e expiro, depois coloco as mãos na trave e subo. Enquanto executo os elementos, tenho flashes de todas as vezes que Knox e eu treinamos juntos. Como ele era insuportável, como me provocava, o modo como se comportava com Hope e a imagem ridiculamente sexy dele suado e sem camisa, os músculos saltados depois de uma hora de treino pesado.

Não consigo indicar o exato instante em que me apaixonei por ele. Aconteceu em todos aqueles momentos, pequenas porções a cada vez.

Quando faço o triplo giro cossaco, posso ouvir Hope gritando mais alto que todo mundo. Em seguida, faço minha sequência acrobática, aerial lateral e layout step-out. Parece que estou me assistindo de cima, de fora do corpo. Estufo o peito com orgulho e dou um sorriso maior do que nunca. Não quero nunca mais subestimar essa sensação. A trave é o meu lugar favorito no mundo, e sei que cada oportunidade de estar em cima dela é um presente.

Cravo os saltos, não oscilo nos giros, e meus movimentos coreográficos são graciosos. Depois de horas de prática, deu tudo certo. A única coisa que falta é a saída. Testo meu tornozelo quando levanto e estendo meu pé esquerdo. Felizmente, só restou uma dorzinha. Quero fazer isso, mas não às custas do resto da temporada.

Treinei a nova saída por duas semanas inteiras, acertando mais do que errando. Mas sempre é diferente na frente do público. Engulo o pouquinho de dúvida que tenta me atrapalhar e volto a me concentrar. Ouço a voz de Knox na minha cabeça. *Você consegue, princesa.*

Quando começo a sequência de acrobacias em direção à extremidade da trave, tudo fica em silêncio. Meu sentimento de dúvida e o público também. Não sei se realmente estão em silêncio ou se só parei de escutar todo o resto, mas, quando tomo impulso e faço o duplo mortal grupado com pirueta, juro que há um arquejo coletivo audível no ginásio.

Meus pés aterrissam no colchão, o peito um pouco mais baixo do que em alguns treinos, mas me endireito rapidamente, juntando os pés e jogando as mãos acima da cabeça.

O silêncio perdura mais um segundo, e aí há uma explosão ruidosa ao meu redor. Minhas companheiras de equipe da Valley U gritam meu nome, e a multidão comemora e aplaude. Corro na direção da sra. Weaver. Ela está com uma expressão de alívio no rosto quando jogo os braços em volta dela.

— Obrigada por acreditar em mim — digo, apertando-a tanto que ela tem dificuldade para responder.

— Bom trabalho, Avery.

Assim que nos separamos, sou imediatamente rodeada pelas minhas colegas. Nós nos abraçamos e nos cumprimentamos, e, quando os árbitros retornam com uma nota dez perfeita, gritamos de alegria.

Tristan se aproxima de mim com um olhar que está em algum lugar entre a presunção e o orgulho.

— Bom trabalho, Ollie.

— Como é? — pergunto, levando uma mão à orelha.

Ele revira os olhos.

— Parabéns por não desistir. Você está de volta.

— Eu nunca fui embora. — Bato o punho no dele e depois atravesso a multidão em direção a Knox. Ele ainda não se moveu, então subo as arquibancadas, correndo até ele.

Hope me ataca primeiro, me abraçando enquanto pula ao meu redor.

— Um dez perfeito?! Não consigo acreditar. Você é tão incrível.

— Obrigada. Fico feliz que tenha vindo. — Olho para Knox. Acho que nunca o vi sorrir tanto.

— Parabéns. Isso foi... Não tenho palavras.

— Uma coisa rara, com certeza. — Brogan se aproxima. — Você arrasou.

— Tive um pouquinho de inspiração — digo a ele, e volto a olhar para Knox.

— Fico feliz que tenha achado inspirador, porque eu estava

surtando. Que tipo de idiota diz a uma garota que a ama pela primeira vez antes de ela competir na frente de um grande público? — A expressão dele fica hesitante.

— O meu idiota. — Passo os braços em volta do pescoço dele. — Eu também te amo.

Estou prestes a beijá-lo quando ouço Brogan dizer:

— Espera, você já falou? O que aconteceu com o plano? Ele tinha um discurso preparado para depois que você ganhasse.

Os lábios de Knox se contorcem em um sorrisinho.

Arqueio uma sobrancelha para ele.

— Mal posso esperar para ouvir.

— Mais tarde — ele diz, e aí sua boca encontra a minha.

CAPÍTULO QUARENTA E CINCO

Avery

— É O KNOX? — HOPE APONTA PARA O MEU CELULAR QUANDO VEM ATÉ A TRAVE. Estou sentada nela, fazendo um intervalo e colocando a conversa em dia com meu namorado.

Namorado. Knox é meu *namorado*. É estranho. Ainda não usei essa palavra, mas gosto dela.

Faz duas semanas desde que ele me disse que me amava, e aí teve que ir para o Novo México. Duas semanas de ligações diárias, de centenas de mensagens, de me fazer enlouquecer de saudade.

Viro o celular para que Hope veja Knox.

— Oi! — Ela abre um sorriso enorme e acena. — Quando você volta? Avery fica toda cabisbaixa sem você.

— Não fico — digo, um pouco na defensiva. Tá bom. A princípio eu fiquei. É estranho não o ter por perto o tempo todo. Todos os dias, acontecem tantas coisas que quero dividir com ele, e no começo fiquei com receio de inundá-lo com mensagens sobre assuntos mundanos nos quais eu sabia que ele não tinha o menor interesse. Mas, quando disse isso a Knox, ele deu uma bufada e falou: "Quero saber de tudo, princesa".

E assim começou nossa troca de mensagens infinita. Ele precisa saber o que comi hoje no almoço ou vice-versa? Não, mas de alguma maneira dividir pedacinhos do nosso dia faz a distância parecer menor.

— Espero conseguir ir neste fim de semana ou no próximo — ele responde à pergunta de Hope. — Como foi seu campeonato no final de semana passado?

Ela pega meu celular e lhe passa um relatório, sem deixar nenhum detalhe de fora. Sorrio enquanto os ouço. Tenho quase certeza de que ela sente quase tanta falta dele quanto eu.

Quando há uma pausa na conversa, faço menção de pegar o celular de volta.

— Espera — me diz ela, e aí para Knox: — Preciso de um conselho seu.

— Manda.

Eu me inclino para vê-lo na tela. Ele ligou do ginásio onde treina e está sentado no chão, ainda sem camisa e suado.

— Um menino de quem eu gosto me falou que tem uma *crush* na sala, mas que não podia dizer quem é. Minha amiga Janet disse que isso significa que sou eu, mas não tenho certeza. Eu fui chutando toda a lista de chamada, e ele falou não para todo mundo.

— Tá certo… — Knox diz as palavras devagar. — Você precisa de conselho sobre o quê?

— Ele gosta de mim? — pergunta ela, com uma pontada de exasperação na voz. — E como faço para que ele me diga?

As sobrancelhas de Knox se erguem e ele abre a boca como se quisesse dizer alguma coisa, mas nenhuma palavra sai. Ele coça a nuca. É hilário como parece perdido.

Eu intercedo para salvá-lo.

— Quando você passou por todo mundo da sala, perguntou se ele gostava de você?

Ela fica pálida.

— Sem chance. Eu morreria de vergonha se ele desse risada ou alguma coisa assim.

É justo. As primeiras paixões são complicadas, assim como as primeiras rejeições.

— Você estuda na escola de ensino fundamental de Valley, certo? — pergunta Knox.

— É. Por quê? — A boca de Hope se franze enquanto ela o estuda.

— Se ele der risada, vou ter que fazer uma visitinha para ele na próxima vez que estiver aí.

Aperto os lábios para reprimir uma risada. Se acho que ele está brincando? De jeito nenhum.

— Knoooox — choraminga ela.

— Tá bom. — Ele faz uma expressão contemplativa e depois assente com a cabeça. — É, acho que sua amiga Janet provavelmente está certa e que ele está tentando te dizer que gosta de você sem dizer de fato. Está sendo evasivo pelo mesmo motivo que você não disse a ele como se sente. Você pode esperar que ele mesmo diga, ou perguntar.

O sorriso dela desaparece, mas ela assente com a cabeça.

— Se perguntar a ele, pelo menos vai saber. Você não vai querer perder tempo com um garoto que não percebe como você é incrível.

— É — diz ela solenemente.

— Se ele não gosta de você, é um idiota — Knox diz a ela. — Você é a menina mais legal que eu conheço.

O sorriso dela volta com tudo.

— Você está certo. Eu sou incrível. Obrigada, Knox!

Com isso, Hope me devolve o celular e vai aquecer.

Rindo, volto a me enquadrar na câmera do celular.

— Acho que ela acabou de ganhar o dia.

Meu namorado dá um suspiro que faz suas bochechas inflarem.

— Crescer com irmãos não me preparou para conversas de meninas.

— Você se saiu bem.

Os ombros dele desabam, e ele balança a cabeça.

— Espero mesmo não ter que fazer uma viagem de emergência para dar uma bronca em um adolescente.

— Se fosse o caso, seria melhor uma viagem de emergência para que eu possa te beijar pra cacete.

— Não te beijar definitivamente parece uma emergência — diz ele com um sorrisinho.

♥

Na sexta-feira depois da aula, volto para o dormitório e há um bilhete na minha caixa de correio dizendo que tem um pacote para mim na recepção.

O rosto da menina de plantão se ilumina quando me vê. Ela se levanta, pega o grande vaso de rosas cor-de-rosa na mesa atrás dela e o estende para mim.

— Alguém está terrivelmente encantado com você. É a terceira vez esta semana — diz ela.

Na verdade é a quarta, mas outra pessoa estava trabalhando na terça à tarde.

— Obrigada. — Eu pego o vaso dela e aproximo o nariz das rosas para cheirá-las.

— Isso também chegou para você.

Troco o vaso pesado de posição para receber o envelope acolchoado.

— Obrigada.

Ligo para Knox assim que chego ao meu quarto e tenho os braços livres. Não tenho mais lugar na escrivaninha, então comecei a colocar os buquês no chão. Parece uma pista de obstáculos bem bonita aqui dentro. Como descobri, Knox não sabe fazer nada sem dar seu máximo.

Ele estava tão preocupado em não ser um bom namorado e não poder me apoiar enquanto estamos longe… mas é a pessoa que está mais presente, mesmo estando em outro estado. Sei que esses mimos são o jeito dele de garantir que eu saiba que está pensando em mim.

Alguns dias são mais difíceis que outros, mas, na maior parte do tempo, me sinto apenas incrivelmente sortuda por nós dois podermos fazer o que amamos.

— Oi — atende ele, parecendo ofegante.

— Obrigada pelas flores.

— De nada.

— Também tenho um pacote suspeito em mãos — digo enquanto olho para o envelope acolchoado com um endereço do Novo México.

— Você abriu?

— Ainda não. Acabei de entrar. — Rasgá-lo faz com que eu me sinta recebendo um presente de Natal. A única outra pessoa que me envia coisas pelo correio é minha mãe. Fico com uma imagem estranha de Knox parado na fila da agência como um ser humano normal. Quem teria imaginado?

De lá de dentro, puxo uma camiseta rosa-choque dobrada. Quando a abro, sorrio para o nome e o logo da Neon Punch em preto na frente. Atrás tem o número dele, 18, e "Holland". Eu me derreto toda, e a abraço contra o peito.

— Eu amei. Obrigada. — Já estou tirando a blusa para colocar a nova. O cheiro me lembra o dele.

— De nada.

E aí me dou conta.

— Ah, meu Deus, a cor deles é rosa?

— Rosa *fluorescente*.

Caio na gargalhada.

Ele faz um barulho que é um meio-termo entre uma bufada e um gemido.

— *E* preto.

Estou rindo tanto que é difícil falar.

— Você vai ter que usar rosa? Isso é bom demais.

A risada silenciosa dele se junta à minha um segundo depois.

— Pelo menos agora isso vai me fazer pensar em você.

CAPÍTULO QUARENTA E SEIS

knox

ESTOU DIRIGINDO MINHA CAMINHONETE QUANDO AVERY ME LIGA.

— Oi, princesa — digo ao atender.

— Oi — ela responde em sua voz alegre, e isso é como uma descarga de dopamina diretamente nas minhas veias. — Como foi seu dia?

— Bom. E o seu?

— Muito bom. O treino foi intenso. Estou trabalhando em outra combinação para o salto, mais parecida com a que eu fazia no ano passado, e vivo confundindo as duas. É frustrante.

— Você vai conseguir — garanto a ela.

Ela emite um som que não é exatamente de concordância.

— E você? Como estão as coisas aí? Estou com saudade. Ah, e recebi uma notícia legal hoje!

— Também estou com saudade. — Na rodovia, pego a primeira saída para Valley. — Conheci meu novo treinador hoje. Ele concordou em me deixar montar uma parte do meu treino fora da pista.

— Paradas de mão a valer? — pergunta ela, me zoando.

— Pode apostar. Paradas de mão sem camisa.

— Ah, não. Com camisa. Não quero ninguém secando você enquanto não estou aí para brigar.

Dou risada ao pensar nela brigando com alguém. Não que ela precise brigar por mim. Sou todo dela.

— Já voltou para o dormitório e encerrou o dia? — pergunto a ela. — E qual é essa notícia legal?

— Na verdade, dei uma passada para ver Flynn. — Ela deve mexer o celular na direção do meu irmãozinho, porque um segundo depois ele murmura um "Oi, cara" bem rápido.

Eu congelo, me perguntando se ele vai me entregar. Ele sabe que estou voltando neste fim de semana, mas Avery não. Queria fazer surpresa, mas não esperava que ela estivesse na minha casa.

— Então, hoje recebi uma ligação de uma das minhas companheiras da equipe olímpica. Ela está organizando uma turnê de verão com algumas das melhores ginastas do país e me convidou para participar.

— Princesa, isso é incrível.

— Eu sei! Ela só vai convidar dez ginastas no total, e eu sou uma delas. Dá para acreditar?

— É claro que dá. Parabéns.

— Obrigada. Queria que você estivesse aqui para comemorar. Quinn vai me levar para sair. Ah, e Colter mandou um oi. Acho que ele sente sua falta. Ele fica assistindo aos vídeos das suas manobras de freestyle e falando sobre como você progrediu em tão pouco tempo.

Desligo o motor e pego minha bolsa no banco de trás.

— Talvez ele não precise sentir minha falta por muito tempo.

— Você vai voltar logo? — ela pergunta, e não deixo de perceber a pontada de esperança no seu tom.

Escancaro a porta, meus passos mais rápidos. Estou ansioso para vê-la. As semanas são compridas. Estamos dando conta com ligações e montes de mensagens, mas cada vez que saio de Valley fico contando os dias para voltar.

— Ahã. Loguinho.

— Quando? — pergunta ela, e consigo ouvir sua voz na cozinha.

Jogo a bolsa no chão, e ela se vira, ficando boquiaberta quando me vê. Ela solta um grito estridente, corre na minha direção e pula no meu colo. Eu a pego e a seguro para poder beijá-la.

Caramba. Como senti falta dela, e, pela maneira como ela está me beijando, tenho quase certeza de que o sentimento é mútuo.

Flynn pigarreia, e dou risada quando me afasto da minha garota. Avery fica corada enquanto a coloco no chão, mas não a deixo ir muito longe. Passo um braço pela cintura dela e caminho na direção do meu irmão.

Eu a solto apenas para abraçá-lo. Senti falta dele também.

— Juro que você cresceu mais cinco centímetros esta semana.

Os lábios dele se curvam e ele estufa o peito.

— Estou mais alto que Hendrick agora. Ele está odiando.

— É, aposto que está. — Bagunço o cabelo dele. — Arch disse que você saiu para jantar com o pai ontem à noite. Está tudo bem?

Odeio perguntar, mas sei que Flynn não vai conversar comigo sobre nosso pai depois de tudo que falei dele. Mas eu quero saber, pelo simples fato de que nunca vou parar de cuidar do meu irmãozinho.

Ele faz uma pausa como se não tivesse certeza de como responder.

— Sim. *Nós* saímos para comemorar.

O cotovelo dele não está totalmente curado, mas ele está progredindo a cada semana, e aceitou uma bolsa de estudos para a primeira opção de faculdade dele, em Houston, onde vai treinar com o técnico dos seus sonhos, Luka Champe. A bolsa não cobre o custo total do curso, da acomodação e das despesas com alimentação, mas bastou ver como o rosto dele se iluminou de empolgação quando recebeu a oferta, e soube que eu faria qualquer coisa para que desse certo. Faria qualquer coisa para vê-lo realizar seus sonhos. Vai ser difícil quando ele se for, mas eu não poderia estar mais orgulhoso.

— Que bom. Fico feliz.

Ele dá risada.

— Você fica?

Considero minhas palavras com cautela.

— Você deveria estar cercado de pessoas que querem celebrar suas vitórias com você.

Se eu acho que meu pai vai ficar por perto e começar a agir como o pai que Flynn merece? Não. Mas a essa altura não acho que Flynn tenha essa expectativa. No fim das contas, tudo o que posso fazer é estar ao lado dele. Vou continuar lhe dando todo o apoio que eu gostaria de ter recebido.

Flynn pega o celular dele no balcão.

— Eles estão te esperando no bar. Você pode me dar uma carona até a escola no caminho? Vai ter um baile esta noite.

— Espera. Eles sabiam que você estava vindo? — pergunta Avery, alternando o olhar entre mim e Flynn.

— Eu queria te fazer uma surpresa. Quinn me contou a novidade. Não havia a menor chance de eu perder sua comemoração.

Ela se lança sobre mim, me abraçando de novo. Olho por cima do ombro dela para Flynn, vendo-o realmente. Está usando uma camisa social, e sua calça jeans não está nem um pouco amassada.

— Espera, você disse que quer ir a um baile?

Depois que deixamos Flynn e passamos no dormitório de Avery para ela se trocar, vamos para o The Tipsy Rose. Archer e Brogan me cumprimentam de trás do balcão. Arch não é *bartender*, mas de vez em quando fica lá atrás quando Brogan está trabalhando.

— Bom te ver, mano — diz Arch.

Brogan coloca um copo de shot na minha frente com um líquido rosa.

— O que é isso? — pergunto.

— Dei o nome de Neon Punch. — Ele dá uma piscada.

Viro a bebida, fazendo uma careta ao sentir o gosto superdoce, mas forte em álcool. Nome certeiro. Eu me sento e puxo Avery para o meu colo. Não consigo parar de tocá-la.

Colter e Quinn aparecem não muito depois. Avery se levanta para abraçar a amiga, e Colter vem na minha direção. Ele fica me observando com os braços abertos, então dá um passo à frente para me abraçar e dar tapinhas nas minhas costas.

— Como está a nova equipe? — pergunta ele quando volta a se afastar.

— Bem. Muito bem. Acho que vai ser uma temporada e tanto.

— Estou tão feliz por você — diz ele. — Mas sinto sua falta por aqui. Todo mundo lá na pista sente. Até Brooklyn tem estado menos radiante, acredita?

Solto uma risada.

— É, posso acreditar. Também sinto falta de vocês.

Sinto mesmo. De todas as equipes das quais participei, essa era a mais descomplicada, como uma família.

— Você acha que ainda tem lugar para mim durante os meses de intervalo da temporada?

Ele me olha, os olhos se arregalando.

— Você quer voltar?

Assinto.

— Tenho pensado nisso. Eu já acabo com você em um esporte. Pensei que poderia te fazer passar vergonha no freestyle também.

Ele dá uma longa gargalhada.

— Vai sonhando, Holland.

Avery e eu somos os primeiros a deixar o bar. Por mais feliz que esteja em ver todo mundo, preciso de um tempo sozinho com a minha garota.

Fora do bar, andamos de mãos dadas até a minha moto. Sem dizer nada, entrego o capacete a ela, que o coloca por cima do cabelo loiro.

— Para onde vamos? — pergunta ela enquanto a ajudo a subir na moto.

— Para onde você quiser, princesa.

EPÍLOGO

Avery

—ALI VEM ELE. — AGARRO O BRAÇO DE FLYNN CONFORME KNOX FAZ A ÚLTIMA curva da pista e acelera em direção à linha de chegada. A camiseta rosa dele nunca vai deixar de me fazer sorrir.

Grito para ele, como fiz todas as vezes que passou por nós. Duvido que ele consiga ouvir, porque faz muito barulho aqui, mas é a única válvula de escape para toda a minha ansiedade acumulada. Ainda faltam cinco minutos, e meu nervosismo cresce a cada volta.

A maior parte do rosto dele está coberta pelos óculos e pelo capacete, mas, quando ele faz o salto na nossa frente, conduzindo a moto com estilo, juro que está sorrindo. Ele ama estar na pista, e eu amo assisti-lo.

A moto dele está coberta de lama, incluindo a placa com o número dezoito afixada na frente. Choveu depois da primeira corrida do dia, e a pista de terra se transformou num caos. Mas agora o sol saiu, não há nenhuma nuvem à vista, e Knox está dando um show, fazendo todo mundo literalmente comer poeira.

Ele fez uma temporada ótima até aqui. Está liderando em pontos e vitórias. Está imparável. Tudo isso enquanto continuou me incentivando quando terminei meu segundo ano e consegui meu primeiro título no individual geral da liga de atletas universitários; garantindo que Flynn se formasse e estivesse pronto para entrar na faculdade agora no outono; passando tempo com Archer e Brogan; e ajudando Hendrick com as coisas do casamento.

Fico impressionada com ele e seu coração gigante.

Ele está ali e logo já se foi. Simples assim, sumiu de vista.

Tiro os dedos do bíceps de Flynn com um sorriso apologético.

— Desculpa.

Por um segundo o sorrisinho dele é tão parecido com o do irmão que sinto como se olhasse para um Knox mais novo, mas aí recebo um dos sorrisos doces de Flynn.

— Ele vai conseguir. Ninguém consegue alcançá-lo a menos que ele erre.

Ele não vai errar. Teve um dia perfeito até agora.

A família inteira veio, e sei que ele não vai perder a oportunidade de vencer. Ele quer compartilhar isso com todos. Tão, tão Knox.

Flynn e eu viemos com Knox, então estamos aqui há alguns dias, tendo a experiência completa do fim de semana de corrida. Archer e Brogan chegaram ontem à noite e agora estão passando pelas tendas com a intenção de conhecer garotas bonitas. Hendrick e Jane voltaram ontem da lua de mel em Fiji e pegaram a estrada hoje de manhã para se juntarem a nós. Eles estão radiantes. Até Colter e Quinn vieram, mas estão na plateia em algum lugar com os amigos pilotos de Colter.

Amo que Knox tenha tantas pessoas o apoiando. Elas todas se fizeram presentes, como ele sempre se fez presente na vida delas.

Os pilotos continuam a passar por nós. Torço sem entusiasmo pelo novo companheiro de equipe de Knox, Ronnie. Ele é jovem, só um ano mais velho que Flynn, e tem todo um charme loiro de olhos azuis que fez dele um sucesso com as fãs. Knox diz que é um bom rapaz. Acho que ele gosta de ter alguém que lhe lembre o irmão quando ele não está por perto. Só o vi uma vez e ele pareceu legal, mas ainda assim quero que Knox o vença.

Uma batida na nossa frente extrai um "ooooh" da plateia.

— Quem era aquele? — pergunta Flynn.

Hendrick dá risada do outro lado de Flynn.

— Link.

Eu observo enquanto um cara levanta a moto de trilha dele e volta a subir nela. Ele tenta dar a partida algumas vezes antes de descer da moto, empurrá-la e chutá-la até não poder mais.

Nossa tenda cai na gargalhada. Mesquinhos? Provavelmente.

O tempo passa devagar, mas a cada volta Knox aumenta a liderança. Ninguém mais parece sequer tentar alcançá-lo, e o público está de pé para torcer por ele.

Na última volta, estou tremendo de nervoso. Flynn olha para mim de canto de olho e sorri, mas não diz nada. Ele está bancando o indiferente, mas sei que também está empolgado.

Quando a camiseta rosa dele aparece na pista, não importa quanto eu pareça ridícula, começo a pular e agarro Flynn. Ele entra no clima e se junta a mim, e gritamos até explodir quando a bandeira branca e preta marca a passagem de Knox pela linha de chegada.

Todos nós descemos até o trailer da Neon Punch para encontrar com ele. Knox desceu da moto e está tirando os óculos e o capacete quando chegamos lá. Eu me jogo nos braços dele, provavelmente com mais vontade do que deveria, considerando como ele deve estar cansado.

— Você ganhou! — grito, apertando-o.

— Você tinha alguma dúvida? — A respiração dele está ofegante, mas o seu corpo forte ainda envolve o meu e ele me dá um abraço apertado.

— Jamais. — Eu me afasto e olho para ele. — Eu te amo. Estou tão orgulhosa de você. Você conseguiu!

— Eu precisava ganhar, senão meus irmãos continuariam me zoando por não estar fazendo a minha parte nesse relacionamento, porque você ganhou mais troféus que eu.

Jogo a cabeça para trás enquanto solto uma risada.

— Não sabia que íamos ficar contando.

— Não vamos ficar contando. A menos que seja algo muito mais importante do que troféus.

— Tipo... quem tem mais peças de roupa rosa agora?

Ele balança a cabeça, os olhos expressando divertimento.

— Eu também te amo, princesa.

— Mas eu te amo mais — respondo, e vejo seu rosto lindo e coberto de poeira se abrir em um sorriso.

— Impossível.

AGRADECIMENTOS

Obrigada à minha equipe: Devyn, Jamie, JR e Tori. Eu não poderia (e não ia querer) fazer isso sem vocês.

Amy e Catherine, eu as amo tanto. Obrigada por continuarem a me motivar e a me inspirar.

Minhas editoras: Jamie, Margo, Becky e Sarah. Meus livros são tão melhores por causa de vocês.

Erica, suas palavras bondosas e seu conhecimento sobre todas as coisas relacionadas a motocross foram tão úteis. Espero ter feito justiça ao esporte! Um agradecimento a Monsoon Mike!

Aurora, obrigada por verificar todo o meu conteúdo sobre ginástica.

Sarah Jane, você é tão talentosa. Perco o fôlego sempre que me manda uma nova ilustração. Você é preciosa. Obrigada por dar vida a Knox e Avery na edição original!

Lori, sei que posso sempre contar com você para as capas mais deslumbrantes. Obrigada por pegar minhas ideias aleatórias e inacabadas e transformá-las em algo lindo.

Minha agente e relações-públicas, Nina: você é a melhor. Sou tão grata a você. Toda a equipe da Valentine PR, vocês são admiráveis!

Katie, eu te adoro demais. Seu feedback faz de mim uma escritora e um ser humano melhor. Nenhum dos meus livros seria o mesmo sem os seus insights.

Sahara, obrigada por sempre torcer por mim e pelo seu incrível conteúdo em vídeo! Amo nossas conversas sobre hóquei. Algum dia ainda vamos a um jogo juntas!

The Love-Shak, amo todos vocês!

E a todos que escolheram este livro e deram uma chance a Knox e Avery, muito obrigada! Amo este trabalho de todo o coração e sou eternamente grata a todo mundo que desempenha algum papel em permitir que eu continue a fazê-lo.

SUA OPINIÃO É MUITO IMPORTANTE

Mande um e-mail para **opiniao@vreditoras.com.br** com o título deste livro no campo "Assunto".

1ª edição, mar. 2025

FONTES   Bebas Neue Pro Bold 25/16,1pt;
              Bebas Neue Pro Regular 11,6/16,1pt;
              Feltro Normal 20/16,1pt;
              Adobe Caslon Pro Regular 11,6/16,1pt
PAPEL   Pólen Bold 70g/m^2
IMPRESSÃO   Braspor Gráfica
LOTE   BRA170125